MW00914724

EL JUEGO DE LEIVA

(Los casos de Vega Martín 3)

EL JUEGO DE LEIVA

(Los casos de Vega Martín 3)

Lorena Franco

Los hechos y los personajes de este libro son ficticios, así como algunos escenarios recreados especialmente para esta historia. Nada de lo que aquí se cuenta está basado en... Así que cualquier parecido con la realidad es pura coincidencia.

El juego de Leiva
(Los casos de Vega Martín 3)

Diseño cubierta: J.B.
Imagen de cubierta: ©NejroN / iStockphoto

Primera edición digital: Noviembre, 2024
ISBN: 979-8328417730

También disponible en audiolibro en exclusiva en **Audible**.
Una producción de **Audible Studios**.

Detrás de cada gran fortuna
hay un crimen.

HONORE DE BALZAC

Quizá nunca deberíamos alejarnos
de quienes no conseguimos olvidar.

La espía de cristal, PERE CERVANTES

La única manera de conocer realmente a
un escritor es a través del rastro de tinta
que va dejando, que la persona que uno
cree ver no es más que un personaje hueco
y que la verdad se esconde siempre en la ficción.

CARLOS RUÍZ ZAFÓN

EL JUEGO DE LEIVA

Rascafría, Madrid
Noche del miércoles, 26 de junio de 2024

De Sebastián Leiva, uno de los autores de novela negra más aclamados y respetados del país, se dicen muchas cosas, pero en lo que la gente que lo conoce suele coincidir, es en que no es de este siglo. Dicen que parece un viajero del tiempo procedente de principios del siglo XX por su porte distinguido, por su manera de hablar, de vestir, de caminar, de escribir...

Esta noche en la que, sin saberlo, va a convertirse en uno de sus personajes, Leiva, siempre Leiva y no Sebastián, se encuentra indispuesto. El vino o el pescado, no lo sabe, algo le ha sentado mal.

—Me van a disculpar, damas y caballeros, pero un servidor se retira a su habitación.

—¡Una última, Leiva! —intenta animarlo otro de los autores invitados a la tercera edición del festival de novela negra celebrado en Rascafría, un pequeño pueblo de la Sierra de Guadarrama a unos cien kilómetros al norte de Madrid, conocido como *Rascafría Negra*.

Pero a Leiva cada vez le agota más socializar y acudir allá donde reclaman su presencia. Hablar en público, firmar libros, batallar con su agente, con su editora, que para más inri también es su mujer, contestar preguntas, siempre las mismas preguntas... está harto de la gente, harto de esos buitres con sus copas a rebosar de vino tinto que le sonríen a la cara para después echar pestes de él a sus espaldas. Qué ganas tiene de quitárselos de encima. No obstante, antes de despedirse, les dedica a cada uno de ellos una sonrisa que oculta más de lo que nunca podrían sospechar, y uno de esos secretos que tan bien sabe guardar Leiva, es el borrador de un manuscrito que verá la luz próximamente.

—Descansen.

—¡Leiva siempre tan responsable! —se permite la licencia de bromear Sheila Galán, una autora joven y recién llegada al mundillo literario a la que Leiva fulmina con la mirada, provocando que a ella se le atragante el trozo de coulant de chocolate que acababa de llevarse a la boca.

Sin más preámbulos, Leiva sale del comedor atrayendo miradas. Está acostumbrado a ser el centro de atención. A sus cincuenta y ocho años, presume de un gran atractivo, pero es más por la seguridad y la calma que emana, que porque físicamente se cuide, aparente menos edad, o sepa vestir bien y con elegancia.

Espera pacientemente el ascensor. No tiene ganas de subir escaleras, aunque sean pocas hasta la segunda planta. Las puertas se abren y entra sin tan siquiera mirarse en el espejo, complemento de vanidosos e inseguros, según él, aunque la realidad es que hace años que le teme a su reflejo.

Sus pasos suenan amortiguados por el pasillo enmoquetado donde no se cruza con nadie. Se detiene frente a la puerta de su habitación, la 4. Gira el cartelito y lo vuelve a colgar del pomo de la puerta: *No molestar*. La habitación está en penumbra hasta que introduce la tarjeta en la ranura de la entrada y vislumbra una presencia sentada en el sillón. La escena es idéntica a la novela que lo encumbró: *Muerte en París*.

«Qué ironía. Es una jugada maestra», piensa Leiva, con los ojos clavados en la presencia, en los guantes de piel negros que descansan sobre sus rodillas y que nunca indican nada bueno, y en el pesado pisapapeles cortesía del festival *Rascafría Negra* que no tardará en llenarse de sangre.

Y es por el recuerdo de su propia novela, por lo que Leiva sonríe cínicamente sabiendo que está a punto de convertirse en la víctima, en el muerto, en el misterio que alguien por quien ya siente lástima aun sin conocerlo, intentará desentrañar a partir de esta noche.

CAPÍTULO 1

Jueves, 27 de junio de 2024

La *nueva vida* de la inspectora Vega Martín en Galicia ha durado seis meses. Ese es el tiempo que ha estado trabajando en la comisaría de A Coruña donde ningún caso (y ninguna persona) la ha marcado especialmente. Ella, que siempre deseó vivir en un pueblo gallego junto al mar, acabó detestando el rumor constante de las olas por el dolor de cabeza que le provocaba, pese a la belleza del entorno. Fue tal el golpe de ansiedad que sentía intenso en la boca del estómago, que, tras la pesada burocracia, ha conseguido regresar hace un mes a *su* comisaría, con *su* equipo, y, especialmente, a *su* querido Madrid.

«Qué bueno volver a casa», pensó Vega nada más entrar en su piso de Malasaña, pese a lo farragoso que ha sido una nueva mudanza en medio año y a cientos de kilómetros de distancia, dándose cuenta de lo mucho que ha echado de menos lo que un día echó de más por culpa de su exmarido el Descuartizador, el desprecio de algunos compañeros, y altos mandos corruptos en los que confiaba.

De esta experiencia, Vega ha aprendido que huir de lo que duele no sirve de nada. Esto no va de lugares, porque el lugar más peligroso, el que te recuerda quién fuiste o qué perdiste, es la propia mente, y de esa cárcel es imposible escapar.

Vega esperó curarse en Galicia, en la casa de su abuela en Barrañán, al lado de la playa, en una nueva comisaría, con nueva gente... Empezar de cero. Olvidar. Dejar que la vida le sorprendiera. Pero había un problema: una gran parte de ella seguía en Madrid, lo que provocaba que no se centrara y que no estuviera cien por cien presente en el nuevo escenario elegido.

Así pues, Begoña, Samuel, Daniel y Vega vuelven a formar equipo tras seis meses separados que han pasado en un suspiro. Al final, el *adiós* que se dijeron en el portal de Vega resultó ser un *hasta pronto*.

—Te hemos echado de menos, jefa —la arropó Begoña, y a Vega no le ha quedado otra que ignorar al resto de compañeros que le han dado la espalda en lugar de felicitarla por destapar los trapos sucios del comisario Gallardo, al que en noviembre de 2023 mandó a pasar una temporadita en la cárcel junto a altos cargos por malversación de fondos, chantajes, y otros chanchullos turbios, gracias a Andrés Almeida, el padre de Valeria, una de las víctimas del Asesino del Guante.

La conversación que quedó pendiente entre Vega y Daniel por la traición de él al filtrar información a la prensa sobre el caso del momento, el del Asesino del Guante, sucedió hace tres semanas en el bar Casa Maravillas de Malasaña. Vega y Daniel estaban tranquilos, como si no hubiera pasado el tiempo ni tuvieran nada que reprocharse. Vega, que pensó que sería incapaz de volver a trabajar con Daniel, ha tenido tiempo para recapacitar y llegar a la conclusión de que, después de todo, su chivatazo ayudó a avanzar en la investigación. Todos cometemos errores, pero debemos permitirnos pasar página. Después de su ruptura matrimonial y su enamoramiento por Vega, Daniel ha rehecho su vida. Ver a Vega solo como compañera o amiga y no con la ilusión de que se convirtiera en algo más, parecía impensable, pero ahora Daniel es feliz junto a Helena, una abogada con la que lleva saliendo dos meses. Aún están en esa fase idílica en la que se están conociendo, pero quién se lo iba a decir a Daniel cuando pensó que no levantaría cabeza tras la marcha (o huida, según se mire) de Vega.

—Me alegra verte feliz, Daniel. De verdad —le dijo Vega con sinceridad y un par de cervezas de más.

—Entonces... ¿todo bien, Vega?

—Sí. En ese caso ayudó que la prensa diera tantos detalles para resolver los crímenes de esas chicas, pero no lo vuelvas a hacer, Daniel. No vuelvas a fallarnos. Sabes mejor que nadie que filtrar información, por muy suculento que sea el dinero que te ofrecen, tiene consecuencias. Es delito.

—Lo sé. Nunca más, te lo juro. El dinero lo corrompe todo, estaba tan necesitado de un extra que me avergüenza que...

—Ya, ya está. Es agua pasada.

—Gracias por no decir nada.

Esa es una espinita que Vega lleva clavada.

«No decir nada».

Ella, acostumbrada a hacer siempre lo correcto...

Sin embargo, ya ha destrozado la vida de mucha gente (gente que lo merecía, que se lo ha buscado tras años de chanchullos y engaños), y todavía ve a Daniel como un amigo, el mejor, el que la ayudó a salir de la oscuridad en la que se convirtió su vida cuando se descubrió que Marco, el *perfecto* marido de Vega, era el Descuartizador, el asesino en serie más buscado en Madrid entre 2020 y 2021.

Nacho Levrero, el nuevo comisario, un tipo de cuarenta y dos años serio, tranquilo y de ojos tristes que tiene a Begoña loca por sus huesos, manda a llamar a su despacho a Vega y a Daniel.

Levrero se ganó la simpatía de Vega enseguida, pese al misterio que lo envuelve. Porque nadie, ni siquiera ella, sabe casi nada del comisario: ni de dónde viene, ni los casos en los que ha trabajado, si ha estado casado... No hay rastro de él en internet. Cuando Vega se instaló en la comisaría hace apenas un mes, Levrero le dijo que si tenía algún problema con algún compañero, especialmente con el inspector Gutiérrez, su puerta siempre iba a estar abierta para ella y que la ayudaría en lo que fuera. Ahora su semblante preocupado indica que algo grave ha ocurrido y que empieza la acción que Vega lleva esperando desde que regresó a Madrid.

—¿Conocen el festival de novela negra *Rascafría Negra*?

Daniel y Vega se miran con extrañeza, al tiempo que niegan con la cabeza.

—Llevan a los mejores autores de novela negra del país, pero es un festival pequeño que otro autor, Carlos Peral, puso en marcha hace tres años. El caso es que Sebastián Leiva, el autor estrella del festival, ha aparecido muerto de una forma muy violenta en su habitación del hotel Los Rosales.

—Leiva... —murmura Daniel—. ¿El autor de *Muerte en París*? —inquiere, conmocionado, al tiempo que el comisario comprime los labios y asiente con la mirada fija en Vega.

—¿Lo conoce, inspectora Martín? —quiere saber Levrero.

—Me suena. Pero no he leído nada de él.

—Es que ella es más de novela romántica porque considera que su vida ya es un *thriller* de por sí —bromea Daniel, llevándose un merecido codazo por parte de

Vega y siendo ignorado por el comisario, que zanja la conversación:

—Tienen algo más de una hora de camino. En marcha.

CAPÍTULO 2

Doce horas después del asesinato de Leiva
Jueves, 27 de junio de 2024

El cuerpo sin vida con la cabeza reventada y la cara irreconocible, lleva esperando doce horas a que alguien lo encuentre. La habitación 4 ha adquirido un olor fétido que ni la mejor de las limpiezas va a poder suprimir del todo, así como la sangre de la moqueta, que acabará tirada a la basura.

Es una de las jóvenes organizadoras de *Rascafría Negra*, Marta Hoyo, quien se inquieta frente a un público ansioso que ha llenado la Plaza de la Villa por la inminente presencia de Leiva, aunque solo sean las nueve y media de la mañana. En la plaza no queda ni una sola silla libre. Muchos de los presentes, los que no están jubilados, han pedido fiesta en el trabajo, y otros han conducido cientos de kilómetros para conocer en persona a su admirado autor y así tener sus ejemplares firmados. Han transcurrido quince minutos y Leiva no es un hombre impuntual, todo lo contrario. Desde el martes por la mañana, que fue cuando empezaron las actividades de la tercera edición del festival, a los miembros de la organización los dejó maravillados que Leiva fuera tan agradable con todos y se presentara diez minutos antes de la hora a los eventos y encuentros con los lectores en los diversos enclaves de Rascafría.

—Disculpen… —empieza a decir Marta, apurada, colocándose frente al micrófono y disipando los murmullos—. En un rato Sebastián Leiva estará con nosotros, voy a ver si se ha entretenido más de la cuenta en el desayuno.

Marta cruza la plaza y entra en el hotel Los Rosales, frente al Ayuntamiento. Va directa al comedor, ubicado a la izquierda del vestíbulo donde se encuentra el mostrador de recepción. Ni rastro del autor. El hotel, de reducidas dimensiones y con solo tres plantas, dos de ellas destinadas a las ocho habitaciones que hay en total, está ocupado únicamente por los autores del festival. Durante los cuatro días que dura *Rascafría Negra*, el hotel es para ellos, así que no es raro que Marta reconozca a cada una de las personas con las que se encuentra. Pregunta a dos jóvenes, Bruno Peral, el hijo del organizador, el único que no se aloja en el hotel, y a Sheila Galán, promesas del *thriller* español que no tienen nada que hacer hasta la mesa redonda de las cinco de la tarde en la biblioteca del pueblo:

organización de *Rascafría Negra.*

—Llama una vez más, a lo mejor está en la ducha —sugiere Carlos, que acaba de salir de su casa y va de camino a la plaza.

—No se oye el agua correr ni nada, Carlos.

—Qué raro. Leiva es el más puntual de todos, me extraña que... —Carlos empieza a temerse lo peor. ¿Y si le ha dado un infarto mientras dormía? ¿O un mal golpe en la ducha lo ha matado?—. Baja a recepción, diles que te abran la puerta.

—No sé si Leiva se lo tomará bien...

—Es que es precisamente por eso, Marta, para asegurarnos de que Leiva está bien. Que no haya bajado a desayunar y que nadie lo haya visto desde anoche es, cuando menos, raro.

—¿Crees que le ha podido pasar algo? —se preocupa Marta—. Es que no se oye absolutamente nada... no creo ni que esté dentro.

—Que bajes a recepción, Marta.

—Ya, ya... vale, pues ahora voy.

—Si te ponen alguna pega, que me llamen.

No le ponen ninguna pega.

Marta sube con el encargado, un hombre de mediana edad que lleva tranquilizándola desde que han subido el primer peldaño de las escaleras.

—Se habrá quedado dormido. Tanto evento debe de ser agotador y Leiva ya no tiene veinte años.

Llaman una última vez antes de introducir una tarjeta

maestra en la ranura. El encargado abre cediéndole el paso a Marta, que no se atreve a entrar.

—¿Leiva? —vuelve a llamarlo sin cruzar el umbral, mirando con gesto apurado al encargado, que la anima con un gesto a que entre—. Vale, pues… entro.

—Adelante.

El encargado se queda fuera, mirando a un lado y al otro del pasillo como si estuvieran cometiendo un delito.

Nada más poner un pie dentro de la habitación, Marta tiene que cubrirse la nariz. Flota en el aire un olor nauseabundo, como a metal oxidado y carne putrefacta. Abre la puerta del cuarto de baño. Traga saliva al avanzar por el pasillo, desde donde lo primero que se ve es un escritorio y un sillón dándole la espalda a la ventana entreabierta. El siguiente paso, nervioso e inseguro, es el que la hace chillar, alertando al encargado, que, en un par de zancadas, ya está dentro de la habitación, contemplando con horror el cadáver que yace en el suelo.

Nadie querría que hallaran su cuerpo en unas condiciones tan terribles: con la cabeza reventada y las facciones desfiguradas, los globos oculares machacados por el pisapapeles de acero que ha formado un socavón en el centro de la cara.

Empieza el juego que tanto le gustaba a Leiva, pero todo el mundo sabe que, sin autor que los dirija, los personajes están perdidos.

CAPÍTULO 3

De camino a Rascafría
Jueves, 27 de junio de 2024

—Que sea la última vez que bromeas sobre mí delante de Levrero —le advierte Vega a Daniel, nada más subirse al coche y poner rumbo a la Sierra de Guadarrama, donde se encuentra Rascafría.

—Ha estado fuera de lugar. Perdón. Es que el nuevo comisario me impone, yo qué sé. Es tan serio, tan… no sé qué le ve Begoña.

—¿Qué sabes de Sebastián Leiva? —cambia de tema Vega.

—No tienes ni idea de quién es, ¿verdad?

A Vega le avergüenza decir que no, que lo cierto es que no le suena de nada, que se le olvidan los nombres de los autores y hasta los títulos de los libros que lee, que no reconoce sus caras y que le encanta rascar un poco de su tiempo para dedicárselo a la lectura, pero sabe tan poco del mundillo literario como del de los *influencers* con el que les tocó lidiar el verano pasado.

—Pues a ver, es escritor de novela negra —empieza a decir Daniel, buscando en el móvil información sobre el festival de Rascafría—. Lo petó a finales de los 90 con *Muerte en París*, su primera novela. Ganó el Premio Astro, el más codiciado del mundillo literario... mmm... en 1999, que fue cuando empezó a celebrarse la gala Astro en Madrid. Es una de las editoriales más importantes e influyentes del país dirigida por tres socios tras la muerte del fundador en 2021, y actualmente está repartida por todo el mundo: Italia, Francia, Londres, Alemania, Estados Unidos, Latinoamérica...

—¿Tú has leído *Muerte en París*?

—Sí, es una obra maestra. Festival *Rascafría Negra*... —lee Daniel, con la atención puesta en el móvil—. Del 25 al 28 de junio. Mesas redondas, charlas, reuniones con clubes de lectura, presentaciones, firmas... Un calendario completo lleno de actividades literarias. Nueve autores, incluido Sebastián Leiva. Manel Rivas, Ernesto Carrillo, Rosa Uribe, Malena Guerrero, Guillermo Cepeda, Úrsula Vivier y dos que no me suenan, Bruno Peral y Sheila Galán. Joder, qué calidad. Úrsula Vivier ganó el Premio Astro en 2020. Carrillo, Cepeda y Rivas también ganaron un Premio Astro, pero los años... no recuerdo, es que ya son tantos los premiados de ese galardón que es un lío.

—Úrsula Vivier sí me suena mucho. ¿Cómo se llama su novela, la que ganó ese premio?

—*Ángeles caídos*. Una novela muy turbia. En 2016 quedó finalista. Es algo poco frecuente, pero los finalistas pueden volver a participar en el Premio Astro y resultar ganadores posteriormente. De hecho, si no me equivoco, Úrsula tenía treinta y pocos años y era la mujer más joven en ganar un premio literario tan importante.

—*Ángeles caídos*... La leí. No la recuerdo muy bien, solo que... sí, era bastante turbia —recuerda Vega.

—¿Tú leyendo *thriller*?

—En 2020 aún no sabía que me había casado con el puto Descuartizador.

Daniel, compungido por la rabia que Vega no se ha esforzado en ocultar al mencionar a Marco, decide seguir con sus bromas:

—A Begoña le va a encantar este caso. A ti, igual el día en el que asesinen a una autora de novela romántica en alguna convención.

—Idiota —farfulla Vega, esbozando una media sonrisa.

—El festival lo organiza Carlos Peral, también autor, aunque no muy conocido, Marta Hoyo y Lupe Contreras. Y por qué *Muerte en París* es una obra maestra... bueno, primero quiero ver qué le ha pasado a Leiva y luego te daré una respuesta.

—¿Y eso? —se extraña Vega, mirando a Daniel con el rabillo del ojo.

—Porque la primera escena de esa novela ocurre también en la habitación de un hotel.

los inspectores distinguen alguna cara conocida. Son los autores de renombre cuyos semblantes no muestran emoción alguna, aun estando en primera fila, pendientes de todo lo que ocurre a su alrededor.

La prensa ha llegado. Un par de cámaras enfocan a Vega y a Daniel, que se fijan en una mujer joven, de unos veintitantos años, que está siendo atendida por los servicios médicos por lo que parece un cuadro de ansiedad.

—Es Marta Hoyo, una de las organizadoras de *Rascafría Negra*. Ha sido quien ha encontrado el cadáver de Sebastián Leiva —les informa un agente de la Guardia Civil, entrando en la recepción del hotel con Vega y Daniel.

—Hay cámaras de seguridad —le susurra Daniel a Vega—. Pan comido.

—Yo no lo tengo tan claro —contesta Vega, mirando a su alrededor—. Agente, ¿en qué planta se encuentra la habitación?

—En la segunda planta. Habitación 4. No hay pérdida, es un hotel familiar y muy pequeño, propiedad de los tíos de Carlos Peral, el organizador del festival.

—¿A qué calle da la ventana de la habitación 4? ¿A la plaza? —le pregunta al agente.

—No, esa habitación da al arroyo del Artiñuelo. Y la calle de atrás es la de Ibáñez Marín, inspectora. Es un camino de tierra poco frecuentado.

—Gracias, agente —zanja Vega, dirigiéndose hacia

las escaleras para subir a la habitación donde el cadáver los espera.

Un par de compañeros de la policía científica envueltos en sus buzos blancos llevan media hora trabajando en la habitación donde se ha cometido el crimen. Vega y Daniel, advertidos de que tengan cuidado por dónde pisan, pues la moqueta de la habitación está llena de sangre, se colocan los guantes de látex. Están preparados para encontrarse con el peor de los escenarios. Hay marcas por todas partes, a destacar el objeto contundente con el que golpearon a la víctima: un pisapapeles de acero que no tardará en acabar dentro de una bolsa de plástico. Vega se acerca al cadáver para inspeccionarlo, preguntándose en qué momento de su vida un crimen violento e inhumano como el que tiene delante le pareció algo normal en su día a día.

Un hombre de unos cincuenta y tantos años, se acerca a Vega sonriente, algo poco común en un momento tan gris.

—Mateo Cervera, el forense —se presenta, afable, con una voz ronca de fumador empedernido.

—Vega Martín, la inspectora.

—He oído hablar de usted —le dice el forense, guiñándole un ojo al tiempo que se sube la mascarilla que ha bajado para saludar a Vega, ocultando medio rostro—. Qué desperdicio, inspectora. Aquí donde lo ve, Leiva tenía una mente privilegiada. Sus tramas eran adictivas, turbias, inesperadas. —Daniel asiente con la cabeza dándole la razón—. Sus personajes imitaban el arte de Patricia Highsmith, para qué negarlo, se notaba que era un gran admirador de su obra. El pisapapeles de acero que le aplasta la cara es un obsequio del festival. Yo mismo tenía pensado venir mañana por la tarde para que este hombre me firmara un ejemplar. Cómo es la vida. ¿Ve la inscripción del pisapapeles?

—*Rascafría Negra 2024* —lee Vega.

—Un primer golpe fuerte y violento en la sien —empieza a relatar el forense, haciendo los mismos gestos que haría alguien que estuviera jugando al golf—. No necesitó más —añade, deteniéndose de golpe—. Fue una muerte fulminante. Y después de un rato ensañándose con la cara de Leiva, machacándola con el pisapapeles hasta dejarla irreconocible, parece que lo dejó caer con furia y con un odio desmedido. Y ahí se quedó el pisapapeles, en el centro de la cara de Leiva. —El forense chasquea la lengua contra el paladar y sacude la cabeza—. Parece que no se defendió, no hay indicios. Qué desagradable. Cuánta inquina veo en este asesinato, inspectora.

—A alguien no le caía bien el autor —opina Vega, mirando a Daniel.

—Es más que eso. Alguien lo odiaba a muerte —añade el forense con el ceño fruncido—. Tienen a ocho autores a los que interrogar. A ver qué les cuentan, que esos echan a volar la imaginación y se van por las ramas... Lo que está claro es que Leiva conocía a su asesino. El ataque lo pilló desprevenido.

—¿Hora de la muerte?

—Sobre las diez de la noche, pero aún no es seguro hasta que se le practique la autopsia.

—Necesitaré revisar las cámaras de seguridad —dice Vega, más para sí misma que para el forense o Daniel, que se encuentra frente a la ventana.

—La ventana estaba entreabierta. No hay mucha altura y es fácil acceder desde el exterior —ataja el forense, al tiempo que Vega se acerca a Daniel para asomarse a la ventana.

—Vega, por favor, no te asomes tanto que un día de estos vamos a tener un susto —le recrimina Daniel, agarrándola del antebrazo en cuanto Vega saca medio cuerpo sin apenas apoyarse en el marco de la ventana—. ¿Sabes que existe una lesión en la amígdala cerebral que te impide sentir miedo? —El forense lo mira, asintiendo a medida que Daniel da más información al respecto—: Tiene un nombre rarísimo, Urbach-Wiethe, y que se sepa solo hay trescientos casos registrados en el mundo. A ver si vas a tener de eso, Vega.

Vega no tiene *de eso*. Vega siente miedo a todas horas, pero se lo traga y así nadie lo nota.

—Lo que pensaba —murmura Vega, ignorando la información sobre la enfermedad rara que acaba de mencionar Daniel—. Son unos... cinco o seis metros. Sabiendo que la entrada y los pasillos donde se encuentran las habitaciones tienen cámaras, no creo que el asesino pasara por ahí.

—Ni siquiera necesitó entrar en el hotel —opina el forense—. Nunca te alojes en una habitación de hotel con poca altura por la que no es difícil acceder a través de la ventana y, si no te queda otro remedio, al menos no dejes la ventana abierta —agrega, en cuclillas frente al cadáver—. Si me permiten opinar, inspectores, a mí esto me recuerda a un intento fallido de misterio de habitación cerrada, el procedimiento más trillado en la novela policial clásica. Una habitación cerrada a cal y canto en la que parece imposible que alguien haya podido entrar para cometer un asesinato, pero, en este caso, no se puede cerrar la ventana desde fuera, así que... no le salió bien.

—Para colarse en la habitación, la ventana debía de estar abierta.

Vega, que sigue con medio cuerpo fuera de la ventana ante la extrema vigilancia de Daniel y mientras dos compañeros de la científica inspeccionan y sacan fotos de la habitación, cuenta que solo hay una planta más hacia arriba. Como le han dicho, es un hotel pequeño de solo cuatro habitaciones por planta.

—Mateo, en el hotel solo se alojan los autores del festival, ¿verdad? ¿Usted lo sabe?

—Sí, inspectora. Y lo sé porque soy fiel seguidor del festival que, por cierto, ha quedado cancelado, claro —contesta el forense—. Cierran el hotel durante cinco días solo para los autores. Leiva es un invitado... bueno, era... era un invitado especial. Le iban a dar el premio *Rascafría Negra* por su trayectoria.

—¿Y cuál era su mejor novela según usted, Mateo?

—*Muerte en París*, publicada en 1999, la primera de sus diez novelas. Fue todo un éxito, ganó la primera edición del Premio Astro, y hoy es considerada una obra de culto. ¿Sabe qué es lo más curioso, inspectora? Que el crimen central de esa novela ocurre de noche y en una habitación de hotel, aunque en lugar de Rascafría sea en París, o sea que nada que ver, y que a la víctima la asesinan de la misma manera que a Leiva, con un objeto contundente golpeándole en la cabeza y masacrándole el rostro. Seguramente, cuando el autor entró, su asesino ya estaba aquí, esperándolo. Casi puedo oír a Leiva decir: «¿Qué haces tú aquí?» —recita el forense con aire soñador, aunque lo que hace es repetir las palabras que Leiva escribió en el primer capítulo de *Muerte en París*.

—¿Lo ves? ¿Ves como no me estaba montando una película? Lo que yo pensaba. Leiva ha sido asesinado como el personaje de su primera novela —se atribuye el mérito Daniel, aunque no recuerda con tanta exactitud la novela como parece recordarla el forense.

—Podría tratarse de una casualidad —opina Vega, pero, por cómo Daniel y el forense la miran, parece haber dicho una estupidez—. ¿Y quién era el asesino en esa novela? —pregunta, entrando en el juego.

—No se sabe —responde Daniel, dirigiendo la mirada al cadáver con el rostro desfigurado bajo el pisapapeles de acero que nadie ha retirado todavía.

—¿No se sabe? —se extraña Vega—. A los lectores no

se les puede dejar sin respuestas. Al final siempre tienen que atrapar al asesino, ¿no? Se tiene que saber quién es.

—Esa es la norma, inspectora, y aunque *Muerte en París* es una obra maestra, algunos lectores machacaron a Leiva por ese mismo motivo —vuelve a intervenir el forense—. Pero, en ocasiones, la ficción se alimenta de la realidad, tal y como este hombre decía en las pocas entrevistas que concedía. Porque eso es lo que ocurre en la vida real, ¿no, inspectores? ¿Siempre atrapamos a los malos? Incluso a usted, inspectora Martín, un portento según mis fuentes, se le habrá quedado algún caso en el tintero. ¿Siempre acabamos descubriendo quién fue, quién lo hizo…?

—No. Por desgracia, no —se estremece Vega, pensando en los miles de casos que se han quedado y se quedarán sin resolver, en los muertos que no han tenido justicia por culpa de unas leyes en ocasiones endebles, y en los corazones rotos por tantas ausencias injustificables y por la falta de respuestas.

CAPÍTULO 4

En ese mismo momento, en La Moraleja
Jueves, 27 de junio de 2024

En el chalet de Sebastián Leiva, ubicado en La Moraleja, la mañana transcurre con normalidad. Esther Vázquez, la editora de Leiva y su flamante esposa desde hace cuatro años, tiene el privilegio de poder trabajar desde casa. Ser la mujer de Leiva tiene muchos privilegios. Gracias a eso y salvo cuando tiene que acompañar a algunos de sus autores, especialmente a Leiva, a eventos, fiestas, entregas de premios, entrevistas o presentaciones, puede estar pendiente de Alejandro, su hijo con autismo, que cumplió veinte años la semana pasada. Qué gran fiesta la hicieron, vinieron un montón de amigos del centro. Qué feliz parecía Alejandro, aunque sea difícil que mire a los ojos, siempre esté ausente y en su mundo, en ocasiones inaccesible. No han sido unos meses fáciles para el joven, con los nervios alterados a causa de las frecuentes discusiones entre Leiva y Esther. Su matrimonio está roto. Pero, de momento, nadie puede enterarse, ¿verdad, Esther? Porque tú eres quien tiene todas las de perder. ¿No querrás acabar como *la otra*, no? Con una mano delante y la otra detrás...

Esther está leyendo un manuscrito de un autor novel bastante interesante pero con mucho que pulir, cuando suena el timbre.

—¿Azucena, puedes abrir?

Ni rastro de la empleada del hogar. Azucena debe de estar atareada en la planta de arriba con los cascos puestos, menuda obsesión tiene con los audiolibros. Así que Esther deja el manuscrito sobre la mesa y se levanta, sin sospechar que la vida que conocía está a punto de volar por los aires.

El videoportero le muestra a dos agentes de la Guardia Civil, un hombre y una mujer. Esther les abre la verja exterior sin preguntar nada y se limita a esperarlos en el umbral de la puerta con las piernas temblando y los ojos clavados en esos andares desconocidos que caminan en su dirección por el sendero de baldosas. Tan absorta está en los dos agentes, que no percibe la presencia de su hijo Alejandro a su espalda. No suelta su cubo de Rubik, lo único que parece calmarlo y anclarlo al mundo real.

—Buenos días, nos consta que este es el domicilio de Sebastián Leiva —empieza a decir la agente.

—S-s-sí… —balbucea Esther—. Soy… soy… su mujer.

En la mirada rápida que el guardia civil le dedica a su compañera, se palpa la tensión. Lo que vienen a comunicarle no es fácil. Pese a haber vivido este momento centenares de veces frente a otras puertas y otras caras consternadas, confusas y en shock, es algo a lo que uno nunca se acostumbra.

—Señora, será mejor que se siente —sugiere el hombre.

—¡No! —grita Esther, y ni siquiera sabe por qué grita, por qué el histerismo se apodera de ella. Y entonces, la voz de la agente se precipita, convirtiéndose en un eco lejano, y a Esther le empieza a dar vueltas la cabeza.

—Señora, lamentamos comunicarle que su marido…

… Festival.

…Rascafría.

…Hotel.

…Anoche.

…Asesinado.

…Muerto.

…Tendrá que acompañarnos.

Leiva está muerto.

CAPÍTULO 5

Hotel Los Rosales, Rascafría
Jueves, 27 de junio de 2024

Francisco Ruíz, el juez de instrucción, ha ordenado el levantamiento del cadáver advirtiendo que hay muchísima prensa en la plaza del pueblo, por lo que sacarán a Leiva, ya en la camilla y envuelto en la funda mortuoria, por la puerta de atrás, para que así ninguna cámara capte el momento.

—Vayan interrogando a los autores, inspectores —les ha ordenado el juez, desconfiando de los colegas de Leiva—. Podría haber sido cualquiera de ellos.

—Sí, señoría —ha contestado Vega.

La visión grotesca de lo que quedaba de la cara de Leiva al retirar el pisapapeles de acero, no ha sido plato de buen gusto para nadie. El pisapapeles le ha provocado un socavón en el centro de la cara que será muy difícil de reconstruir para el momento en que sus seres queridos le den el último adiós. Los ojos sobresaliendo de las cuencas, un amasijo de piel, ligamentos y tendones que ha movido de sitio pómulos, nariz, barbilla, labios... Un crimen horrible.

—De lo peor que he visto. Uno nunca se acostumbra a esto —ha sacudido la cabeza el juez.

Vega y Daniel, en el interior de la habitación, siguen especulando:

—París, habitación de hotel, un golpe mortal en la sien, la cara masacrada con violencia... —sisea Daniel, obsesionado con encontrar algún tipo de respuesta en la primera novela de Leiva—. En *Muerte en París* golpeaban a la víctima con un cenicero.

—Cenicero, pisapapeles... lo mismo da. Lo que me descoloca es que en esa novela no se descubre quién es el asesino —sigue dándole vueltas Vega a ese detalle de lo más significativo y original, porque así como en la vida a veces nos quedamos sin respuestas, ¿por qué no también en la ficción, aun corriendo el riesgo de que parezca que la trama queda incompleta?

—No, lo que ha dicho el forense es cierto, en *Muerte en París* no hay culpable. Leiva lo dejó en el aire, que cada lector conjeturara sobre quién había sido... no recuerdo bien, creo que las posibilidades estaban entre cuatro o cinco personajes.

—Y de esos cuatro o cinco personajes, ¿a quién le interesaba más que el protagonista muriera?

—A ver, a todos les interesaba que el protagonista

muriera. La víctima, que era un adinerado empresario, no caía bien ni a su propia familia. Era una mala persona. Déspota, orgulloso... Joder, debería releerlo, pero había varios móviles —cae en la cuenta Daniel, frotándose la barbilla, y su interés por el caso crece debido a la original posibilidad de que el asesino de Leiva haya imitado la primera escena de la novela que lo catapultó a la fama, tal y como se le ha pasado por la cabeza desde el principio. Entra en la habitación, ya sin el cuerpo de Leiva pero con el rastro de su sangre y varias marcas numeradas en la moqueta que recuerdan lo ocurrido. Seguido de Vega, Daniel mira a su alrededor con atención—. El móvil de la herencia, ese nunca falla, interesaba a la mujer y a la hija, con quienes la víctima se llevaba fatal. La competencia: un par de sospechosos, también empresarios. Simples distracciones, en mi opinión. Y, por último, el hermano, que estaba enamorado hasta las trancas de la mujer y era un fracasado a quien la víctima machacaba y humillaba en público, restregándole por la cara todo lo que él había conseguido.

—Mmmm... El hermano tiene números de ser el asesino en *Muerte en París*.

—Pero Leiva no tenía hermanos.

—No, pero a lo mejor sí hay alguien a quien Leiva machacaba y humillaba, restregándole por la cara todo lo que él había conseguido, ¿no? —elucubra Vega, repitiendo las palabras de Daniel.

CAPÍTULO 6

En La Moraleja
Jueves, 27 de junio de 2024

—Alejandro, cariño, te vas a quedar en casa con Azucena y te vas a portar muy bien —le dice Esther a su hijo, como si todavía fuera un niño pequeño, mientras Azucena, la empleada del hogar, los mira con la cara desencajada tras enterarse del asesinato de su jefe, el tema del día en redes sociales y en los programas matinales de todas las cadenas—. Intentaré llegar lo antes posible, ¿vale? —añade, en vista de que Alejandro, con la mirada fija en su cubo de Rubik, no reacciona—. Hoy está tranquilo, Azucena, seguro que no te da problemas. No enciendas la tele ni le dejes mirar el móvil. Que nada lo altere.

—Tranquila, Esther. Nada de tele ni móvil. Tómate el tiempo que necesites, aquí estaremos esperándote.

—Gracias.

—Lo siento, Esther. Lo siento mucho —lamenta la empleada, agarrando con nerviosismo las manos de la recién viuda, extrañamente tranquila.

Los agentes esperan a Esther fuera, pero que esperen, ella no tiene ninguna prisa, así que sube al dormitorio y se encierra en el cuarto de baño con la sensación de que el corazón se le va a salir del pecho. Ha sido incapaz de derramar una sola lágrima por su marido, algo normal después de cómo se despidió de ella el lunes por la tarde, minutos antes de que el chófer lo viniera a buscar para llevarlo al festival de Rascafría:

—¡Eres una inútil, Esther! —le gritó Leiva, colérico, solo porque Esther le hizo un par de sugerencias sobre el nuevo manuscrito. No había nada malo en ello, claro, porque antes que su esposa, ya había sido su editora y ese es el trabajo que hacen los editores: pulir textos, sugerir cambios...—. ¡Haz el favor de repasar el manuscrito con coherencia y piensa bien tus palabras antes de soltarlas por esa boca cada vez más flácida y asquerosa!

Quién iba a decirles que sería la última vez. La última discusión. Esther calló, soportando a duras penas el nudo estrujándole la garganta para así evitar que Leiva la viera llorar. Verla llorar parecía su pasatiempo favorito, por eso ahora no le salen las lágrimas, para que Leiva, esté donde esté, no disfrute con su sufrimiento.

—Cabrón —masculla Esther entre dientes, aprovechando la intimidad que le garantiza el cuarto de baño para coger el móvil. Selecciona un contacto de la agenda que contesta al tercer tono en un murmullo:

—Esther, se acaban de llevar a Leiva, esto está lleno de policías y hay dos con pinta de inspectores que acaban de bajar al vestíbulo. Creo que van a empezar a interrogarnos a todos.

—Han venido dos agentes, me llevan al anatómico forense. Dios... Que no se enteren de que anoche estuve en Rascafría. Que no se enteren, te lo pido por favor, no les hables de mí.

—Tranquila, cariño. Es nuestro secreto.

CAPÍTULO 7

Hotel Los Rosales, Rascafría
Jueves, 27 de junio de 2024

Vega y Daniel bajan al vestíbulo donde les esperan dos empleados y el encargado del hotel, dos de los tres organizadores del festival, y los ocho autores. Todos parecen afligidos, pero hay algo más: tienen miedo. Se miran los unos a los otros con desconfianza, como si los fueran a confinar como en una novela de Agatha Christie, y entre ellos se escondiera el asesino de Leiva.

En la plaza hay agentes de la Guardia Civil y prensa. Han sacado el cuerpo de Leiva por la puerta de atrás sin que ninguna cámara haya capturado el momento, y ya va de camino al anatómico forense. Se trata de un crimen mediático, ha corrido la voz, y todos los programas matutinos hablan al respecto, popularizando el humilde y hasta ahora desconocido festival *Rascafría Negra*. Hay varios reporteros en riguroso directo hablando al objetivo de sus cámaras, que captan de refilón a Vega y a Daniel hablando entre ellos.

Carlos Peral, el organizador del festival, muy afectado por lo ocurrido, ha querido aclarar antes siquiera de que le interroguen formalmente:

—Aquí todos somos buena gente —les ha dicho a los inspectores con un hilo de voz y la frente perlada de sudor, no solo por el calor que hace, sino por los nervios y el disgusto—. Yo, al igual que mis dos compañeras de la organización, no duermo en el hotel ni ceno con los autores salvo el primer y el último día —se ha excusado—. Ayer tuvimos un evento en la biblioteca con Guillermo Cepeda y Malena Guerrero que acabó a las ocho de la tarde y me fui directo a casa.

La pareja propietaria del hotel, los tíos de Carlos Peral (en un festival pequeño como el de Rascafría *todo queda en casa*), se han mostrado muy colaboradores:

—Solo tenemos cuatro cámaras de seguridad. Les entregaremos las grabaciones de las últimas horas en cuanto nos lo digan —se ha ofrecido la propietaria del hotel, temblando como un flan, y es que en el pueblo jamás ha ocurrido algo así—. Hay dos cámaras en la primera planta: en la entrada y en el comedor. Y dos más en los pasillos de las habitaciones, segunda y tercera planta.

—Nos serán de ayuda, gracias —le ha dicho Vega, segundos antes de darles la espalda y acercarse al comedor, donde los ocho autores esperan sentados.

—No pareces conocer a ningún autor de los que hay

aquí —le dice Daniel a Vega.

—Alguna cara me suena. Seguro que Begoña los conoce.

—Palacios habrá leído todas las novelas de esta gente, incluso las de los novatos. Nos va a ser de gran ayuda. A ver... empecemos por los cuatro autores más conocidos —decide Daniel.

—Recuérdame los nombres.

—Manel Rivas, Ernesto Carrillo, Guillermo Cepeda y Úrsula Vivier.

—¿Y los menos conocidos?

Daniel tiene que echar mano del folleto del festival que ha cogido del mostrador de recepción antes de contestar:

—Bruno Peral...

—Hijo de Carlos Peral, el organizador —recuerda Vega.

—Ajá. Sheila Galán. Malena Guerrero y Rosa Uribe.

—Bien. ¿A cuál de los cuatro conocidos ves más nervioso, Daniel?

Daniel los mira fijamente uno a uno. A Úrsula, que acaba de guardar el móvil en el bolso, le tiembla ligeramente la mano y le devuelve una mirada asustadiza al inspector Haro.

—Úrsula Vivier, finalista del Premio Astro en 2016 y ganadora en 2020, con una dotación de seiscientos mil euros.

—Joder, seiscientos mil. Para que luego digan que los

escritores son unos muertos de hambre.

Daniel no pierde de vista a Vega mientras se acerca a Úrsula, que se levanta como un resorte y la sigue en dirección a una pequeña sala que el hotel ha dispuesto para interrogar a los asistentes en la intimidad y sin la incomodidad que supondría llevarlos a comisaría. Daniel va con ellas, cierra la puerta y deja una grabadora de voz encendida en el centro de la mesa.

—Por favor, tome asiento —le ofrece Vega a Úrsula.

—¿Qué le ha pasado a Leiva? —inquiere la autora con los ojos vidriosos.

—Jueves, 27 de junio de 2024, once menos veinte de la mañana. Procedemos a interrogar a Úrsula Vivier —dicta Daniel a la grabadora—. ¿Señora Vivier, cuándo fue la última vez que vio a Sebastián Leiva?

—Uy, señora Vivier no, por favor, llámeme Úrsula a secas —coquetea la autora.

—Úrsula, ¿cuándo fue la última vez que vio a Sebastián Leiva? —repite Daniel.

—Ayer por la noche. Cenamos todos juntos, pero Leiva se fue antes... sobre las diez, creo. Algo no le sentó bien, se le veía incómodo.

—¿Se le veía incómodo solo ayer, o desde el lunes día 24, que fue cuando todos los autores llegaron a Rascafría? —sigue llevando la voz cantante Daniel.

—Él... —balbucea Úrsula—. Leiva era un tipo especial. Solitario. Se creía superior a los demás, como si fuéramos chusma, por eso solía irse antes, para evitar pasar más tiempo del necesario con nosotros...

—¿A qué hora se fue usted a su habitación? —se interesa Vega.

—El resto de autores estuvimos juntos hasta las... —La autora suspira, mira hacia el techo—... cuatro de la madrugada.

—¿Dónde estuvieron hasta tan tarde? —tantea Vega.

—En el mismo comedor donde cenamos. Tuvimos al pobre camarero durmiéndose por las esquinas —ríe—. Bebimos, fumamos... —revela en un susurro—. Como solo nos alojamos los asistentes del festival y el hotel es de los tíos del organizador, nos permiten saltarnos alguna ley... ya saben. —No, los inspectores no saben. ¿Fumaron tabaco, marihuana, costo, crack...? ¿Qué fumaron?—. Bueno, y hablamos. De libros, de autores, de tramas, de editoriales... lo de siempre.

—¿Hablaron de Leiva? —inquiere Daniel.

—Leiva siempre sale en las conversaciones, claro. Es el autor estrella del festival, le iban a dar el premio *Rascafría Negra*, que no es muy relevante ni tiene dotación económica, es un detallito, pero era como... bueno, no sé, como si fuera el autor más imprescindible de esta pantomima.

—Pantomima... ¿Usted envidiaba a Leiva? —pregunta Daniel de forma maliciosa, sabedor del ego que se gastan algunos autores.

—¿Yo? —parece ofenderse Úrsula, por cómo abre los ojos y se lleva la mano al pecho—. ¿Pero usted sabe con quién está hablando?

—Lo sé perfectamente —asiente Daniel con tranquilidad y una media sonrisa.

—A mis treinta y ocho años he conseguido más de lo que Leiva consiguió en casi treinta años de carrera. Miren, no creo que nadie envidiara en realidad a Leiva. Porque todos coincidimos en que estaba de capa caída.

—¿Y eso? —interviene Vega.

—Hace tres años que no publica nueva novela.

—¿Y por eso estaba de capa caída? —la reta Daniel.

—No hay que dejar pasar más de dos años entre una publicación y otra, inspector, porque los lectores se olvidan rápido de uno, ¿entiende? Solo en España se publican al año casi noventa mil libros, y, si no estás en la rueda, desapareces. Nadie es imprescindible, ni siquiera lo era Leiva.

—Entonces, nadie envidiaba a Leiva —da por hecho Vega, aunque ni Daniel ni ella las tienen todas consigo, debido al brutal ensañamiento de su asesino.

—No —niega Úrsula—. Quizá los novatos, a los que aún les queda un largo camino por delante…

—¿Me asegura que todos los autores se quedaron anoche en el comedor? —Daniel da un par de toquecitos a la mesa mientras formula la pregunta.

—A ver, seguro seguro… alguno saldría un momento para ir al baño, digo yo. De lo único que estoy segura es de que yo no me moví de ahí.

—Eso lo comprobaremos en las cámaras de seguridad

—intercede Vega, a modo de estrategia, consiguiendo atisbar en el gesto de Úrsula sorpresa, miedo, inseguridad...

—¿Cómo? ¿Cámaras de seguridad?

—¿Salió en algún momento, Úrsula? —le da una segunda oportunidad Vega.

—A ver, sí... fui un momentito a mi habitación a las... no sé, sobre las diez y pico de la noche. Me quedé sin tabaco.

—Habitación 2 —lee Daniel en la ficha.

—Eso es.

—No queda muy lejos de la 4, donde dormía Leiva —murmura Vega—. ¿Vio a alguien? ¿Oyó algo?

—No vi a nadie ni oí nada raro. Pero, oigan, ¿somos sospechosos? ¿Creen que alguno de nosotros lo hizo? —se teme Úrsula, y Daniel y Vega se miran con complicidad:

«¿Creen que alguno de nosotros lo hizo?

¿Somos sospechosos?».

Dos preguntas que formaban parte de la novela más destacada de Úrsula, *Ángeles caídos*, en la que todos los personajes parecían sospechosos de la muerte de Viviana, la *bella* protagonista, una abogada déspota con muchos secretos y enemigos, que en el primer capítulo cae desde la decimoquinta planta de un rascacielos.

Las declaraciones de las autoras Rosa Uribe y Malena Guerrero no distan mucho de la que le han tomado a Úrsula. Ambas se han mostrado nerviosas y más afectadas por lo que les pueda pasar a ellas que por el asesinato de Leiva. También han dicho que nadie envidiaba a Leiva, que sí, que podía caer mal, pero tanto como para odiarlo y matarlo... no. Y que, efectivamente, estar tres años sin publicar no es señal de estar en una buena racha creativa.

Rosa se retiró a su habitación a las dos, Malena a las tres y media, Manel Rivas se escabulló, ni idea de la hora que era. Ellas dos apenas bebieron. Han dicho que Guillermo Cepeda, Ernesto Carrillo, Úrsula Vivier y los dos autores jóvenes en busca de la aprobación constante de los veteranos, se quedaron en el comedor hasta las tantas. En cuanto Daniel y Vega les han dicho que lo comprobarán a través de las cámaras de seguridad, las autoras se han esforzado en poner sus mejores caras de póker, pero se nota que hay algo que las inquieta.

Le toca el turno a Ernesto Carrillo.

—El rival de Leiva —le informa Daniel a Vega, antes de que el susodicho se siente frente a ellos—. Nunca he leído nada de él.

—Inspectores, ¿no descansan para comer? El estómago me ruge y estoy cansado de estar esperando... —se presenta Carrillo en un tono chulesco y desagradable.

—Disculpe los inconvenientes que todo esto le puede ocasionar, Ernesto, pero su compañero ha sido asesinado y, como comprenderá, tenemos que hablar con todos los asistentes al festival —contesta Daniel, muy diplomático.

—No parece muy afectado —ataca Vega.

—La procesión va por dentro.

—¿A qué hora se retiró anoche a su habitación? —sigue Vega.

—Ni idea. Cuatro, cuatro y pico... era tarde. O temprano, según a quien le preguntes —bromea Carrillo.

—¿Bebió mucho?

—¿Y eso qué tiene que ver?

—¿Lo hizo? —insiste Daniel.

—Sí. Me pasé un poco. Pero no es delito beber si directamente te vas a la cama, ¿no?

—No, claro que no.

—Me quedé con mi amigo Guillermo Cepeda. Las señoritas se fueron antes. Perdón, rectifico... Úrsula se quedó hasta el final, pero nadie suele prestarle atención. Y los dos chavalitos jóvenes también pululaban por ahí con sus fantasías. Para mí que anoche se liaron, porque el chaval debería haberse ido a dormir a casa y hoy ha desayunado en el hotel —ríe Carrillo, componiendo un gesto lascivo que asquea a Vega.

—¿Cómo era su relación con Leiva? —pregunta Vega, tomando apuntes.

—Distante.

—Pero llegaron a ser grandes amigos, ¿verdad? —tantea Daniel.

—Lo fuimos, sí. Cuando estábamos empezando fuimos grandes amigos...

—¿Y qué pasó para que se distanciaran? —se interesa Vega.

—La vida, qué sé yo —contesta Carrillo escuetamente y sin intención alguna de entrar en detalles.

—La vida, usted o él... —tantea Vega.

Carrillo resopla.

—No estoy obligado a contestar a sus preguntas, si estoy aquí sentado es por respeto a las autoridades —les aclara el autor.

—¿Y por respeto a la memoria de Leiva? —cuestiona Daniel.

—Por supuesto. Lo respetaba. Lo admiraba. Pero no era buena persona.

—¿Con qué fundamento dice que Leiva no era buena persona? —Carrillo se encoge de hombros—. ¿Sabe de alguien que no le quisiera bien a Leiva?

—¿La verdad? Nadie le quería bien a Leiva, ni siquiera su mujer, que también es su editora. Es... era un hombre altivo, muy suyo. Con carácter, mal carácter... si tenía que contestarte mal, atacarte o amenazarte, lo hacía sin miramientos.

—¿Ha tenido algún enfrentamiento con él a lo largo de estos años? —sigue preguntando Daniel.

—No —niega Carrillo pensativo—. Tampoco es que yo me haya buscado problemas con Leiva. Nadie... nadie quería problemas con Leiva.

—¿Por qué? ¿Le tenían miedo? —se extraña Vega.

—¿Eso ha parecido? ¿Que yo temía a Leiva? —vuelve a reír Carrillo—. Ja, ja, ja. No, no, para nada, es un decir...

A continuación, entra un desganado Guillermo Cepeda, cuyas respuestas son solo monosílabos, nada clave ni interesante. Manel Rivas les asegura que nunca ha congeniado con Leiva ni se han conocido en profundidad. Anoche cenó con el grupo y luego se fue a dar una vuelta por el pueblo. Regresó al hotel sobre la una, una y media, evitando pasar por delante del comedor donde el resto de autores seguían de cháchara. Estaba cansado, tenía sueño, no quería que lo entretuvieran.

—Pasear de noche me relaja, me inspira... —les ha contado Rivas—. Leiva y yo no habremos hablado más de... ¿diez minutos? Apenas tenía relación con él. Yo vivo en Barcelona, a Madrid vengo poco, a la Feria del Libro, a alguna presentación, a firmas... dos o tres veces cada dos años, que es cuando suelo sacar nueva novela. Con Leiva he coincidido en un par de festivales de novela negra. Por cierto, mañana cojo un AVE a las doce. Por la tarde tengo una reunión en Barcelona a la que no puedo faltar. Mientras tanto, después de un par de reuniones que me han surgido en el centro, me alojaré en el hotel Atlántico Madrid —les informa, conociendo el procedimiento y lo recomendable que es ser claro con los encargados de llevar un caso de asesinato—. ¿Hay algún problema?

—No —niega Daniel, buscando la aprobación de Vega con una mirada—. Pero manténgase localizable.

Sheila Galán y Bruno Peral, los dos autores novatos a los que, según la flamante ganadora del Premio Astro 2020, todavía les queda un largo camino por delante, se muestran de lo más colaboradores (y chismosos) con Vega y Daniel:

—Bueno, los veteranos echaban pestes de Leiva cada

dos por tres —les asegura Sheila con desparpajo. Más que una testigo, parece una infiltrada—. Cada vez que Leiva se iba, como anoche, que se fue sobre las... ¿diez? —Bruno asiente—. Cepeda dijo que era un sieso. Rivas, antes de largarse, porque se fue a eso de las diez y pico y no volvió, que era un cabrón de mucho cuidado, que ojo con lo que decían delante de él.

—Manel Rivas ha asegurado que apenas tenía relación con Leiva, que no han coincidido mucho y nunca han terminado de congeniar —la interrumpe Daniel.

Sheila y Bruno se miran sorprendidos, con las cejas arqueadas. Bendita transparencia la de la juventud.

—¿Eso ha dicho? Mmmm... —desconfía Sheila, siguiendo la conversación por donde la había dejado—: Luego está Carrillo, Ernesto Carrillo, que anoche fue el más crítico de todos con Leiva. Que si era un arrogante, que si nunca había tenido talento, solo suerte, que si se había tenido que casar con su editora para que no escatimaran en marketing... Malena no habló, ¿verdad, Bruno? —Esta vez Bruno niega con la cabeza como una marioneta—. Y Úrsula... bueno, Úrsula le dio la razón a Carrillo porque Leiva lleva tres años sin publicar, que curiosamente es el tiempo que lleva muerta su primera mujer, Elsa Barros.

—Sheila, ¿qué está insinuando? —sondea Vega.

—Que mucha gente cree que quien escribía las novelas de Leiva era Elsa, su exmujer —aclara la joven, y Vega y Daniel se miran pensando en el *influencer* Hugo Sanz y en que un escritor fantasma le escribía las novelas, por lo que no es un fraude que a estas alturas les sorprenda—. Hace cuatro o cinco años, no sé, Leiva se enrolló con su editora y dejó a Elsa. Fue algo muy sonado en el mundillo, pero no encontrarán nada de eso en internet. Digamos que Leiva... tenía sus contactos. Eso dicen, que tenía muchos contactos para que no quedara rastro de lo que a él no le interesaba que se supiera. Si hasta llevaba un móvil superantiguo sin internet ni WhatsApp ni nada.

—Leiva era la élite —murmura el joven Peral, no tan desenvuelto como su compañera.

—¿De qué murió Elsa? —quiere saber Vega.

—Se suicidó —revela Bruno en un murmullo, como si estuviera sacando a relucir un tema tabú—. Dicen que Elsa padecía fuertes depresiones desde que Leiva la dejó, y una noche arrasó con los ansiolíticos. Se rumorea que fue Leiva quien la encontró muerta en la cama con tres botes vacíos de Lorazepam volcados en la mesita de noche.

CAPÍTULO 8

De camino al anatómico forense
Jueves, 27 de junio de 2024

El silencioso trayecto hacia el anatómico forense se está haciendo eterno. Esther, con la mirada fija en la ventanilla, donde el paisaje monótono va desfigurándose a medida que avanzan, no puede dejar de pensar en Elsa, la primera mujer de Leiva. Su gran amor. Veinticinco años de relación que Esther borró de un plumazo.

¿Cómo eres capaz de seguir respirando con normalidad cuando sabes que te has cargado la vida de una persona?

Hay que tener mal corazón.

La editora esboza una sonrisa de la que el guardia civil se percata a través del retrovisor. Esther sonríe al pensar que Leiva y Elsa ya deben de estar juntos donde sea que vayan los muertos.

Está claro que Leiva llegó a arrepentirse de haber abandonado a Elsa por ella. Incontables han sido las veces en las que se lo ha echado en cara. Y es que Leiva no volvió a ser el mismo desde que su exmujer se suicidó. Lo ocurrido lo rompió por dentro. En parte, le echó las culpas a Esther, que siempre ha pensado que Leiva tenía un lado oscuro, secretos que se ha llevado a la tumba, una parcela íntima que no ha querido compartir con ella y, posiblemente, con nadie.

La buena de Elsa estuvo con Leiva cuando no era nadie y malvivían de alquiler en un cuchitril de Villaverde. Lo hizo todo por él. Todo. Trabajar doce horas diarias para que él pudiera dedicarse plenamente a escribir. Revisar sus borradores una y otra vez con una paciencia infinita fruto del amor y la devoción que sentía por él... Elsa, al contrario que Esther, era la bondad personificada.

Aun sabiendo que Leiva estaba casado, Esther no tuvo reparo en conquistarlo hasta conseguir lo que en un principio parecía imposible: alejarlo de Elsa. Que se cansara de ella, de veinticinco años de relación con una misma persona, que sintiera fuegos artificiales por la novedad, por ella, por Esther. Y es que Esther nunca ha sido trigo limpio. La avaricia le pierde.

El sueldo como editora no es para echar cohetes, y Leiva, por aquel entonces, ya presumía de la casa en La Moraleja y de una boyante cuenta bancaria que anualmente se multiplicaba por diez, gracias a los royalties de sus libros. Acababan de sacar una edición especial por los veinticinco años de *Muerte en París*, su primera novela. Con ella, Leiva deslumbró al mundo entero. A principios del siglo XXI, fue traducida a treinta idiomas, y ahora, gracias a las plataformas de *streaming* y a la necesidad de estar creando contenido constantemente, estaban pactando hacer una serie de esta historia considerada de culto.

A finales de los años 90, Leiva consiguió en muy poco tiempo lo que llevaba años buscando después de varios fracasos y cientos de negativas editoriales. Cuando a mediados de 2019 el editor de Leiva desde 1999 y mano derecha de Álvaro Torres, fundador de la editorial Astro, murió súbitamente, Esther, que por aquel entonces era una madre soltera con apuros económicos, ocupó su lugar. En un principio, parecía que Leiva la repudiaba, con esos humos que decían que se gastaba, pero a la nueva editora le bastaron unos pocos meses para que incluso se replanteara su relación con Elsa. Un año más tarde, Leiva dejó a Elsa y formalizó su relación con Esther. Elsa abandonaba la casa de La Moraleja y volvía a Villaverde con una mano delante y otra detrás, mientras Esther y su hijo descubrían qué era vivir sin preocupaciones económicas, rodeados de lujos y comodidades.

El último borrador que Leiva le entregó a Esther en calidad de editora, iba dedicado a Elsa. Ella era la protagonista de una historia que nada tenía que ver con *la marca Leiva*. No era novela negra. No era un *thriller*. No había misterio ni asesinatos, no era rebuscada ni había giros argumentales. Sí había mucha poesía, mucho amor, mucha pasión. Una novelita corta de apenas ciento veinte páginas que Esther, desde el principio, no creyó que fuera lo suficientemente comercial como para publicarla, pero Leiva...

—¿Qué vas a saber tú?

—Soy editora, Sebastián. Tu editora —recalcó, obviando el hecho de que odió a Leiva por haberle dedicado una novela a Elsa. Lo odió por eso. Y lo odiaba por muchos otros motivos que ahora no vienen a cuento—. Claro que sé lo que vende y lo que no, y *Noviembre triste "título provisional"* no va a vender una mierda —zanjó Esther de corrillo, con el mismo tono agresivo que solía emplear Leiva contra ella. Esther tenía la insana intención de hacerle daño. La relación entre ambos era cada vez más tóxica.

Sin embargo, no había nada que dañara a Leiva desde que Elsa se quitó la vida por culpa de *aquello* que jamás debió ocurrir.

Lo que Esther ignora, es que *Noviembre triste* no era más que una tapadera después de años sin publicar. Lo escribió en una semana y no era el manuscrito que Leiva tenía pensado que viera la luz. El otro, *el de los monstruos*, el que tanto malestar tiene que provocar, pronto estará en manos de su agente y de otra editorial, una más humilde que Astro pero sin escrúpulos y dispuesta a todo para destapar la verdad (y engordar sus cuentas a la velocidad de un rayo, todo hay que decirlo).

CAPÍTULO 9

Hotel Los Rosales, Rascafría
Jueves, 27 de junio de 2024

El hotel Los Rosales se ha ido vaciando de policía, aunque el ambiente, impregnado de una calma inquietante, se percibe asfixiante, como si la chispa pudiera volver a saltar en cualquier otro momento.

No hay tantos curiosos en la plaza, la hora de comer es sagrada, aunque sí quedan periodistas ávidos por conseguir el testimonio de los autores, que han ido saliendo uno a uno por la puerta del hotel después de hablar con Vega y Daniel. A todos, cabizbajos y esquivos, los ha recogido un taxi en la puerta. Regresan a sus casas; todos viven en Madrid salvo Manel Rivas, y les han prometido a los inspectores estar disponibles por si los vuelven a requerir.

Ernesto Carrillo, con sus ansias habituales de protagonismo, es el único que se ha detenido ante los periodistas, y parecía encantado de tener tantos micrófonos pegados a su boca:

—La muerte de Sebastián Leiva ha sido una tragedia. Perdonen que no me salgan las palabras, pero estoy...

Pausa teatral.

Párpados cerrados con fuerza.

Labios comprimidos.

Qué exagerado.

Una lagrimita...

«Venga, no tendría que ser tan difícil, una lágrima, solo una», se presiona Carrillo a sí mismo, manteniendo el suspense.

Nada. La lágrima se resiste.

Mientras tanto, las preguntas de los periodistas, necesitados de información (y de titulares, de morbo, y de muchas otras cosas...), se acumulan. Imposible responderlas a todas:

—Ernesto, dicen que Leiva no ha muerto por causas naturales, que lo han matado, por eso hay tanta policía en el hotel. ¿Cómo lo han matado?

—¿Qué pasó anoche?

—¿Los han interrogado a todos?

—¿Hay algún sospechoso?

—¿Sospechan de alguno de los autores de *Rascafría Negra*? ¿Sois un total de ocho sin contar a Leiva, verdad?

—¿Cuándo fue la última vez que usted vio a Leiva?

—¿Carrillo, cree que Leiva estaba preocupado o que alguien podía estar amenazándolo...?

—Disculpen... —ha vuelto a la carga Carrillo—. Estoy muy afectado por lo ocurrido y el caso lo lleva la policía, yo no puedo decirles nada al respecto. Lo importante es que el mundo pierde a un gran autor. Un mago de las letras. Leiva era, además, un buen amigo, aunque la prensa siempre se haya empeñado en enemistarnos diciendo lo contrario.

—Por favor... —ha farfullado Vega desde el interior del hotel. Aun sin haber alcanzado a oír lo que acababa de decir Carrillo, su gesto le ha crispado los nervios.

—Qué tío más falso —ha soltado Daniel.

Después de interrogar a los empleados y a la pareja propietaria del hotel, a Carlos Peral y a las dos organizadoras de *Rascafría Negra*, Vega y Daniel, con las grabaciones de las últimas horas de las cámaras de seguridad en su poder, se disponen a regresar a comisaría a revisar todo el material, pero el grito de una mujer los detiene en seco en el umbral de la puerta. Miran a su alrededor en busca de la procedencia del alarido, y es el encargado quien, saliendo del mostrador de recepción, les indica a los inspectores que lo sigan.

Al lado del ascensor, hay una discreta puerta con un cartel en el que pone: «PRIVADO». Se trata de un cuarto normalmente cerrado con llave en el que guardan productos de limpieza. La empleada se ha pegado un susto de muerte al encontrar entre sus herramientas de trabajo a un hombre en calzoncillos tumbado en posición fetal, con la boca tapada con cinta americana y atado de pies y manos con bridas. De la coronilla le resbala sangre reseca, le han debido de dar un buen golpe.

Vega se agacha para quitarle la cinta de la boca, mientras Daniel lo libera de las bridas y lo ayuda a incorporarse, aunque el hombre, debido al mareo, tiene que volver a sentarse con la espalda apoyada en la pared del descansillo.

—¿Quién es usted? ¿Qué le ha pasado? —pregunta Vega.

El hombre, sofocado y con las mejillas encendidas, delgado, bajito, de unos cincuenta años y todavía con el susto reflejado en los ojos, balbucea aturdido:

—Soy... Mateo. Mateo Cervera. Forense. El... forense... —repite—. Venía hacia aquí y...

—Espera, ¿qué? —inquiere Daniel.

—Aparqué... —sigue tratando de explicar el hombre, pero apenas le sale la voz—... me confundí. Aparqué... en la... calle... de atrás.

—¿Vio a la persona que lo atacó? —tantea Vega.

El hombre que dice ser el forense, sacude la cabeza a modo de negación, mientras Vega y Daniel se preguntan cómo pudo atacarlo, desvestirlo, y entrarlo en el hotel para encerrarlo en el cuarto sin que nadie lo viera.

—No había nadie... aún no había nadie. Fui el primero... en... llegar —sigue tratando de explicar Mateo.

—En cuanto encontraron el cadáver de Leiva, todos salieron a la plaza —elucubra Daniel, reparando en una puerta que hay al fondo del pasillo y que da al terreno de la parte de atrás.

—El forense —dice Vega en una exhalación, tratando de recordar la cara anodina de quien se ha hecho pasar por el hombre malherido que tienen delante.

CAPÍTULO 10

Anatómico forense
Jueves, 27 de junio de 2024

Lo primero que Esther ve del cadáver de Leiva son sus pies, lo único que no cubre la sábana. La piel ha adquirido el tono cerúleo de la muerte y esos pies que siempre estaban fríos, incluso en verano, parecen más huesudos de lo que eran.

—Señora Vázquez, no es agradable de ver —trata de convencerla el forense para no tener que destapar lo que queda de la cara de Leiva.

—Me da igual. Quiero verlo.

—Seguro que...

—Por favor —termina suplicando, y lo hace con la mandíbula tensa y los labios comprimidos; ambos gestos no revelan dolor, sino rabia.

El forense, resignado, destapa el rostro desfigurado y machacado de Leiva, pero Esther no ve a Leiva. Lo que queda de él no es más que un amasijo irreconocible que no le provoca nada, ni dolor, ni asco, ni pena... Nada.

Si le dijeran que el cadáver que tiene delante es el del jardinero que mantiene vivos sus rosales, Esther se lo creería. Porque podría ser cualquiera. Ahí ya no queda nada de lo que fue Leiva. La muerte se ha llevado su esencia.

Al forense y a los dos agentes que acompañan a Esther, les sorprende su reacción, la mirada altiva que le dedica al cadáver de la persona con la que ha compartido los últimos cuatro años de su vida. No hay emoción alguna en la editora, que se convierte en un caparazón tan vacío como el de Leiva. Seguidamente, Esther le hace un gesto al forense para que vuelva a cubrir el cadáver. Sin decir nada, se aleja en dirección a la puerta con la espalda erguida.

Los agentes aguzan el oído al tiempo que le dedican una mirada cargada de incomprensión al forense. Ni siquiera al otro lado de la puerta se oye a la mujer de Leiva llorar, gritar... lo que sea para soltar la pena y la rabia que cualquiera sentiría si asesinan a quien se supone que más quieres.

Debe de ser el shock, piensan los tres.

Pero no conocen a Esther. Tampoco conocieron a Leiva. No saben nada de ellos como para permitirse el lujo de juzgar la carencia de emociones.

Una semana antes del asesinato de Leiva

El hijo de Esther odiaba a Leiva. No era algo que le hubiera ocultado a su madre desde que en 2020 se instalaron en el chalet de La Moraleja. Ella siempre ha pensado que su hijo es un regalo del cielo y que, por su condición de autista, es especial y percibe a las malas personas antes siquiera de que estas abran la boca. Malas personas como Leiva, que desde el primer día empezó a dar voces desde su despacho cada vez que el *niño* tenía un berrinche. La verdad es que Esther nunca defendió a su hijo de los ataques de ira de Leiva y eso la reconcomía por dentro, le impedía dormir bien por las noches. Leiva nunca pegó a Alejandro, o eso cree. Esther le preguntó cientos de veces si Leiva le hacía daño, limitándose a aceptar como respuesta un simple gesto: Alejandro se llevaba el dedo índice a la sien.

—¿En la cabeza? ¿Te pega en la cabeza?

—No —negaba Alejandro repetidas veces, sin mirar a su madre a los ojos—. Dentro.

—Dentro de la cabeza... —murmuraba Esther.

Maltrato psicológico, dedujo.

Leiva detestaba a Alejandro. En realidad, Leiva detestaba todo aquello que no comprendía, y Alejandro era un misterio para él. Lo ingresó en un centro privado de día, el mejor de Madrid, le aseguró a Esther. El mejor solo porque cuesta un pastizal al mes, pensó ella. Sin embargo, lo cierto es que el cambio de centro le vino muy bien. Por las tardes, Alejandro llegaba feliz y relajado a casa. Pero a finales de 2020, cuando el chico tenía dieciséis años, ocurrió algo que lo desestabilizó por completo. El mejor amigo de Alejandro desapareció. Esa época regresó a la memoria de Esther hace escasos días, cuando Leiva aún estaba vivo y se pasaba la mayor parte del tiempo encerrado en su despacho terminando de pulir su obra *secreta*.

—Alejandro, ¿qué pasa?

—No quiero desaparecer —le dijo en un murmullo, con el cuello tan echado hacia delante que daba la sensación de que se fuera a desnucar.

—Cariño, no vas a desaparecer —intentó confortarlo Esther, deduciendo que Alejandro volvía a pensar en su amigo. En el chico que desapareció y del que nunca se volvió a saber nada—. ¿Por qué dices eso?

Alejandro empezó a dar toques en la mesa. Esther suspiró. Odiaba cuando Alejandro se negaba a emplear su voz y la sustituía por el código Morse que tanto le ha fascinado siempre y que ella tuvo que aprender para comunicarse con él.

—Dos... cero. Dos. Cero —recitó Esther—. Un año. ¿Año 2020?

Alejandro asintió sin mirarla a la cara.

—¿Qué pasó hace cuatro años, Alejandro? —preguntó Esther, siguiéndole el juego, pues sabía lo que Alejandro quería decir, aunque nunca hablara claro.

2020 fue el año en el que su amigo desapareció, vale. Tenía que ver con eso. Esther llevaba un buen rato intentando sacarle información, pero Alejandro era hermético. Vivía en su mundo, inalcanzable incluso para su propia madre. No compartía sus secretos con nadie. Pero ¿por qué Alejandro había vuelto a recordar a su amigo? ¿Por qué en ese momento? ¿Qué estaba intentando decirle? ¿Acaso Leiva fue responsable de su desaparición?

—No quiero desaparecer. No quiero desaparecer. ¡NO QUIERO DESAPARECER! —empezó a gritar, desesperado, levantándose y dándose de cabezazos contra la pared ante una frustrada Esther que lo agarró para evitar que se hiciera más daño. Los siguientes gritos que tuvo que soportar fueron los de Leiva acoplándose a los de su hijo:

—¡QUE SE CALLE EL PUTO CRÍO, ESTHER! ¡HAZ QUE SE CALLE DE UNA PUTA VEZ!

CAPÍTULO 11

En el chalet de La Moraleja
Mediodía del jueves, 27 de junio de 2024

Azucena abre la puerta con la cara encendida.

¿Qué hace aquí?

¿Por qué hoy? ¿Por qué ahora?

—No puedes estar aquí, Moisés. Y menos un día como hoy, por Dios, ¿es que no has visto las noticias?

—Déjame ver a Alejandro.

—Si la señora descubre que llevo años permitiendo que un desconocido entre en casa y pase un rato con Alejandro, me va a…

—No soy un desconocido, no para Alejandro, y lo sabes —la interrumpe con brusquedad—. Y Esther está muy ocupada ahora mismo, aún tardará horas en llegar. Déjame entrar, solo serán cinco minutos, tengo que decirle algo importante a Alejandro.

Azucena traga saliva. Este hombre nunca le ha gustado, hay algo en él que la hace desconfiar. Habló por primera vez con él hace tres años, cuando paseaba con Alejandro por la urbanización. Alejandro lo saludó como si lo conociera de toda la vida y hasta lo miró fijamente a los ojos, algo muy raro porque no suele ser así de extrovertido con nadie. Moisés se detuvo a hablar con él. No se dijeron mucho. A Azucena le resultaba familiar, y cuando Moisés le dijo que se conocían del centro privado al que Alejandro acudía, no hizo más preguntas y recordó de qué le sonaba tanto. Aunque a ella no le gustara, le transmitía a Alejandro la paz que necesitaba.

A partir de ese día, siempre que los señores no se encontraban en casa, como si ese hombre tuviera un sexto sentido o los espiara, venía a ver a Alejandro. Su presencia parecía irle bien al chico, se mostraba más tranquilo, incluso feliz cuando lo venía a ver, pero en cuanto salía por la puerta de casa, se desataba el drama. Es por eso por lo que Azucena le dijo a Moisés que las visitas no podían alargarse tanto, que cuando él se iba, Alejandro lloraba desconsolado como si le estuvieran arrancando una extremidad.

—Y aún menos de espaldas a los señores —añadió la empleada. Después de tres años ocultando las visitas de Moisés, ya era tarde para recapitular e informar a Esther de su existencia. Sea quien sea en realidad, conozca a Alejandro del centro o de otro lugar, ya no puede hablarle a Esther de él. La despedirían.

—Azucena… —presiona Moisés, y a la empleada no le queda otra que dejarlo entrar.

Los pasos de Moisés llenan el silencio denso y trágico que se ha instalado en la casa de Leiva. Encuentra a Alejandro sentado en el sofá del salón con el cubo de Rubik entre las manos. El chico lo recibe en alerta, con los ojos brillantes fijos en él, al tiempo que Moisés le dedica una sonrisa conciliadora y se sienta a su lado:

—Alejandro, sabes que esta será la última vez que venga a verte, ¿verdad? —Alejandro asiente repetidas veces con la cabeza—. No tengo mucho tiempo, pero vengo a decirte que ya ha caído. ¿Lo sabes, verdad? ¿Sabes que tu padrastro ha caído? —Alejandro vuelve a asentir sin un ápice del nerviosismo que suele dominar su cuerpo. La suavidad con la que siempre le habla Moisés lo serena—. Bien. No podría haberlo hecho sin ti. Ahora tengo que hacer varias cosas sin que Azucena se entere.

—Qué tienes… qué tienes que hacer —quiere saber Alejandro, con los ojos fijos en su cubo de Rubik.

—¿Tu madre tiene el coche en el garaje? —Alejandro asiente—. Bien, es bueno saberlo. Pero empecemos por el despacho de Leiva. Tengo que llevarme su ordenador antes de que la policía venga y lo confisque.

Alejandro vuelve a asentir, esta vez lentamente, esbozando una media sonrisa afilada antes de preguntar:

—Vale. Pero quiero saber a quién le toca ahora —le pide con determinación, como si de un juego se tratara, y en su mente es así, no es más que un juego en el que, quienes lo merecen, pierden la vida.

—Chico listo. El siguiente no, la siguiente —lo

corrige Moisés—. Vamos a por la que más daño nos hizo, Alejandro. Y será dentro de pocas horas, a última hora de la tarde.

—¿Igual que en la novela? —inquiere Alejandro, expectante, abriendo mucho los ojos.

—Igual que en la novela —confirma Moisés.

CAPÍTULO 12

En comisaría
Tarde del jueves, 27 de junio de 2024

Levrero no es el típico comisario que se pasa el día encerrado en su despacho batallando con *los de arriba* y limitándose a dar órdenes a *los de abajo*. Por eso, cuando Vega llega a la sala tras haber pasado por el anatómico forense y haber hablado con la mujer de Leiva, le sorprende encontrar a Levrero con Daniel y Begoña revisando las grabaciones de las cámaras de seguridad que les han facilitado los propietarios del hotel Los Rosales de Rascafría.

Samuel, en compañía de un par de agentes y tras la orden del juez, se encuentra en el chalet de La Moraleja en busca de pruebas, puesto que ni el móvil de Leiva ni ningún otro dispositivo han aparecido en la escena del crimen.

—¿Cómo ha ido? —pregunta Levrero.

Vega inspira hondo dirigiendo la mirada a uno de los

monitores. Úrsula Vivier aparece en la imagen congelada. Se encuentra en mitad del pasillo de la segunda planta la noche de ayer miércoles a las 22.40.

—A esa hora Leiva ya estaba muerto —empieza a decir Vega, señalando el monitor—. La autopsia ha revelado que murió entre las diez, diez y media de la noche, de un traumatismo craneoencefálico, como ya suponíamos, aunque su asesino solo ha adelantado su muerte.

—¿Cómo? —inquiere Levrero.

—Leiva se estaba muriendo, su mujer no tenía ni idea. Ha llevado la enfermedad en secreto. Le quedaban semanas, un mes a lo sumo. Cáncer en estadio IV. Todo indica que empezó como un cáncer de páncreas que ha ido extendiéndose. El caso es que he hablado con la mujer... que también era su editora, Esther Vázquez, y jamás me he encontrado con una viuda reciente tan fría e indiferente ante lo ocurrido —sigue diciendo Vega, pensativa, mirando a Daniel como si ambos estuvieran pensando lo mismo:

«¿Era a Esther a quien Leiva machacaba, como el protagonista de su novela, *Muerte en París*, machacaba a su hermano, el que más puntos tenía de ser el asesino? ¿La humillaba? ¿Qué razones podría tener su segunda mujer para acabar con su vida? ¿Quizá el móvil ha sido la herencia?».

Una hora antes

Se han llevado al hospital a un conmocionado Mateo Cervera, el forense que tenía que acudir a la habitación donde han matado a Leiva y que alguien ha atacado con la intención de hacerse pasar por él y quizá eliminar pruebas o despistar.

Por más que Vega y Daniel lo han intentado, no han sabido dar una descripción exacta del hombre con el que incluso han mantenido una conversación. Además, la única cámara de seguridad de la planta baja del hotel no enfoca el discreto pasillo donde se encuentra el cuarto de los productos de la limpieza, donde el atacante ha maniatado y encerrado al forense. Es un punto ciego.

Daniel y Vega han declarado que tenía la voz ronca, de fumador, que parecía saber mucho de Leiva y de su obra, que era alto y grande, que sus ojos eran oscuros y rasgados, tenía la nariz aguileña y rondaría los cincuenta y tantos años. Llevaba la acreditación de Mateo, con quien comparte cierto aire, una cara común. Tras el saludo de rigor, el tipo se ha subido la mascarilla con rapidez. No han visto nada sospechoso en su comportamiento y se ha mostrado abierto con ellos y muy implicado en el caso, contándoles que tenía pensado acudir al festival a que Leiva le firmara un ejemplar.

—¿Cómo está Mateo? Es amigo tuyo, ¿verdad? —le ha preguntado Vega al forense, en cuanto se ha situado a un lado de la camilla donde reposa el cadáver de Leiva.

—Bien, se recuperará, aunque está acojonado de que le vuelva a pasar. Lo normal. ¿Crees que quien se ha hecho pasar por él es el mismo asesino de este hombre?

—Es posible, y eso es lo que más rabia da —se ha lamentado Vega—. Si estamos en lo cierto, hemos hablado con el asesino de Leiva, se ha hecho pasar por el forense al que ha dejado inconsciente y ha encerrado y no... lo hemos tenido delante y no hemos sospechado nada. Parecía tan tranquilo... tan profesional.

Seguidamente y después de que el forense le haya facilitado a Vega la hora aproximada y la causa de la muerte, le ha revelado que Leiva padecía cáncer con metástasis.

—Muy avanzado. Le quedaban semanas de vida, un mes como mucho. Lo que me parece milagroso, es que, pese a lo mal que debía de encontrarse, se tuviera en pie y siguiera con su actividad normal acudiendo al festival. No hay ni rastro de medicación en su organismo y, en el estado en el que se encontraba, lo normal hubiera sido que estuviera en paliativos, no viajando, dando charlas, firmando libros...

¿Qué sentido tiene matar a alguien que de todas formas va a morir en poco tiempo?

Para el autor, era impensable anticipar que el cáncer que debía de llevar bastante tiempo devorándolo no sería el encargado de poner fin a su vida. Su asesino no sabía que Leiva estaba a las puertas de la muerte.

Vega seguía dándole vueltas al tipo que se hizo pasar por el forense. Podría ser un mandado, ha elucubrado internamente mientras contemplaba por última vez la cara destrozada e irreconocible de Leiva, aunque ningún sicario se arriesgaría a acudir a la escena del crimen. No tendría sentido. Lo extraño ha sido que, en lugar de mostrarse esquivo con la policía, el infiltrado los ha mirado a los ojos directamente y les ha dado conversación. Como si fuera un juego. Como si no fuera más que un maldito juego...

—Cuánta inquina veo yo en este asesinato, inspectora —le ha dicho el infiltrado horas antes.

—A alguien no le caía bien el autor —ha opinado Vega.

—Es más que eso. Alguien lo odiaba a muerte.

«Alguien lo odiaba a muerte», ha repetido Vega internamente.

Minutos más tarde, Vega se ha acercado a Esther, que no se ha movido de la sala de espera del anatómico forense. Vega se ha presentado, pero la mujer de Leiva no se ha dignado ni a mirarla a la cara.

—Siento mucho lo que ha ocurrido, Esther.

—Mmm... —ha murmurado Esther, completamente ida, con los ojos fijos en una pulsera de oro con dos diamantes incrustados en el centro que no ha parado de toquetear.

—Sé que no es un buen momento para hablar, entiendo que es una situación difícil, triste... y que no debe de encontrarse bien, pero permítame que le haga un par de preguntas, por favor.

Esther se ha encogido de hombros, como si nada le importara.

—¿Usted sabía que su marido padecía cáncer?

Por primera vez desde que Vega se ha sentado a su lado, Esther la ha mirado, y lo ha hecho con tal estupefacción, que no ha sido difícil llegar a la conclusión de que no tenía ni idea de que Leiva estaba en las últimas.

—No lo sabía —ha dado por hecho Vega—. Cáncer con metástasis, le quedaba poco tiempo —ha añadido. En vista de que Esther seguía en silencio, absorta en sus propios pensamientos o quizá medicada, Vega ha continuado hablando—: ¿El lunes por la tarde, antes de que su marido se fuera al festival de Rascafría, tuvo un comportamiento extraño? ¿Sabe si le debía algo a alguien, tenía enemigos...?

—Lo único que le puedo decir es que Leiva no tenía amigos. Por lo demás, actuaba como siempre. Salió a hacer un par de recados por la mañana... comió en casa. Tarde, sobre las cuatro, luego se fue... se fue. Si llego a saber que estaba tan enfermo...

—¿Si llega a saber que estaba tan enfermo, qué? ¿Qué es lo que hubiera cambiado? —ha desconfiado Vega, y ha desconfiado aún más cuando Esther la ha mirado desubicada, como si hubiera sido un pensamiento que ha expresado en voz alta sin querer.

—Disculpe, estoy... ¿Cómo ha dicho que se llama?

—Vega Martín.

—¿Podríamos hablar en otro momento?

«Con Leiva muerto, sin hijos ni familiares directos como hermanos o sobrinos..., ¿usted será la heredera? ¿A cuánto asciende la fortuna del autor?», quería preguntarle Vega. Pero, claro, Esther no es sospechosa. El sospechoso principal, sea un mandado o no, es el hombre que ha atacado al forense y se ha hecho pasar por él, engañándolos como si fueran unos jodidos novatos.

Ahora

—Estoy de acuerdo con el forense —acierta a decir Begoña después de escuchar con atención a Vega—. Me parece increíble que Leiva, estando tan mal, siguiera con su vida como si nada.

—Era un tipo fuerte y en forma, aunque el cáncer lo estuviera pudriendo por dentro —opina Daniel.

—Mi padre tuvo cáncer. Murió de cáncer —les cuenta Begoña—. Los dolores son insoportables, no estaba a gusto ni acostado, ni de pie... No dormía por las noches, nada más cerrar los ojos tenía unas pesadillas horribles. A veces, ni la medicación conseguía aplacar el dolor.

—Lo que me extraña es que no se defendiera —rumia Daniel.

—¿Habéis visto algo raro en las cámaras de seguridad? —pregunta Vega.

—Yo estoy con la cámara principal, la de la entrada del hotel —contesta Daniel—. Marca las 2.40 y Manel Rivas no ha aparecido.

—Dijo que volvió de su paseo sobre la una, una y media de la madrugada.

Daniel se encoge de hombros.

—Pues por eso.

—Si me disculpáis, vuelvo a mi despacho, que tengo que hablar con el fiscal —irrumpe Levrero, ignorando la miradita que le dedica Begoña.

—Es el mejor —suelta Begoña, dejando ir un suspiro cuando el comisario se ha ido. Seguidamente, vuelve a centrar la atención en su monitor, el que muestra la tercera y última planta del hotel donde se encuentran las habitaciones 5, 6, 7 y 8 en las que se alojaban Sheila Galán, Rosa Uribe, Guillermo Cepeda y Malena Guerrero—. Por cierto, Sheila Galán y Bruno Peral se liaron.

—Carrillo lo ha dicho esta mañana, que entre los novatos hubo rollo —sonríe Daniel.

—Sí, he avanzado a cámara rápida porque me habéis dado las grabaciones de la cámara más aburrida. Los tortolitos subieron a las cuatro y cuarto de la madrugada abrazados, besuqueándose y demás... Y se metieron en la habitación 5. Nada relevante en la investigación, no es más que un cotilleo, pero quién volviera a tener veinte años... —resopla.

—¿Ha pasado algo interesante en la segunda planta? —pregunta Vega antes de darle al PLAY y seguir por donde el comisario Levrero lo ha dejado, percatándose de que la puerta de la habitación 4, la de Leiva, está entreabierta.

—Bueno... algo sí, pero no hay nada claro —procede a resumirle Daniel—: Hemos visto a Leiva salir del ascensor, caminar por el pasillo y detenerse frente a la puerta de la habitación 4 a las 21.56. Por cierto, que cogiera el ascensor en lugar de subir las cuatro escaleras que hay desde el vestíbulo hasta la segunda planta, indica que no estaba bien. Gira el cartelito, lo vuelve a colgar en el pomo: *No molestar*. Así es como nos lo hemos encontrado esta mañana. Se le ve entrar en la habitación, cerrar la puerta...

—Y a las 22.10 alguien, desde dentro, la abre, pero no se distingue nada —interviene Begoña.

—¿Y por qué, supuestamente el asesino, dejó la puerta entreabierta? —se extraña Vega—. El asesino debió de colarse en la habitación por la ventana, eso es algo que he tenido claro desde el principio, ¿pero estamos cien por cien seguros que no entró nadie por la puerta horas antes que Leiva?

Daniel revisa sus notas, poniendo especial interés en el programa del festival de *Rascafría Negra* y en lo que han hablado hace unas horas con Carlos Peral.

—A ver... Ayer miércoles Leiva abandonó la habitación a las ocho de la mañana. Fue a desayunar y estuvo liado hasta las 12.30, que volvió a la habitación.

Salió a comer a las 12.50, entró en la habitación a las 15.30, salió a las 15.45 para estar en la plaza a las 16.00, donde tenía una mesa redonda... Firmó libros hasta las... 18.30. Regresó al hotel y se encerró en la habitación hasta las 20.30.

—A las 20.30 bajó al salón para cenar con el resto de autores —rememora Vega, con la vista clavada en la imagen congelada de la pantalla.

—Exacto. Y desde que abandonó la habitación a las 20.30 hasta las 21.56, que es cuando le da la vuelta al cartelito del pomo y entra, ningún extraño recorrió el pasillo. Ernesto Carrillo, habitación 1, salió a las 9 de la mañana de ayer miércoles y no pisó su habitación en todo el día. Rivas, habitación 3, la de al lado de Leiva. Otro que tal, me tiene mosqueado que no aparezca por ningún lado, que no volviera al hotel entre la una, una y media, tal y como nos ha dicho.

—¿Por qué Rivas mentiría? —inquiere Begoña con curiosidad.

A Begoña, como buena adicta a la novela negra que es, el caso le apasiona. Ha leído todos los libros de todos los autores de *Rascafría Negra*, incluso las primeras obras de Sheila y Bruno, los novatos. La agente Palacios también cree que el asesino de la novela de Leiva, *Muerte en París*, era el hermano al que el protagonista humillaba, aunque considera que no es buena idea dejar algo así a la imaginación del lector.

—Bueno... Manel Rivas salió del comedor pocos

minutos después que Leiva —medita Daniel—. Según la cámara de la entrada, salió a las 22.03.

Vega niega con la cabeza.

—No le dio tiempo a salir del hotel, dar la vuelta hasta la calle de atrás y escalar los cinco metros que hay hasta la habitación de Leiva, que debió de dejar la ventana entreabierta para ventilar. No, Rivas tampoco está tan en forma —opina Vega.

—Pudo tener la ayuda de nuestro amigo el forense —discrepa Daniel—. Que tuviera alguna escalera preparada o...

—Mira, no me lo recuerdes —espeta Vega, poniendo los ojos en blanco y volviendo a centrar su atención en la pantalla. Úrsula acaba de recorrer los pocos metros que le faltan hasta situarse frente a la puerta de su habitación, la 2, e introduce la tarjeta en la ranura con la mirada dirigida a la izquierda, hacia la habitación de Leiva. Cuando parece que la autora va a entrar en su habitación, cambia de idea, extrae la tarjeta y da un paso indeciso hacia delante—. Daniel, Begoña, venid a ver esto —se anticipa Vega.

Hotel Los Rosales, Rascafría
Noche del miércoles, 26 de junio de 2024
22.40 h

Úrsula introdujo la tarjeta en la ranura de su habitación

y la puerta se abrió. Había subido con la intención de ir a buscar tabaco para, seguidamente, volver a bajar al salón y seguir con la fiesta. Sin embargo, nada más llegar al pasillo de la segunda planta, reparó en que la puerta de la habitación 4, la de Leiva, que se había ido a descansar hacía cuarenta y cinco minutos, estaba entreabierta.

Era incapaz de apartar la mirada de la puerta, como si hubiera caído presa de un hechizo, y decidió dejar el tabaco para después y acercarse. Avanzó en dirección a la habitación de Leiva con pasos cortos e indecisos.

Empujó la puerta del todo y se detuvo en el umbral un par de segundos.

—¿Leiva?

La habitación estaba a oscuras y en silencio. Úrsula encendió la luz.

—¿Leiva? —lo volvió a llamar, esta vez en un susurro, entrando en la habitación, idéntica a la suya, aunque quizá un poco más espaciosa.

Lo primero que Úrsula vio fue la sangre. Sangre en la cabeza de Leiva, sangre en la moqueta. A medida que fue acercándose al cadáver con una angustia creciente, se percató de que le habían estampado el pisapapeles del festival en la cara, si es que le quedaba cara debajo de ese objeto demasiado pesado como para salir ileso si te golpean con él.

—Joder —soltó.

Dirigió la mirada a la ventana entreabierta, sospechando que quienquiera que hubiera entrado en la habitación, lo hizo por ahí sin necesidad de entrar en el hotel por la puerta principal. Porque pensar que había sido alguno de ellos la inquietaba demasiado.

Úrsula, paralizada, clavó los ojos por última vez en el cadáver de su amigo, su mentor, aunque de eso hacía bastantes años, cuando ella aún era una joven ingenua dispuesta a todo para llegar a lo más alto en el mundillo de la literatura. De no haber sido por Leiva, que había dejado de existir porque alguien lo había decidido, Úrsula Vivier no estaría en una posición tan privilegiada y jamás habría ganado el amañado y codiciado Premio Astro. Para todo hay que pagar un precio; ella lo pagó muy caro, con pesadillas que aún invaden su mente incluso cuando está despierta.

En el momento en que Úrsula se alejó del cuerpo sin vida de Leiva y apagó la luz volviendo a sumir la habitación en la más absoluta oscuridad, ciertas imágenes del pasado regresaron a ella con fuerza. Cerró la puerta.

—Mañana te encontrarán, Leiva —le dijo al vacío, cayendo en la cuenta de que había cámaras. Cámaras en el hall, cámaras en los pasillos... Miró hacia arriba, en dirección a la cámara con una luz roja parpadeante que parecía estar riéndose de ella—. Mierda —espetó, pensando también en las huellas que, probablemente, había dejado, puede que solo en el pomo de la puerta y en el interruptor de la luz. Al mirarse la suelas de los zapatos, sintió alivio al haber tenido cuidado, pese a la consternación, de no haber pisado la moqueta llena de sangre.

Úrsula entró en su habitación. Se olvidó del tabaco que había subido a buscar y perdió la noción del tiempo. No tenía ni idea de cuántos minutos habían transcurrido desde que había salido del salón, donde le dijo a Rosa Uribe:

—Me he quedado sin tabaco. Vuelvo en cinco minutos.

Los cinco minutos se convirtieron en media hora. Úrsula no caería en la cuenta hasta el día siguiente, cuando esos inspectores le advirtieron que sabrían si se había ausentado del salón o no, a través de las cámaras. Ningún otro autor se percató de su ausencia, ni siquiera Uribe tuvo en cuenta que tardó bastante en volver a bajar.

A Úrsula le entró la paranoia.

«Aún quedan monstruos», le susurró un eco fantasmal.

Se encerró en el cuarto de baño y vomitó toda la cena con la sangre y la cara aplastada de Leiva ocupando su mente. Se lavó los dientes para camuflar el olor a vómito que notaba putrefacto en la boca y, con unos retorcijones terribles, se enfrentó a la imagen que le devolvió el espejo. Estaba hueca, su mirada no tenía brillo, su alma era oscura.

Le había vendido su alma al diablo.

¿En qué la habían convertido?

¿Quién había matado a Leiva? ¿Por qué? ¿Acaso alguien sabe lo que hicieron?

El cliché más manido de la novela negra que la propia Úrsula suele emplear en sus tramas, *el pasado siempre vuelve para recordarte quién eres o qué hiciste*, se abrió camino en su pensamiento. En ese momento, antes de coger el tabaco y regresar al salón como si no supiera que a Leiva lo habían asesinado a sangre fría, tuvo el presentimiento de que estaba en peligro. De que, quizá, habían empezado por Leiva y que ella (maldito ego) sería la siguiente.

¿Qué fue lo último que Leiva le dijo hacía tres años, cuando estaba tan hecho polvo por el suicidio de su exmujer que todos pensaron que seguiría los mismos pasos que ella?

Úrsula se esforzó en recordar. A los pocos minutos, las palabras de Leiva flotaban en el aire:

—Nuestros actos pesan y nos pesarán. Lo que hiciste te perseguirá para siempre. Llegará un día en el que te preguntarás: ¿Mereció la pena? Lo sé porque desde que Elsa se suicidó llevo haciéndome esa pregunta cada día, a todas horas. Nos endosó el éxito, el triunfo, el poder. Nos convirtió en intocables y nos prometió todo aquello que deseábamos y por lo que estábamos dispuestos a hacer cualquier cosa. Nosotros, a cambio, juramos lealtad, aunque por el camino nos convirtiéramos en monstruos. ¿Pero qué es la lealtad en comparación con todo lo que creemos ganar? No es más que una promesa, palabras huecas que se evaporan, una firma de sangre en un pergamino que el paso del tiempo emborrona. Sin embargo, nadie nos garantiza seguridad. Ni siquiera él, el todopoderoso al que divertimos como bufones a cambio de todo, pudo sobrevivir después de sembrar tanta maldad. Recuérdalo, Úrsula, y, si ves o intuyes algo raro, cúbrete las espaldas antes de que sea demasiado tarde.

Ahora, en comisaría

—Úrsula encontró el cadáver de Leiva —constata Vega, viendo salir a Úrsula de la habitación 4 a las 22.46.

—Y sabía que había una cámara en el pasillo, no sé por qué se ha sorprendido cuando se lo hemos dicho esta mañana —rememora Daniel.

—¿Por qué no avisó? —le extraña a Begoña—. ¿Cómo pudo volver con el resto de autores y seguir con lo que fuera que hicieran como si nada? Esto la hace parecer bastante sospechosa, como si supiera algo que se nos escapa, aunque salió de la habitación de Leiva con la cara desencajada.

—Sí, parece muy afectada —le da la razón Daniel—. Pero miradla. A la media hora sale de su habitación con los mismos aires de grandeza con los que se nos ha presentado esta mañana.

—¿Tenemos su dirección? —pregunta Vega. Daniel asiente—. Es tarde, pero vamos a hacerle una visita. Begoña, quédate. Samuel debe de estar al caer. A ver qué han encontrado en casa de Leiva.

—¿Puedes continuar revisando la grabación del vestíbulo? —le pide Daniel a Begoña—. A ver a qué hora llegó Manel Rivas.

CAPÍTULO 13

En comisaría
Noche del jueves, 27 de junio de 2024

Samuel llega a comisaría con las manos vacías. Casi se cruza con Vega y Daniel, que acaban de salir hacia el barrio de Salamanca, donde vive Úrsula.

—Nada. En el despacho de Leiva no había nada, ni ordenador de mesa ni portátil, y eso que la empleada del hogar ha asegurado que tenía uno, aunque me ha parecido un poco...

—¿Ningún teléfono móvil? —interrumpe Begoña.

—No, tampoco —niega Samuel—. Cotejaremos el registro de llamadas, pero por lo visto Leiva usaba un móvil antiguo de prepago.

—¿Un móvil antiguo de prepago? Como si tuviera algo que ocultar... Oye, ¿y qué novelas tenía en su despacho?

—Pues... no me he fijado. Había muchísimos libros, yo qué sé. ¿No creerás que había una sala secreta o algo así detrás de la estantería, no?

—Joder, Samuel, tendría que haber ido yo. Y no, no creo que hubiera ninguna sala secreta.

—Bueno, todo es posible, la casa es enorme. Lo que sí vamos a hacer es llamar a su agente literario, un tal Ramiro de la Rosa. Tengo su tarjeta, estaba en un cajón del escritorio de Leiva. Lo he buscado y lleva a los mejores autores del país, incluidos Ernesto Carrillo, Úrsula Vivier, Manel Rivas y Guillermo Cepeda.

—Junto a Leiva, son los más top del festival de Rascafría. Bueno, del festival y del mundillo literario en general. Han ganado cientos de premios, algunos con dotaciones económicas muy importantes —murmura Begoña pensativa.

—Sobre la empleada del hogar, que no me has dejado acabar...

—Qué.

—Pues que como no hemos encontrado ningún ordenador, le hemos preguntado a la empleada, y ha confirmado que Leiva sí usaba portátil, un portátil que no aparece. Pero lo que me ha chocado ha sido su expresión... no sé, me ha dado la sensación de que se callaba algo. Se ha puesto muy nerviosa, no atinaba con las palabras. También estaba el hijo de la mujer de Leiva, Alejandro. Es autista. Ha sido imposible arrancarle dos palabras.

—Vaya panorama, compañero —resopla Begoña, volviendo a centrar la atención en la cámara 1 del hotel, la de la entrada. Antes de irse a casa, tiene que comprobar, tal y como le ha pedido Daniel, a qué hora regresó Manel Rivas de su *paseo*.

En el despacho del agente literario Ramiro de la Rosa

Ramiro de la Rosa, el agente de Leiva y de tantos otros monstruos a los que, de momento, solo se les conoce por sus triunfos editoriales, sonríe triunfal cuando Moisés deja el portátil y el disco duro encima de la mesa. Solo Alejandro sabe que lo ha robado del despacho de Leiva, aunque es algo que Azucena ha supuesto, cuando la policía no lo ha encontrado y ha preguntado por él o por algún otro dispositivo que les diera alguna pista: registro de llamadas, mensajes, correos electrónicos... Alejandro es un buen aliado de quien nadie sospecha, el mejor guardando secretos.

—Menos mal que te has adelantado —pregunta Ramiro, abriendo la tapa y encendiendo el ordenador—. ¿Hay alguna forma en la que puedan rastrear el portátil?

Ramiro sabe de libros: los que venderán como churros y los que, por el contrario, quedarán tristemente en el olvido, muertos el mismo día en el que ven la luz, pero de tecnología no tiene ni pajolera idea.

—No, ninguna.

—¿La acabó?

—La acabó —confirma Moisés—. Está todo. Ahí está todo, Ramiro, con pelos y señales, y es... es terrible. Escalofriante. Es como volver a ese lugar, ver en directo todo lo que hicieron, ver aquellos vídeos que... —Moisés sacude la cabeza, como si así pudiera deshacerse de unos demonios que el agente literario ignora—. Un testimonio duro, no se ha dejado ningún detalle.

—Con Leiva vivo habríamos vendido centenares de libros. Pero con Leiva muerto, venderemos millones —ríe el agente, que ya de por sí gana una fortuna porque tiene a los mejores autores del país, y aunque esta novela sacrificará a los que más rendimiento le garantizan, merecerá la pena. Hará justicia. Las víctimas resucitarán. Quién sabe si la gente, por puro morbo, hará cola en las librerías para conseguir todos los ejemplares de Vivier, Carrillo, Rivas, Cepeda... Con suerte, a la cuenta bancaria del agente literario irán a parar un par de ceros más, y eso es lo único que le importa, porque, respecto al asesinato de Leiva, bueno, qué se le va a hacer... Ahora el manuscrito es aún más valioso—. Tendrás tu parte, Moisés.

—Sabes que el dinero no me interesa, que lo que quiero es...

—Bueno, bueno... Pero a nadie le amarga un dulce, ¿no? Buen trabajo —dice Ramiro, tan distraído con el archivo Word que tiene delante, que no se percata de que Moisés, cabizbajo y absorto en sus pensamientos, ha emprendido el camino hacia la salida.

Fragmento del prefacio de Todos los monstruos,
de Sebastián Leiva, que Ramiro de la Rosa está leyendo:

Nos convertimos en siervos de Satán.

Por dinero. Muchísimo dinero, más del que jamás habríamos podido imaginar. Por poder. Por cumplir sueños que otros, los olvidados, los que tan atrás quedaron en el camino y en el tiempo, machacaron con sus constantes negativas.

Nos convertimos en secuestradores. En asesinos.

En MONSTRUOS.

Minutos antes de que el móvil de Ramiro suene y al otro lado le hable Samuel para concertar una cita en comisaría al día siguiente, lee con las tripas revueltas el final de *Todos los monstruos*, la que va a ser la obra póstuma de Leiva. No tardará ni cinco minutos en enviársela a la editorial, que sin duda alguna batirá el récord de tiempo en pulirla, maquetarla, encontrar la cubierta perfecta y enviarla a imprenta para su publicación *casi* inmediata.

CAPÍTULO 14

Fragmento perteneciente al primer capítulo de la novela Ángeles caídos, *de Úrsula Vivier*
Ganadora del Premio Astro 2020

Lo último que Viviana vio antes de que su cabeza impactara a toda velocidad contra el asfalto, fue el cielo en llamas instantes antes de que Nueva York sucumbiera a la oscuridad de una noche que ya no viviría.

Tictac.

Tictac.

¿Lo oyes?

La cuenta atrás, frenética, había comenzado desde que Viviana se había levantado de la cama a las ocho y cuarto como si fuera un día más y no el último.

Llegó tarde a casa, agotada porque el día en el bufete había sido complicado. Hay días así en los que no damos pie con bola, y, sin embargo, no nos damos cuenta de que podría haber algo peor esperándonos a la vuelta de la esquina.

Abrió la puerta con desgana, se quitó los zapatos de tacón,

que dejó tirados en el vestíbulo, y arrastró los pies hasta el salón. Ahí, entre las sombras, vio al fantasma, que se llevó el dedo índice a los labios ordenándole silencio.

—Shhh... No grites.

—Tú... pero tú... —balbuceó Viviana, sin ser capaz de desatascar las palabras de la garganta a causa de la conmoción.

—El valor de la vida es que no dura para siempre —murmuró el fantasma con calma, segundos antes de levantarse del sillón. Avanzó en dirección a Viviana, se situó detrás de su cuerpo, y ella, paralizada y muerta de miedo, permitió que la acercara al ventanal abierto, desde donde las personas que transitaban por la calle parecían piezas diminutas del Monopoly.

El fantasma la volteó. Seguía agarrando a Viviana con fuerza para que no huyese. Quería verla una última vez, mirarla fijamente a los ojos antes de empujarla al vacío.

—No quiero morir —suplicó Viviana, antes de que el fantasma le susurrara al oído:

—Esto es lo que les pasa a quienes les gusta jugar a ser Dios.

Desde el último piso del número 68 de la calle de Lagasca
Barrio de Salamanca, 20.30 h

—Esto es lo que les pasa a quienes les gusta jugar a ser Dios —le susurra al oído.

Son las mismas palabras que ella inventó y tecleó en la ficción con la que, al final, después de años de sacrificio y actos reprochables, despuntó. El diálogo desde que ha llegado a su dúplex, ha sido prácticamente el mismo que arrastró a la muerte a Viviana, su personaje, una abogada egoísta y manipuladora, y todo ha empezado con...:

—Shhh... no grites.

Segundos antes de que *el fantasma* la aprisionara y la condujera al ventanal abierto sin que Úrsula pudiera oponer resistencia, ha emitido un balbuceo nervioso cuando ha intentado decir su nombre:

—Tú... pero tú...

—Esto es lo que les pasa a quienes les gusta jugar a ser Dios.

Son las últimas palabras que Úrsula escucha, segundos antes de que las manos de su atacante la suelten de los antebrazos para dirigirlas al esternón.

Úrsula cae al vacío de espaldas, con lágrimas en los ojos y la oportunidad de ver por última vez el cielo del atardecer en llamas, antes de que Madrid sucumba a la oscuridad de una noche que ya no vivirá...

Mismo momento y mismo lugar

—¡NOOOOOOOO! —grita Vega, frenando con brusquedad en mitad de la calle y saliendo del coche a toda velocidad, cuando distingue a Úrsula cayendo de espaldas al abismo.

El grito de la inspectora alerta a todos los transeúntes, antes siquiera de que el cuerpo impacte contra el techo de un BMW estacionado, provocando un gran estruendo de cristales saltando por los aires y carrocería reventada.

Ese trozo de calle del barrio de Salamanca, parece paralizarse a causa de la conmoción. La gente, bloqueada por el imprevisible suceso, enmudece, mientras el cuerpo sin vida de Úrsula yace en el techo hundido del malogrado coche sin lamentar más daños.

La postura de la autora recuerda a una de las fotografías más perturbadoras de la historia disparada por Robert Wiles: la del cadáver de Evelyn McHale publicada el 12 de mayo de 1947 en la revista *Life*, bajo el título *El suicidio más hermoso*. Es la misma imagen en la que, curiosamente y según dijo Úrsula en una entrevista, se inspiró para escribir la primera escena de *Ángeles caídos*.

Cuando transeúntes y vecinos empiezan a reaccionar, a gritar, a cuchichear, a realizar llamadas de socorro y a mirarse los unos a los otros sabiendo que es un momento compartido que recordarán toda la vida, Vega le dirige una mirada rápida a Daniel. Sobran las palabras. Saben que no ha sido un suicidio, que detrás de Úrsula se escondía una figura que la ha empujado al vacío.

Ignoran el barullo de fondo, las sirenas a lo lejos y el pitido de las bocinas por culpa del coche de Vega cortando el paso, y entran en el portal número 68 pidiendo a la gente respeto, que no hagan fotos ni vídeos, aun sabiendo que es una batalla perdida. La fotografía del cuerpo destrozado de Úrsula no aparecerá publicada en la portada de ninguna revista, no es ético, pero sí en redes sociales a través de tantos usuarios, que será difícil dar con el autor original.

Con la intención de llegar antes, Daniel sube hasta el ático de Úrsula en ascensor, mientras Vega, que es más rápida, emprende el ascenso por las escaleras, con la evidente intención de dar caza al asesino.

No tiene escapatoria. Por algún lugar tiene que salir.

En el descansillo de la tercera planta, Vega, impaciente, le cede el paso a una anciana que, encorvada y con bastón, a duras penas puede bajar un escalón sin tambalearse.

—El ascensor siempre está ocupado —farfulla, sacudiendo la cabeza que tiene envuelta en un pañuelo negro—. Joven, ¿ha pasado algo? Estoy medio sorda, pero parece que haya caído una bomba ahí abajo.

Vega no contesta. Ni la mira. En cuanto puede, pasa por su lado con cuidado de no rozarla, no vaya a ser que la tire sin querer escaleras abajo, y sigue el ascenso ignorando las miradas curiosas de algunos vecinos que entreabren las puertas de sus apartamentos.

—¡Métanse dentro! —les ordena Vega, al tiempo que sigue subiendo a toda velocidad y sin descanso hasta llegar al ático de Úrsula, de donde ve salir a Daniel con los brazos en jarra sacudiendo la cabeza a modo de negación.

—Aquí no hay nadie. Vega… a la espera de que llegue el forense, es posible que haya sido un suicidio. Que el asesinato de Leiva la haya afectado tanto que…

—¡No, Daniel! Hemos visto a alguien. Y acuérdate del primer capítulo de su novela.

—Ya, para una que hemos leído los dos…

—Empieza de la misma forma, con la protagonista cayendo del ventanal de su ático. El que se hizo pasar por el forense está imitando los crímenes que los autores escribieron en las novelas que les dieron la fama —elucubra Vega, pensando en el resto de autores, en si todos están en peligro o con Úrsula se acaba todo, mientras entra en el dúplex cuya puerta estaba entreabierta.

Vega se fija en los tacones negros tirados en la entrada. Avanza por el pasillo y se adentra en el inmenso salón. Destaca un sillón de color mostaza donde Vega imagina al *fantasma* de la novela *Ángeles caídos* esperando a su siguiente víctima. A la propia autora, en este caso. Y, por último, los ojos de la inspectora recorren de arriba abajo el ventanal abierto desde donde alcanzan a oír el bullicio que se ha formado en la calle.

—Y entonces, quien la ha empujado, ¿qué ha hecho? ¿Se ha esfumado? Porque aquí no había nadie y tú tampoco te has cruzado con ningún sospechoso por las escaleras, Vega —dice Daniel, detrás de Vega, que, asomada al ventanal, ve a unos cuantos agentes de la Guardia Civil apartando a la gente que rodea el BMW donde ha caído Úrsula, cuyos ojos abiertos parecen devolverle la mirada desde la distancia.

Vega, con una sacudida en el vientre, mira a ambos lados de la calle antes de espetar:

—¡Mierda! ¡La anciana!

—¿Qué?

—Que sí me he cruzado con alguien, Daniel, con una

mujer muy mayor y en apariencia indefensa que apenas podía dar un paso. ¡Ni siquiera la he mirado a la cara, joder! —espeta cabreada y casi sin aliento, corriendo en dirección a la salida seguida de Daniel—. Tenemos a un asesino con una capacidad sorprendente para camuflarse, imitar voces, disfrazarse... —añade, bajando las escaleras a toda prisa, desde donde las voces, las bocinas y las sirenas procedentes de la calle se intensifican aún más que cuando estaban en el interior del dúplex, que no tardará en llenarse de compañeros de la científica en busca de huellas (que no encontrarán) e intentarán averiguar si Úrsula estaba sola o alguien (como ocurre en su novela) la empujó.

Vega y Daniel salen del portal. Miran a ambos lados de la calle, apartan a la gente a codazos y saludan a algunos agentes a los que conocen. Vega les promete retirar su coche, consciente de que la culpa de que haya tanto atasco es suya. En nada llegarán refuerzos; de momento, han acordonado la zona y no se atisban móviles grabando el momento o haciéndole fotos al cadáver de Úrsula.

Es Vega quien lleva la voz cantante y el instinto le dice que gire hacia la izquierda y baje por la calle de Ayala.

—Por aquí, Daniel, vamos.

A escasos metros y frente a la tienda de ropa La Camisera, en el número 32 de la calle de Ayala, Vega distingue un bastón y un pañuelo negro sobresaliendo de una papelera.

CAPÍTULO 15

Hotel Atlántico Madrid
Dos horas más tarde, 22.40 h

Nada más bajar del taxi que la deja frente al hotel Atlántico Madrid, en pleno centro de Madrid, Esther llama a Azucena para saber cómo está Alejandro y, sobre todo, para decirle que se retrasará unas horas más, puede que pase toda la noche fuera de casa.

—Se ha ido a la cama, tranquila. Está bien, ha estado muy tranquilo y no hemos puesto la tele ni ha mirado el móvil en todo el día —le informa Azucena, pero Esther percibe cierto temblor en su voz.

—¿Pasa algo?

—Es que... bueno, la policía ha estado aquí, Esther. No sabía si debía dejarles pasar o...

—Ah. Ya, algo me han dicho, pero no he estado muy... lúcida.

—Traían una orden.

—De acuerdo. No pasa nada, no tenemos nada que ocultar y la policía tiene que hacer su trabajo, que es encontrar al asesino de Sebastián.

—Buscaban su ordenador portátil.

—¿Se lo han llevado? Estaba en la mesa del despacho.

—Ya, pero es que no... no estaba, Esther. Al final, después de mucho buscar, no se han llevado nada. Querían saber... bueno, lo típico. Últimas llamadas, correos electrónicos... me preguntaron por no sé qué de la nube, pero Sebastián no tenía nada de eso, ¿verdad? Era un poco torpe con... con las nuevas tecnologías, ¿no? Ni siquiera ha aparecido el cacharro ese donde se guardan los archivos por si el ordenador se estropea, ¿el disco duro?

—¿Como que el portátil no estaba, Azucena? Estoy convencida de que se lo dejó en casa, en el despacho, donde siempre. No se llevó el portátil al festival, él solo escribía en casa —arguye Esther, de repente inquieta.

—No lo sé, Esther —murmura Azucena pensando en Moisés, al que no ha sabido cerrarle la puerta en las narices cuando hoy, precisamente hoy después de meses sin saber nada de él, ha venido a ver a Alejandro.

—Vale, ya averiguaré qué ha pasado con el portátil. Tampoco han encontrado su móvil, aunque era tan antiguo que... En fin —resopla Esther, con la terrible sensación de que alguien la observa. ¿Quizá algún agente encubierto la está siguiendo? ¿Es sospechosa del asesinato de su marido?—. Te llamaba porque aún me queda un buen rato aquí, en el...

—Oh, tranquila, tómate el tiempo que necesites. Esto es horrible... es...

Antes de que Azucena empiece a lloriquear por un hombre que siempre la trató mal y no merece su pena, Esther corta la llamada:

—Te tengo que dejar, Azucena, ya apareceré por casa.

Esther, paranoica, vuelve a mirar a ambos lados de la calle y también a su espalda. Se le eriza el vello de la nuca al ver a un hombre alto y grande en la acera contraria mirándola fijamente. Su cara le resulta familiar, pero está tan atolondrada que no sabe de qué. Esther da un par de pasos rápidos hasta la fastuosa entrada del hotel, entra en el ascensor sin que nadie le diga nada, y sube hasta la quinta planta directa a la habitación que eligen siempre. Llama a la puerta nerviosa y con prisas como si el tipo que la miraba la hubiera seguido hasta aquí.

Manel Rivas no se encuentra bien. Solo lleva unos pocos minutos en la habitación del hotel Atlántico Madrid, tras haber aprovechado la tarde para reunirse con un par de productoras, y ya ha arrasado con la botella de Johnnie Walker desde que ha visto, a través de su cuenta en la red social X, que Úrsula también ha muerto.

Sabe que no ha sido un suicidio. Que la misma persona que anoche acabó con Leiva debía de estar esperándola y la ha empujado por el ventanal del ático del que tanto ha presumido en Rascafría.

Las imágenes que cientos de usuarios están compartiendo en X son escalofriantes. ¿Eso es legal? ¿Es legal que puedan compartir sin consecuencias la foto de un cadáver? ¿Es legal que gente que no conoció a Úrsula o la vieron un minuto mientras les firmaba un libro, escriban este tipo de crueldades?

Pero ahora, Rivas, pregúntate: ¿Es *legal* lo que hicisteis?

Es la zorra de Úrsula Vivier.
¡No jodas!
La que ganó el Premio Astro 2020 con su novela *Ángeles caídos*.
También fue finalista en 2016, pero casi nadie se acuerda.
Era una enchufada.
Muere la niña mimada de la editorial Astro. OMG.
D.E.P.
Primero Leiva, ahora Úrsula... ¿Qué está pasando?
Esto es más chungo que lo del año pasado. ¿Quién se acuerda de Hugo Sanz y Astrid Rubio? #ElAsesinoDelGuante
Se la veía un poco desequilibrada #DEPVivier
Era una borde. Fui a la Feria del Libro de Madrid el año pasado y ni me miró a la cara mientras me firmaba el libro. No he vuelto a leerla, era una desagradecida.

Úrsula tiene el cuello roto. Las piernas cruzadas y los brazos extendidos como alas. Un gran charco de sangre se expande por las ventanillas del BMW en el que ha aterrizado. Se ha abierto la cabeza, deduce Rivas, acercando la foto como si fuera un morboso.

¿Quién o quiénes les están haciendo eso? Conoce el motivo, pero ¿por qué ahora, después de tantos años? ¿Acaso esperaban que llegaran a lo más alto para cargárselos uno a uno? ¿O Leiva y Úrsula se han ido de la lengua y han empezado a suponer un peligro para alguien?

Rivas espera que la policía llame a la puerta en cualquier momento. En cuanto vean las grabaciones de las cámaras del hotel y sepan que llegó a las cinco y no entre la una, una y media de la madrugada como les dijo, sospecharán de él. Vendrán a buscarlo para pedirle explicaciones. Dónde estuvo hasta tan tarde. Qué hizo. Ahora se arrepiente de haber mentido. Pero qué excusa les podría haber dado si no podía hablar de Esther, de su presencia en Rascafría. Ella misma se lo pidió:

—*Que no se enteren de que anoche estuve en Rascafría. Que no se enteren, te lo pido por favor, no les hables de mí.*

El problema es que ahora él también está en peligro y el AVE que lo llevará de regreso a Barcelona no sale hasta las doce del mediodía del día siguiente. Aunque qué más da Madrid que Barcelona. Vaya donde vaya, si también van a por él, no hay ningún lugar seguro donde esconderse.

—¡Manel! Manel, ábreme la puerta, soy yo.

Rivas inspira hondo, le abre la puerta a Esther, que lo abraza como si nada hubiera ocurrido.

—Por fin podemos estar juntos. Sebastián está muerto, podemos...

Rivas se deshace de los brazos de Esther, con quien lleva tres años de relación intermitente y anoche se lo pasaron genial en Rascafría, pero ahora... ahora todo ha cambiado. El autor de *Dispara* no puede ni mirarla a la cara, atormentado por todo lo que hizo, por un pasado que sabía, es que lo sabía y cientos de veces se lo dijo a Leiva, regresaría a por él.

—¿Qué pasa, Manel? No le has dicho a la policía que estuve en Rascafría, ¿verdad?

—Úrsula también está muerta.

—¿Qué?

—Estamos... estoy en peligro, Esther. Yo también estoy en peligro —le dice, dándole un sorbo ávido al whisky antes de dejar el vaso vacío encima del minibar—. Lo mejor que puedes hacer es no acercarte a mí, volver a tu casa, con Alejandro...

—¡Me importa una mierda Alejandro! Estoy harta, joder, harta de haberle dicho sí a todo al cabrón de Sebastián, harta de cuidar de mi hijo que ni me mira ni me quiere ni parece sentir ni padecer. Estoy harta, yo solo quiero estar contigo, Manel, tú eres la única persona que me hace feliz.

Pobre Esther. El amor nos ciega. Engancharte a alguien que solo te considera un pasatiempo cuando está en una ciudad que no le pertenece, es un gran error.

—Esther... estoy casado.

—Pero me dijiste...

—No la voy a dejar —ataja Manel, rotundo, seco, distante. A Esther le da la sensación de que la mira como si fuera una extraña.

—Una última noche —le pide la editora, y espera que él le diga que sí, porque no quiere suplicar, pero tampoco quiere irse.

—Una última noche —acepta Rivas, sirviéndose otro vaso de whisky.

—¿Por qué dices que tú también estás en peligro? —le invade el miedo a Esther, asomándose a la ventana y pensando que ha sido una tonta al pensar que había un hombre siguiéndola. En la acera contraria a la del hotel donde hace unos minutos estaba el tipo mirándola, ahora no hay nadie—. ¿Sabes quién ha matado a Sebastián?

—No pareces muy afectada. Llevabas cuatro años con él y...

—Es que no lo estoy —lo interrumpe, esbozando una sonrisa maliciosa—. No lo soportaba, ya sabes que desde que Elsa se suicidó Leiva se convirtió en...

—... un monstruo —añade Rivas, asintiendo lentamente y pensando en Elsa, una víctima más de las muchas que hubo. Elsa era el gran amor de Leiva. Rivas nunca entendió por qué Leiva la dejó por la víbora que tiene delante. Es posible que, después de lo que Leiva hizo, arrastrándolos a todos al infierno con él, pensara que no merecía a una mujer tan buena como Elsa. Es ahora cuando Rivas entiende que Leiva se distanció de Elsa por el propio bien de ella, para protegerla, aunque nunca se sabe cómo va a reaccionar un corazón roto—. Pero aquí todos somos unos monstruos, Esther —añade con la voz quebrada, intentando borrar ciertas imágenes de su mente que todavía, a pesar del tiempo transcurrido, siguen atormentándolo—. Leiva, Úrsula, Cepeda, Carrillo, yo... tú, a tu manera... Todos somos monstruos.

—¿Qué quieres decir?

—Estoy cansado de callar, Esther. Esto pesa... joder, Leiva nos lo advirtió... lo que hicimos pesa. Pesa y no aguanto más. Ya va siendo hora de que sepas la verdad.

CAPÍTULO 16

En el piso de Vega, Malasaña
Madrugada del viernes, 28 de junio de 2024

Vega está agotada. El cuerpo de Úrsula se encuentra en el anatómico forense, a escasos metros de distancia del de Leiva, y ahora saben que la autora que parecía tenerlo todo, en realidad no tenía nada: ni padres, ni hermanos, ni pareja, ni amigos.

¿Quién la va a llorar? ¿Quién va a organizar su funeral?

En el ático no han encontrado más huellas que las de la propia Úrsula. Están analizando el bastón y el pañuelo hallados en la basura de la persona que, con maestría, se ha hecho pasar por una anciana que ha despistado a Vega. Mañana volverán a la calle de Ayala en busca de alguna cámara de seguridad, y ni el forense tiene claro que haya sido un suicidio o un asesinato. Que a Vega y a Daniel *les pareciera* ver a *alguien* no es una prueba concluyente, ya que no estaban lo suficientemente cerca, y podía haberse tratado de una *simple* sombra.

Los cadáveres suelen contar una historia. En este caso y a la espera de realizarle la autopsia, parece que a Úrsula, autora de cinco novelas, se le acabaron. Ni siquiera pareció tener el acto reflejo de colocar las manos por delante de la cara como si así pudiera evitar el golpe que provoca una caída de más de quince metros, ha dicho el forense que ha acudido al lugar de los hechos, antes de que el juez ordenara el levantamiento del cadáver.

Daniel se ha ido a casa de su novia. Minutos antes de separase de Vega, Daniel ha pensado en Manel Rivas. Le ha dicho a Vega que tienen que hacerle una visita antes de que se suba al AVE de regreso a Barcelona.

—Begoña dice que se le ve llegar al hotel a las cinco de la mañana, no a la una, una y media como nos ha dicho.

—Raro —ha murmurado Vega.

—También dice que Samuel no ha encontrado el portátil en casa de Leiva. Ni un móvil, ni un disco duro... la empleada del hogar no tenía ni idea. Ah, y que también se encontraba el hijo de Esther. El chico tiene autismo, no han podido hablar con él.

—¿Leiva se llevaría el portátil a Rascafría?

—Es posible. Y su asesino se llevó el portátil, el móvil... en fin, a las ocho estaré en comisaría, a ver si podemos conseguir el registro de llamadas de Leiva y a qué hora se dignan a hacerle la autopsia a Úrsula. Nos interesa el resultado del examen toxicológico, saber si la drogaron antes o ya estaba muerta cuando cayó...

—Cuántos interrogantes.

—Ya. Samuel ha llamado a Ramiro de la Rosa, el agente de Leiva, y lo ha citado a las nueve. A ver si él sabe en qué estaba trabajando o si tenía algún problema personal con alguien.

—Perfecto, porque la mujer, aunque fuera su editora, no suelta prenda.

—Bueno... me voy, que Helena me espera despierta —ha sonreído Daniel con picardía.

—Qué suerte tener a alguien que te espera, sea la hora que sea —le ha dicho Vega, dándole una palmadita en la espalda. Daniel, entonces, se ha callado tantas cosas... que casi se atraganta con su propia saliva al despedirse con un escueto:

—Hasta mañana, Vega.

Vega introduce la llave en la cerradura de la puerta del portal, cuando nota unos brazos rodeándole la cintura. Sonríe.

«Qué suerte tener a alguien que te espera, sea la hora que sea».

Se recrea en este momento íntimo y secreto, se da la vuelta y lo mira a los ojos. Sigue sin saber mucho de él, pero es precisamente ese misterio que lo envuelve lo que más le atrae a Vega. Como siempre, es él quien toma la iniciativa y la besa en los labios antes de preguntar con aire travieso:

—¿Puedo subir?

Dos semanas antes

La atracción fue tan inmediata como irresistible. En cuanto Vega volvió a *su* comisaría, el nuevo comisario la hizo entrar en su despacho. Estando en A Coruña y antes incluso de tomar la decisión de regresar, Begoña, entusiasmada, le había dicho:

—Está buenísimo. Mira que a mí de momento los cuarentones como que no, que los prefiero de treinta y tantos y Levrero tiene cuarenta y dos, pero es que... madre mía, Vega. Metro ochenta, fuerte, guapo, pero guapo, eh, que tiene unos ojos oscuros que te atraviesan. Es que ni te lo imaginas, menudo cambio. Ahora da gusto ir a trabajar con Levrero al mando.

No, Begoña no exageraba, al contrario, se quedaba corta respecto al gran atractivo de Levrero, y Vega, después de años trabajando bajo las órdenes de Gallardo, no imaginaba que un superior fuera a gustarle tanto hasta el punto de fantasear con él cuando llegaba a casa.

Qué manera de complicarse la vida, ¿no?

Después de lo que había pasado con Daniel, Vega se prometió no sentirse atraída por ningún otro compañero y mucho menos por un superior, aunque la realidad es que su trabajo la absorbe demasiado como para tener tiempo de conocer a alguien de fuera. Aplicaciones tipo *Tinder* quedan descartadas. De hecho, la inspectora Martín estaba dispuesta a seguir sola porque no pensaba que pudiera volver a confiar en alguien.

C'est la vie.

Por eso, cuando Levrero le dijo que su puerta siempre estaría abierta para ella si tenía algún problema con Gutiérrez o con cualquier otro compañero, y que entendía cómo se sentía, Vega notó un cosquilleo en el estómago que se repetía cada vez que la miraba o le dirigía la palabra.

Hace dos semanas y antes de toda la odisea que se les ha echado encima desde el asesinato de Leiva, Vega se quedó hasta tarde en comisaría revisando un caso sin resolver: el de la desaparición de Cristina Ferrer, una joven de diecisiete años que se había esfumado hacía cinco. Como cada 12 de junio, que fue el día que Cristina desapareció, su madre entró en comisaría y abordó a Vega, suplicándole ayuda con los ojos anegados en lágrimas. Desde 2019 nadie había vuelto a ver a Cristina; Vega conocía el caso, pero no lo había llevado ella.

«¿Qué posibilidades hay de encontrar respuestas después de cinco años?», se preguntó Vega desesperanzada, con las súplicas de la madre y su mirada vidriosa martirizándola.

No le prometió nada a esa madre rota y desesperada. El caso de Cristina, archivado, lo llevó Narciso Puentes, un inspector que se había jubilado en 2020.

Vega estuvo horas viendo fotos, leyendo informes, interrogatorios, cotejando pistas y sospechosos, pensando en qué habían fallado para no dar con su paradero. Las primeras veinticuatro horas son cruciales, pero, como Cristina se había escapado de casa otras veces, no le dieron importancia. Hablando mal y en plata: la cagaron. A su parecer, dieron el caso por perdido demasiado pronto.

Vega no despegó los ojos de los informes hasta que, a las once y media de la noche, notó una mano en el hombro. Era Levrero.

—¿No tiene casa, inspectora Martín?

—Es lo que pasa cuando nadie te espera, que no hay prisa.

Levrero se quedó en silencio, echando un vistazo a todos los papeles y fotos que Vega tenía encima de la mesa.

—Me gusta cómo trabaja, inspectora. Le preocupa la gente. Le preocupa de verdad.

—A veces solo nos tienen a nosotros para encontrar respuestas.

—Por desgracia, no podemos salvar a todo el mundo —comentó Levrero. Vega se limitó a asentir, mirando una de las fotos de Cristina. Era una chica guapa, aunque en todas las fotos posaba enfadada y con gesto triste. Cristina tenía toda una vida por delante y, probablemente, había acabado enterrada en algún lugar recóndito en el que a nadie se le ha ocurrido buscar—. Quiere… —empezó a decir Levrero con poca determinación—. ¿Le apetecería ir a tomar algo conmigo?

—¿Ahora?

—¿Por qué no?

Fue la última vez que se trataron de *usted* en privado.

Después de un rato callejeando en silencio y sin saber muy bien qué decirse, entraron en un pub del centro que cerraba tarde. El camarero trató a Levrero con una familiaridad que a Vega le sorprendió.

—¿Vienes mucho por aquí?

El comisario no contestó, ni falta que hacía, porque era algo tan evidente, que Vega se sintió estúpida por haber formulado la pregunta. Cogieron sus bebidas de la barra, ron con cola él, mojito de fresa ella, se acomodaron en un reservado oscuro e íntimo, y lo primero que Levrero le dijo fue:

—Tú y yo tenemos mucho en común, Vega. Más de lo que podrías imaginar.

Esa misma noche, al llegar a casa, Vega encendió el ordenador y buscó información sobre el comisario. No había absolutamente nada de Levrero en la red. Aunque habían mantenido una conversación interesante durante la hora y media que estuvieron en el pub, Vega se percató de que mantenía las distancias y que era inútil hacerle preguntas, pues las que no le interesaba responder, las sorteaba.

—¿Y qué es lo que tenemos en común? —preguntó, curiosa, pero Levrero se limitó a esbozar una media sonrisa y a sacudir la cabeza.

«¡Qué sonrisa, Vega, qué sonrisa tiene!», le había dicho Begoña.

Es verdad. Tiene una sonrisa arrolladora, hipnótica. Pero Levrero sonríe poco. Y está claro que no le gusta hablar de sí mismo, ni siquiera en la intimidad.

—A veces, nos toca ser circunstancias que no elegimos ser —contestó al rato, esquivo.

—¿Te gusta Beret?

—Ah, pillado. Conoces la canción.

—Sí, es la de *Ojalá* —confirmó Vega—. *Ojalá nunca te abracen por última vez. Hay tantos con quien estar pero no con quien ser...* —empezó a tararear con un poco de vergüenza, ante la atenta mirada de Levrero, una mirada que, tal y como dijo Begoña y tampoco en eso se equivocaba, te atraviesa.

En el piso (aún con cajas de la mudanza por desempaquetar y muebles sin montar) y en el momento en que Vega se rindió ante la evidencia de que Levrero seguiría siendo un misterio para ella, le llegó una notificación de WhatsApp.

Gracias por esta noche.

Vega no contestó al wasap de Levrero, pero guardó su número personal en la agenda.

Lo de ir a tomar algo con el nuevo comisario había sido una excepción. A Vega la había pillado con la guardia baja y no volvería a ocurrir. Era una mala idea.

A la mañana siguiente, Vega entró en comisaría ojerosa y con gesto preocupado. Pensaba que se sentiría incómoda, que miraría al comisario y mentalmente regresaría al reservado del pub, a la intimidad compartida de un momento que estaba decidida a no repetir.

—Buenos días, inspectora Martín, ¿todo bien? —saludó Levrero con total normalidad cuando pasó por su lado.

—Todo bien, comisario.

Begoña la miró de reojo, imitando a Levrero cuando este se encerró en su despacho.

—... *inspectora Martín, ¿todo bien?* Vamos, que me he hecho invisible y no me he enterado.

—Oye, Begoña, a ti te suena un caso de hace cinco años... Cristina Ferrer. Desapareció cuando tenía diecisiete años, a punto de cumplir los dieciocho. El caso lo llevó Narciso Puentes, no sé si te acuerdas de él.

—No me acuerdo ni de lo que comí ayer, me voy a acordar de una desaparición de hace cinco años... —resopló Begoña, todavía indignada porque Levrero ni la había mirado al pasar.

Vega seguía obsesionada con esa desaparición. Esa noche volvió a quedarse hasta tarde, y de nuevo Levrero la invitó a tomar algo con la excusa de que era viernes.

—No sé si es buena idea —dijo Vega sin mirarlo.

Levrero asintió con los labios comprimidos. Estuvo a punto de darle la razón y marcharse, pero había algo en su interior que le decía que no se rindiera, que no lo dejara ahí. Pese a no ser una buena idea, porque, de hecho, Vega tenía razón y podía afectar al trabajo, no estaba dispuesto a perder la oportunidad de intentar ir más allá.

Levrero llevaba observando a Vega desde que ella había llegado de A Coruña. Lo cierto es que no había podido dejar de mirarla y de pensar en ella. Para él no era una desconocida, todo lo contrario. Había oído maravillas de la inspectora Martín, la exmujer del Descuartizador, la que había llevado ante la justicia a altos cargos por los chanchullos y las ansias de poder de siempre, y sentía mucha curiosidad por conocerla, aunque sintiera que ya la conocía. Pero cuando Levrero sustituyó a Gallardo, Vega se había ido a A Coruña. No coincidirían. Qué decepción. No obstante, cuando se enteró de que Vega había pedido volver, él mismo se encargó de agilizar los trámites. La quería en su equipo. Cuando la conoció en persona, deseó algo más.

—*Hay tantos con quien estar pero no con quien ser...* —empezó a tararear Levrero, muy flojito para que los dos agentes que estaban a lo lejos no lo escucharan, captando la atención de Vega, a quien le entró la risa.

—Vale. Pero solo un ratito.

—Un ratito —repitió Levrero a modo de promesa.

El *ratito* fue toda la noche.

Era viernes, así que el pub estaba lleno, y la inspectora y el comisario se dejaron llevar por el ambiente. Se mezclaron entre la gente, bailaron, se rieron cuando entre el variado repertorio saltó una canción de Beret, bebieron (bastante), sus caras a escasos centímetros y...

—Quiero besarte —le dijo él al oído.

—Pues hazlo. El lunes tendré fiebre, no podré ir a comisaría porque estaré muerta de vergüenza y...

Levrero la calló con un beso que empezó tierno y terminó voraz.

Hacía años que Vega no se sentía tan feliz e ilusionada pese a las miserias a las que la aboca su trabajo y a veces la vida. El hecho de tener que disimular en comisaría le divierte, y se nota que Levrero hace todo lo posible por normalizar la situación y no incomodarla, tanto dentro como fuera del trabajo. Solo el tiempo dirá si estamos ante una bonita historia de amor u otro fracaso.

Ahora, en el piso de Vega

—Me siento tan imbécil, tan inútil —empieza a decirle Vega a Levrero, mirando la hora en el móvil: las tres de la madrugada. Hace siete horas que Úrsula cayó al vacío como el personaje de su novela, y, junto al asesinato de Leiva, es la noticia más comentada, sumada al morbo de que en redes se han compartido vídeos y fotos de su cadáver encima del techo del BMW—. He tenido al asesino delante dos veces, Nacho. Dos, joder. Cuando se ha hecho pasar por el forense al que ha atacado y...

—Mateo, el forense, está bien, ya está en casa. No seas tan dura contigo misma, Vega.

—Me alegro de que Mateo ya esté en casa. Bueno, es que cuando subía hacia el ático de Úrsula... —Vega se detiene, intentando hacer memoria pese a la confusión de ese instante, maldiciendo no haber prestado suficiente atención a la *anciana* ni al hombre con cara anodina que se hizo pasar por el forense—. Pero es que... es que parecía una mujer. Y tan encorvada que... Y la voz...

—Necesitas descansar.

—Lo siento, hoy no tengo ganas de nada.

—No he venido a eso, Vega —aclara Levrero con seriedad—. Yo... quiero que te quede claro que yo no te quiero solo para *eso*. Si quieres me voy. O puedo dormir en el sofá. O...

—Duerme conmigo.

—¿Estás segura?

Ahí está, el cosquilleo, las ganas... que crecen a medida que Levrero se acerca a ella y la envuelve entre sus brazos.

—Sí.

CAPÍTULO 17

Fragmento perteneciente al primer capítulo de la novela Dispara, *de Manel Rivas*
Ganador Premio Astro, 2011

Un billete de quinientos euros en la mesita de noche y un arma con silenciador que antes no estaba ahí.

¿Cuándo es *antes*? Cuando se quedaron dormidos.

Una mujer insaciable que le había pedido más mientras le mordisqueaba el lóbulo de la oreja, el deseo sexual de todo hombre de mediana edad que paga por echar un buen polvo.

La joven, desnuda bajo las sábanas, abrió los ojos a las ocho de la mañana con la espalda empapada de lo que en un principio creyó que era sudor. Miró el billete de quinientos euros con el mismo deseo que había fingido para el hombre que dormía a su lado dándole la espalda, aunque su mirada se volvió sombría en cuanto distinguió un arma. La cogió. ¿Por qué la cogió? No debería haberla tocado siquiera. Comprobó que pesaba más de lo que parecía, y luego la soltó como si fuera una bomba a punto de explotarle en la cara.

Se le aceleró el pulso, sus movimientos se volvieron torpes al levantarse de la cama y ver que las sábanas estaban empapadas de sangre, que lo que notaba en la espalda no era sudor, sino sangre.

—No. No. No. No —repitió con angustia, y seguía negando para sí misma la evidencia mientras rodeaba la cama para plantarse frente al hombre y preguntarle qué había pasado, por qué había un arma en la mesita de noche, por qué había sangre, de dónde salía tanta sangre si ella no estaba herida.

Bendita ingenuidad la que precede a la verdad.

Al principio no lo quiso ver.

No quiso ver que el hombre estaba muerto, que en la frente tenía un agujero del tamaño de un hormiguero, que una sombra, sigilosa, había entrado en mitad de la noche y le había disparado mientras dormía con el arma que ella había tocado.

Ella, que a partir de ese día se convertiría en la principal sospechosa.

Hotel Atlántico Madrid
Mañana del viernes, 28 de junio de 2024

Esther abre los ojos poco a poco, desorientada. Rivas duerme a su lado, le da la espalda. Nota el cuerpo dolorido, las extremidades pesadas. Le duele hasta el alma, no solo porque después de hacer el amor con Rivas él le dijo que sería la última vez y eso la rompió un poco por dentro, sino por todo lo que previamente le había contado con la voz tan desgarrada que parecía que tenía alfileres atravesándole la garganta.

No podía ser verdad.

Rivas debía de padecer alguna enfermedad mental y lo que le había contado tenía que ser la trama retorcida de una novela negra. Podía pasar, ¿no? Los autores viven tan intensamente sus historias, que puede que acaben locos, confundiendo la ficción con la realidad. Y es que lo que Rivas le había contado era una historia escalofriante digna de las peores pesadillas en la que la ambición y las ansias de dinero y poder lo corrompen todo.

—¿Serías capaz de vender tu alma al diablo? Nosotros, por muy increíble que te parezca, lo hicimos. Hicimos lo que él nos dijo. Hicimos cada una de las atrocidades que él nos pidió. Sí… Vendimos nuestra alma al diablo por un puñado de billetes, por premios, por *ese* maldito premio, por fama internacional, por historias… para que nuestras historias se leyeran y dieran la vuelta al mundo.

»No éramos más que unos muertos de hambre con sueños imposibles, una ambición desmedida y pocas oportunidades en un mundillo saturado en el que solo galardonan a los grandes, a los que ya se han labrado una carrera. Y nosotros, lo sabes, Esther, lo sabes porque eres nuestra editora, no somos tan grandes ni tan buenos escritores como al final nos han terminado catalogando. Solo queríamos destacar… vivir de escribir, vivir de nuestros sueños, y, por el camino, ayudados por Leiva y empujados por el mayor cabrón de todos los tiempos, hicimos algo horrible. Todos tuvimos nuestro momento.

Un momento manchado de sangre. De mucha sangre…

Con la mirada perdida, Rivas añadió:

—Esther, llevas años viviendo en una mentira, trabajando en una editorial fundada por un monstruo que, a su vez, convirtió en monstruos a Leiva y a Úrsula. Leiva, el primero de todos los monstruos… y Úrsula, la última en llegar…, han sido los primeros en caer —añadió Rivas con un hilo de voz—. Pero caerán más. No sé cómo, pero alguien debe de saber lo que hicimos y caeremos todos. No sé qué está pasando ni quiénes están detrás de las muertes de Leiva y Úrsula, pero estoy en peligro, Esther. Por eso tienes que alejarte de mí, de la editorial, de todo esto…

Les costó conciliar el sueño. Pero estaban tan agotados y Rivas tan borracho, que finalmente sucumbieron a los brazos de Morfeo.

Ahora Esther se levanta con la mirada fija en la mesita de noche.

—Pero qué…

Hay un billete de quinientos euros y un arma que no va a ser tan idiota de sostener entre sus manos para cerciorarse de que es de verdad y no de juguete, como recuerda que hizo la principal sospechosa en el primer capítulo de la novela de Rivas, *Dispara*, ganadora del Premio Astro 2011 y que ella misma editó. Vendió una barbaridad, más de tres millones el primer año, cifra que fue multiplicándose gracias a las más de treinta traducciones que tuvo, haciéndole ganar a Rivas la friolera de cincuenta millones de euros en menos de cinco años.

—No. No. No. No —niega repetidas veces, presa de un ataque de ansiedad y de nervios.

Esther se levanta de la cama como un resorte, prediciendo que Rivas no está dormido a su lado, dándole la espalda, sino que está muerto. Muerto. Rivas ha sido el tercero en caer, así que lo que anoche le contó debe de ser cierto.

Rivas está muerto como Leiva y Úrsula.

La editora tiene que llevarse las manos a la boca para contener un alarido, al ver a su amante con el rostro sereno y un agujero en la frente del tamaño de un hormiguero.

«... del tamaño de un hormiguero», eso fue lo que Rivas escribió, aunque, al contrario que en la novela, las sábanas no están empapadas de sangre. Esther tampoco tiene la espalda desnuda empapada de sangre, ni una gota la ensucia. Ahora que ha ocurrido, que es una realidad y no la escena de una novela, se da cuenta de las incongruencias que Rivas escribió. El disparo, limpio y certero, ha manchado el rostro inerte del autor, su lado de la cama y la almohada. El reguero de sangre ahora reseca e inmóvil, no salpicó el entorno como en la novela, sino que brotó del agujero en la frente, abriéndose camino hasta encontrar el final en el suelo de mármol.

Pese a no haber nadie más en esta habitación, Esther mira a su alrededor con la sensación de que siguen observándola. Piensa en el hombre de anoche que tanto la inquietó. Apenas se acuerda de su cara. No tenía nada especial, debía de medir entre metro setenta y cinco, metro ochenta, y podía tener unos... ¿cincuenta y tantos años? ¿De qué le sonaba? ¿Dónde lo había visto antes?

Recuerda. Recuerda...

El caso es que alguien ha entrado en mitad de la noche y le ha disparado a Rivas, imitando la primera escena de *Dispara* y dejándola a ella con vida.

¿Qué pasaba después en la novela?

Que la chica, convertida en principal sospechosa, huía, pero no lo suficientemente lejos como para que no dieran con su paradero.

Y eso es lo que hace Esther: vestirse rápidamente pensando en su hijo, que ha dejado solo con Azucena en una casa que a veces se le hace insoportable y extraña, y huir, huir ignorando todo lo que sabe, sin importarle el funeral de Leiva que a estas horas debería estar organizando.

Sale de la habitación como alma que lleva el diablo y se detiene un par de segundos para colgar del pomo el cartelito de *No molestar*, sin tener en cuenta que su visita al hotel quedará grabada y podría parecer la principal sospechosa del asesinato de Rivas.

¿Cuánto tiempo tiene hasta que lo encuentren sin vida?

¿Quién lo encontrará?

Esther llora. Llora porque a Rivas lo quería. Al contrario que Leiva, él siempre la había tratado bien hasta anoche, que decidió romper con todo lo que habían creado, haciéndole ver que no estaba tan enganchado a ella como ella a él.

Aprovechaban las escapadas del autor a Madrid para estar juntos, en este mismo hotel donde él ha encontrado la muerte y en otros, o la noche anterior en el pueblo de Rascafría, hasta donde Esther condujo porque Rivas no tenía pensado ir al centro de la ciudad y ella se moría por verlo. Rivas se había escabullido del hotel Los Rosales y del resto de autores para estar con ella. Estuvieron juntos hasta las tantas de la madrugada metiéndose mano como adolescentes por caminos oscuros y solitarios y hablaron de todo, de todo menos de Leiva, sin sospechar que, a esas horas, alguien lo había hecho desaparecer de un plumazo. De esa noche en Rascafría, Esther recordaría el manto de estrellas que Rivas y ella tenían sobre sus cabezas y las bonitas palabras que salieron de su boca, demasiado bonitas para un autor que no tiene piedad a la hora de matar a sus personajes:

—Cada estrella representa la vida de una persona que considera la Tierra su hogar. Desde siempre se han analizado las formas de las constelaciones para predecir lo que les iba a ocurrir en la vida, y es que, si logras entender esas formas, podrás predecir el futuro antes que nadie. La luz de las estrellas tarda décadas en llegar hasta nosotros. Siempre brillan más cuando están a punto de morir, por lo que, en alguna parte, de algún modo, tratan de decirnos que la vida de la persona a la que representan está a punto de terminar.

El tiempo se le echa encima. Los recuerdos y la pena la ralentizan. Tiene, como mucho, unas cuatro horas hasta que llegue el momento en que en recepción se extrañen de que Rivas no haya bajado a hacer el *check out*. O a lo mejor no. A lo mejor tiene suerte y, por ser un huésped habitual, se limitan a no molestarlo y a ir recargando en su cuenta los días de más que mantenga ocupada la habitación, hasta que el olor fétido que desprende la muerte sea tan descarado que inunde el pasillo y sospechen que algo va mal.

Regresará a casa para hacer las maletas. Evitará las preguntas de Azucena. Cogerá los veinte mil euros que Leiva guardaba en una caja fuerte detrás de la librería del despacho. Convencerá al cabezota de Alejandro que la acompañe. Y después, tratando de mantener la calma, conducirá hasta un lugar recóndito y desconocido donde mantenerse a salvo.

Ese es el plan.

CAPÍTULO 18

Barrio de Malasaña
Viernes, 28 de junio de 2024

Daniel se ha pasado la noche en vela abrazado a Helena pero pensando en Vega y en lo sola que está. Qué mal le sabe. Cuando anoche, antes de despedirse, le dijo que qué bueno era que alguien te esperara en casa, se sintió mal por ella, por el vacío y la soledad a la que debe enfrentarse. Por eso, elucubra Daniel, a veces Vega se queda hasta tarde en comisaría revisando casos perdidos e imposibles, aunque desde el asesinato de Leiva hace dos noches, los haya dejado aparcados para implicarse en lo que aún está a tiempo de resolver. Daniel, aunque no han hablado al respecto, deduce que en A Coruña debía de sentirse peor, más sola y vulnerable. Por eso Vega decidió regresar, porque al menos aquí, con Begoña, con Samuel y con él, se siente en familia pese a las habladurías de los de fuera.

Pulsa el timbre del 3º B.

Seguro que Vega está despierta, que como él, apenas ha podido pegar ojo. Así pueden ir juntos a comisaría y ella apreciará el detalle de que le haya traído café.

—Noooo... —se queja Vega en la cama, abrazada a Levrero, cuando el timbre del interfono la despierta—. Qué hora es...

Un segundo timbrazo la sobresalta, mientras mira la hora en el móvil que tiene encima de la mesita de noche.

—Las siete y media —responde para sí misma, pues Levrero, pese al leve gruñido que ha emitido cuando el timbre ha sonado, sigue dormido.

Vega se levanta de la cama. Suena un tercer timbrazo mientras mira embobada a Levrero, que está en su cama y no le resulta extraño, todo lo contrario, como si ese fuera su lugar. Seguidamente, arrastra los pies descalzos hasta el vestíbulo, donde, al descolgar el telefonillo, ve a Daniel a través del videoportero. Anoche no le dijo que la pasaría a buscar. ¿Habrá pasado algo?

—¡Buenos días! —la saluda Daniel, enérgico—. Baja, te he traído café —le dice, alzando un vaso de cartón.

—Dame cinco minutos —contesta Vega con fastidio, volviendo a la habitación para despertar a Levrero con suavidad—. Nacho. Nacho, despierta, Daniel me ha venido a buscar.

—Mmmm...

—Oye, tengo un juego de llaves que...

Levrero, con los ojos cerrados y los labios fruncidos en una mueca divertida, la agarra del brazo y la coloca encima de él. Podría acostumbrarse a despertar cada mañana en su compañía, pero una vocecita maliciosa le advierte del peligro: «¿Y si vuelve a salir mal? ¿Y si Levrero es en realidad un asesino en serie, un ladrón, un traidor, un mentiroso, un narcisista, un acosador, una mala persona...? Las posibilidades son infinitas. ¿Qué sabes de él, eh? ¿Volverás a pedir un traslado? ¿Adónde, esta vez? A los de la comisaría de A Coruña no les gustó mucho que no aguantaras ni un año».

Vega cierra los ojos para apartar de su pensamiento la infinidad de cosas que podrían salir mal. Le da un beso rápido a Levrero y se deshace de su abrazo para escabullirse al baño y asearse. Seguidamente, Vega vuelve a entrar en la habitación, donde pilla a Levrero frente a la ventana, semioculto por la cortina.

—Qué considerado es el inspector Haro. Te ha traído café y todo.

—¡Aparta de ahí, que te va a ver! —exclama Vega, mientras se sube los tejanos negros y elige una camiseta de manga corta de color blanco. Es temprano, pero hace un calor de mil demonios—. Oye, en el primer cajón de la mesita de noche hay una copia de llaves que puedes usar —le dice, pensando en Marco. En que es el juego de llaves de su exmarido y que nadie lo utiliza desde que lo encerraron en prisión.

—Tranquila, no las necesito. No me encierres con llave. Yo solo... cerraré al salir, ¿vale?

—Vale.

—Te espera un día duro —predice Levrero, mirándola con gravedad—. A mí también. —En vista de que Vega se ha quedado quieta y no se acerca a darle un beso de despedida, él, sin moverse de al lado de la ventana, le dice—: Ven.

Y Vega va y lo abraza y lo besa y maldice a Daniel por haberla venido a buscar, devolviéndola a la realidad. Ojalá hubiera un mundo alternativo en el que no tuviera que hacer otra cosa que quedarse así, abrazada a Levrero.

—No ha estado tan mal dormir juntos, ¿no? Solo dormir.

Vega esboza una sonrisa breve y seca antes de decir:

—Le veo en comisaría, comisario.

—Hasta luego, inspectora Martín —sonríe Levrero, aunque se haya quedado con las ganas de que Vega le corresponda diciéndole que le ha encantado (*solo*) dormir con él.

Lejos de tener mala cara, ojeras y la huella del cansancio por el día movidito de ayer, Daniel ve a Vega guapa, radiante y distinta, como si por primera vez en mucho tiempo hubiera dormido un montón de horas del tirón. El cambio, y no tiene ni idea de a qué puede deberse, le sorprende, porque esperaba a una Vega tan ojerosa como él.

—Café, ¡gracias! —saluda Vega a Daniel, dándole un sorbo al café y subiéndose al coche, no sin antes levantar la mirada en dirección a la ventana de su habitación, desde donde Levrero le guiña un ojo.

—¿Cinco minutos? Has tardado quince.

—Perdona. No te esperaba.

—Te veo...

—He dormido bien —lo corta Vega.

Begoña y Samuel también han madrugado. Cuando Vega y Daniel llegan a comisaría, ya están preparados para la reunión de equipo antes de la llegada de Ramiro de la Rosa a las nueve.

—Por la polémica del caso, en el laboratorio lo han priorizado y han analizado el bastón y el pañuelo, pero ni una sola huella —informa Begoña.

—Estamos a la espera de que le realicen la autopsia a Úrsula —añade Samuel.

—¿Tan saturados están? —se queja Vega, pensando en el siguiente movimiento—. Begoña y Samuel, mientras nosotros esperamos al agente de Leiva, id al barrio de Salamanca en busca de cámaras. Concretamente, en la calle de Lagasca donde vivía Úrsula y, especialmente, en la calle de Ayala, donde encontramos el bastón y el pañuelo. Sobre las 20.35, 20.40, el farsante tuvo que detenerse en la papelera que hay frente a la tienda La Camisera para deshacerse del disfraz.

—A ver si hay suerte —dice Daniel.

—Me he pasado la noche en vela y he estado pensando en las novelas de todos esos autores, incluso releí los primeros capítulos.

—Y qué crees, Begoña.

Vega sabe que es un caso especial e importante para la agente Palacios y que su afición por la novela negra les va a ser de mucha ayuda.

—Detrás de cada gran fortuna hay un crimen, dijo Honore de Balzac, y la experiencia nos lo confirma. A ver, en todas las tramas ganadoras y finalistas del Premio Astro, porque no me cabe ninguna duda de que todo está relacionado con ese galardón amañado, a los criminales los mueve la venganza. Es decir, todas las víctimas tenían algo muy chungo que llevaban años ocultando y Leiva y Úrsula han muerto de la misma forma que los personajes de sus respectivas novelas, *Muerte en París* y *Ángeles caídos* —opina Begoña.

—Leiva y Úrsula tenían secretos —repite Vega en un murmullo, pensando en Elsa, la exmujer de Leiva que según Sheila y Bruno y las habladurías, le escribía los libros porque desde su suicidio no ha vuelto a publicar. Quizá Elsa no se quitó la vida por el abandono del autor; quizá, se plantea ahora Vega, detrás de su muerte había algo más.

—Ambos ganadores del Premio Astro: Leiva en 1999, Úrsula finalista en 2016 y ganadora en 2020, un año antes del fallecimiento de Álvaro Torres, el fundador de la editorial —sigue hablando Begoña, que abre la libreta que siempre la acompaña y empieza a leer—: Ernesto Carrillo ganó el Premio Astro en 2005 con *La última bala*, Guillermo Cepeda en 2008 con *No volverás* y Manel Rivas con *Dispara* en 2011. Son autores que no se comían un colín hasta que consiguieron el premio gordo de la literatura. Seiscientos mil euros el ganador, trescientos mil el finalista. En el caso de Leiva en 1999, que fue la primera edición del Premio Astro, cien millones de pesetas. Pero las verdaderas ganancias llegaban antes… y después. Estamos hablando de transferencias millonarias gracias a los royalties anuales, traducciones, derechos audiovisuales… Y… Bueno, digamos que el juez de instrucción está muy metido en el caso y ha descubierto algo turbio en las cuentas de Leiva y Úrsula. Cuentas que no compartían con nadie. Los conceptos de las transferencias, solo mientras Álvaro Torres vivía, eran por adelantos de novelas que nunca han visto la luz.

»Meses antes de convertirse en los autores del momento gracias al Premio Astro, recibieron transferencias sospechosas por parte de la editorial, porque, en un principio aún no habían publicado ningún libro con ellos. Por ejemplo: el premio Astro se celebra cada año desde 1999 en mayo, ¿no? Bueno, pues Leiva recibió a finales de enero de 1999 una transferencia de cincuenta millones de pesetas. ¿A cuento de qué? A saber. En diciembre de 2019, a Úrsula le ingresaron un millón de euros. Anteriormente, en 2016 y antes de ser finalista, lo mismo, y en 2018 un supuesto adelanto de un millón quinientos mil euros, cuando lo cierto es que, después de ser finalista en 2016, publicó al año siguiente, y nada más hasta el Premio Astro 2020, por lo que no tenía sentido que en 2018 le transfirieran esa cantidad. Todo legal y declarando impuestos, pero es, cuando menos, raro. Hasta 2016, Úrsula había estado en editoriales pequeñas y sin mucha repercusión. Lo típico que publicas un libro, solo te lo compran amigos y familiares, y de las dos horas que firmas en la Feria del Libro de Madrid te pasas una hora y cincuenta y cinco minutos detrás del stand mirando las musarañas.

—Las editoriales potentes suelen captar a los autores así, con mucho dinero de por medio, pero no a desconocidos como lo eran ellos antes de ganar el premio, que en los últimos años lo han ganado autores ya conocidos, por lo que todo el mundo dice que está amañado, pero a ver, es lo que vende y en el mundillo literario en España siempre hay pérdidas. He estado informándome al respecto y las estadísticas son penosas. El 78% de los autores apenas gana mil euros al año y solo un 0,001% puede vivir de sus libros. En el caso de los autores que venden millones de ejemplares, muy pocos en España, tienen la oportunidad de pasar de una editorial importante a otra igual de importante como los futbolistas cambian de equipo y lo hacen al mejor postor, pero las editoriales no son una ONG, no arriesgan con cantidades tan estratosféricas como las que ha llegado a pagar Torres, y mucho menos a autoras desconocidas como lo era en ese momento Úrsula, cuyas publicaciones anteriores no habían tenido relevancia —añade Samuel.

—Álvaro Torres era un heredero multimillonario desde que su bisabuelo abrió tropecientas mil zapaterías en Cuba y tenía más negocios, no solo la editorial. Aunque Álvaro fundara la editorial más importante del país, la realidad es que el año pasado un 47% de españoles no compró ni un solo libro. Ni uno solo, estamos a la cola de Europa.

—Exacto —conviene Samuel—. En 2023 hubo un total de ochenta y siete mil cien libros inscritos en el ISBN. Eso son unos doscientos cincuenta libros al día, diez cada hora. De estos casi noventa mil libros, solo el 14% vendió más de cincuenta ejemplares.

—Concluyendo: que todo es raro de narices, que esas transferencias huelen a podrido y dan a entender que se trataba de una tapadera que no tiene nada que ver con el precario mundillo literario —añade Begoña, encogiéndose de hombros.

—Precario mundillo literario, pero estos autores vivían muy, pero que muy bien... Entonces, si todo está relacionado con el Premio Astro, detrás del éxito de Leiva y Úrsula se esconde algo turbio —llega a la conclusión Vega—. Aunque solo se han podido revisar las cuentas de Leiva y Úrsula, a ellos dos se les suman Carrillo, Cepeda y Rivas, los únicos relacionados con el Premio Astro que estaban invitados a *Rascafría Negra*, ¿no?

—Sí, y además a todos los lleva el mismo agente, Ramiro de la Rosa, y comparten editora, Esther Vázquez, la mujer de Leiva —confirma Begoña—. Obviamente, a lo largo de los años y desde 1999, ha habido más obras ganadoras y finalistas, pero al resto de autores no les hacían, ni de lejos, las transferencias que Astro les hizo a Leiva y a Úrsula meses antes e inmediatamente después del galardón. La clave, sin duda, está en esas transferencias. Y seguro que si pudiéramos investigar a Carrillo, a Cepeda y a Rivas, encontraríamos lo mismo en sus cuentas. A mí me huele raro que el organizador de *Rascafría Negra* reuniera a los autores de las transferencias millonarias por muy VIPS que fueran, así que voto por volver a hablar con él.

»Y hay algo más. Desde que el jefazo de Astro murió en agosto de 2021 de un infarto y sin descendencia, no hubo más transferencias de millones de euros por adelantos de novelas que nunca llegaron a existir, aunque no pueden quejarse de los royalties anuales que reciben. Venden una barbaridad, las lamentables estadísticas a ellos ni les va ni les viene.

—2021... —le da vueltas Vega al año en que el fundador de la editorial Astro falleció—. Los novatos dijeron que la exmujer de Leiva se suicidó ese año, ¿no? —le pregunta a Daniel.

—Sí, hace tres años —concreta Daniel, tan extrañado como Vega.

¿Tendrá algo que ver que ambos murieran en 2021? ¿Hay alguna relación, o solo se trata de una coincidencia, dos muertes más de las más de cuatrocientas cincuenta mil que hubo ese año en España?

—Lo que creo es que Rivas, Cepeda y Carrillo, los otros ganadores del Premio Astro que coincidieron en Rascafría, están en peligro y que deberíamos contactar con ellos lo antes posible —opina Begoña antes de irse con Samuel al barrio de Salamanca, mientras Vega y Daniel asienten conformes—. Pero a saber por qué. ¿Qué hicieron para recibir esas transferencias desorbitadas y esos favores de Astro o, lo que es lo mismo, de Álvaro Torres? ¿En qué lío se metieron para que ese tipo les pagara tanto dinero? ¿Qué ocultaban? ¿Detrás de los asesinatos de Leiva y Úrsula se esconde un justiciero que quiere destapar la verdad?

Las preguntas, como siempre, se amontonan, sin que aún sean capaces de ver la luz al final del túnel, porque ni la mente más retorcida podría dar con la verdad, a no ser que se la plantaran delante de las narices.

—Y tú que has leído todas esas novelas, Begoña, ¿cómo mueren los personajes de Carrillo, Cepeda y Rivas? —indaga Vega.

Begoña sale de la sala sin que Vega entienda qué pretende, coge una bolsa de tela que había dejado colgando del respaldo de su silla, y vuelve:

—Samuel y yo vamos a buscar cámaras en el barrio de Salamanca a ver si pillamos al cabrón que suplantó la identidad del forense y os la ha colado dos veces. Luego nos pondremos en contacto con Carrillo, Cepeda y Rivas. Mientras tanto, aquí te dejo los libros para que puedas ir leyendo los primeros capítulos de *los monstruos de la novela negra*, que así es como los vende la editorial.

—Ramiro de la Rosa llegará en media hora, tenemos tiempo —dice Vega, sacando de la bolsa un libro al azar. Empezará por *Dispara*, de Manel Rivas—. Premio Astro 2011 —lee Vega en la cubierta, en la que destaca la imagen de un profundo hormiguero cercado de tierra bañada en sangre.

—Lo increíble y nada habitual, es que todas esas novelas hayan sobrevivido al paso del tiempo, que haya gente que siga leyéndolas como si fueran novedades y que se les recuerde —dice Daniel, cuando Begoña y Samuel ya se han ido—. Esta edición de Begoña es del año pasado, fíjate... —Daniel pasa la página de cortesía, la del título, la del título con el nombre del autor y, en el reverso, encuentra lo que busca. Lee en silencio y añade—: Trece años desde que ganó el premio y se publicó, más de setenta reimpresiones, la última en diciembre de 2023... eso son muchos millones.

—Muchos millones o mucha mierda que ocultar.

CAPÍTULO 19

La Moraleja
Viernes, 28 de junio de 2024

Durante los treinta y cinco minutos que ha durado el trayecto hasta La Moraleja, Esther no ha parado de mirar hacia atrás pensando que, en cualquier momento, las luces giratorias de un coche policial obligarían al taxista a detenerse, y la vida que había conocido hasta ahora habría llegado a su fin.

Pero nada de eso ha ocurrido. Está a salvo. De momento, la tragedia solo se cuece en su imaginación.

La casa la recibe silenciosa, inquietante. Ahora que Leiva está muerto (¡que arda en el infierno!), la casa le parece oscura, siniestra. Más vacía. Más triste. El lujo que tanto la maravilló al principio, carece de importancia para la editora. Nada le pertenece. Nada de lo que hay aquí le ha pertenecido nunca, no era más que una mentira.

—¡Alejandro!

Llama a gritos a su hijo, pero no contesta nadie.

—¡Alejandro! —insiste, subiendo las escaleras y abriendo la puerta de su dormitorio. Encuentra a su hijo dormido en posición fetal con el cubo de Rubik rozándole la punta de la nariz—. Alejandro, despierta, tenemos que irnos —dice apresuradamente, cogiendo una maleta de debajo de la cama y abriendo el armario. Camisetas, pantalones, calzoncillos...—. ¡Alejandro, despierta! —vuelve a gritar, centrándose en preparar una maleta completa para que a Alejandro, vayan donde vayan, no le falte de nada.

—¿Esther? —inquiere Azucena desde la puerta, con la intención de aproximarse a la editora y darle un abrazo—. Esther, ¿pasa algo? ¿Te encuentras bien?

Esther retrocede un par de pasos con cara de susto, como si la empleada pudiera contagiarle un virus letal o en su mirada pudiera intuir que algo grave ha pasado, que Rivas era su amante y ahora está muerto, que alguien ha entrado en mitad de la noche en la habitación del hotel (¿cuándo, quién?), y le ha disparado a bocajarro en la frente, imitando el maldito crimen del primer capítulo de la novela *Dispara*.

—Nos vamos. Alejandro y yo nos vamos —se limita a contestar Esther con voz temblorosa. Todo su cuerpo tiembla, no lo puede controlar—. Por favor, mete toda esta ropa en la maleta. ¡Alejandro! —vuelve a gritar desquiciada—. Y que se levante, Azucena. ¡Haz que se levante, que tenemos que irnos ya!

Corre a toda prisa hasta su habitación antes de que Azucena le pregunte cómo van los preparativos del funeral del *señor*. La habitación que compartió con Leiva sigue oliendo a él, como si, aun estando muerto, se resistiera a abandonar lo que siempre le echó en cara que era suyo.

—Todo lo que hay aquí es mío, Esther —le decía a veces, cruel como era, con la intención insana de herirla—. Puedo ponerte de patitas en la calle cuando se me antoje. ¡Suerte tienes de que me apiade de tu hijo y de ti, cuando no sois más que escoria! ¡No valéis nada! ¡Ninguno de los dos!

Se siente furiosa, pero lo que predomina por encima de todo es la tristeza. Porque quería a Rivas y ahora está muerto y ni ella ni nadie puede deshacer lo que ha pasado. Sea lo que sea lo que haya pasado mientras ella dormía. ¿Si el más mínimo ruido la hubiera despertado, habría podido evitar el asesinato de Rivas? ¿Podría haber hecho algo para que continuara vivo, o a estas horas ella también estaría muerta?

—Preferiría estar muerta —le dice al vacío del dormitorio en el que sabe que no volverá a dormir, llorando desconsolada y sintiéndose tan rota como el día en el que aquel doctor de mirada fría le dijo que su hijo era autista y que nunca sería como los demás niños, pero que fuera agradecida, porque al menos el suyo hablaba. Mientras tanto, vacía el armario y llena una maleta en la que no cabe ni la mitad de la ropa que tiene, hasta que

Alejandro aparece en el quicio de la puerta quieto como un espectro—. Alejandro, tenemos que irnos.

—No —niega el joven, al principio con calma, hasta que Esther cierra la maleta de golpe y el ruido lo enloquece—. ¡No! ¡No! ¡No quiero desaparecer! ¡No me voy a ir contigo! ¡No! ¡No! —grita, cubriéndose los oídos, tirándose al suelo como cuando era pequeño, y dándose de cabezazos contra la pared. Es ahora cuando Esther, déspota, hubiera preferido que su hijo no emitiera sonido alguno.

Azucena aparece por el pasillo, por si puede ayudar en algo, aparentando una tranquilidad que está muy lejos de sentir. No es la primera vez que la empleada ve así a Alejandro, pero sí es, con total seguridad, la primera vez que predice que Esther está a punto de perder los nervios.

—Alejandro, cariño, vais a estar bien. Tu madre te necesita, tienes que ir con ella —le dice con suavidad, agachándose frente a Alejandro para quedar a su misma altura, aunque él no la ve. Tiene la espalda apoyada en la pared y la cabeza enterrada entre las rodillas.

—¡No me voy a ir con ella!

Esther deja la maleta en el suelo con brusquedad, lo que altera a Alejandro, que vuelve a chillar con todas sus fuerzas como cuando alguien intenta tocar su cubo de Rubik.

—¡Deja de comportarte como un crío, joder! —grita Esther, agarrándolo de un brazo y levantándolo, al mismo tiempo que, como si su mano derecha hubiera cobrado vida propia, le planta un bofetón que provoca que el tiempo quede suspendido.

—Esther, por favor... —le pide Azucena.

—¡No te metas, Azucena! ¡Vete!

Azucena se va en silencio, sin poder evitar desatar en forma de lágrimas el nudo que se le ha formado en la garganta.

—Alejandro —susurra Esther entre dientes—. Me he metido en un lío, un lío gordo... —intenta explicarle a su hijo en vano—. Tenemos que irnos.

—¡No me voy a subir al coche!

—¿Por qué? Te encanta ir en coche —le dice Esther con una suavidad que dista mucho de cómo lo ha tratado segundos antes.

El día anterior

—¿Tu madre tiene el coche en el garaje? —preguntó Moisés. Alejandro asintió—. Bien, es bueno saberlo. Pero empecemos por el despacho de Leiva. Tengo que llevarme su ordenador antes de que la policía venga y lo confisque.

Alejandro y Moisés entraron en el garaje, donde se encontraba el viejo Mercedes de Esther abierto y con las llaves puestas, como siempre suele dejarlo.

Moisés ya tenía en su poder el ordenador portátil y el disco duro de Leiva para, a continuación, llevárselo a Ramiro de la Rosa y que este se encargara de su publicación. Alejandro, mudo, vio que Moisés entraba en el coche y jugueteaba con cables.

—Qué estás... haciendo... ¿Eh? —le preguntó, mirando el interior del coche con curiosidad, pero Moisés siguió a lo suyo y no contestó.

No tardó mucho en salir. Cuando lo hizo, con la misma sonrisa triunfal con la que horas más tarde le entregaría al agente literario el ordenador de Leiva con el manuscrito terminado, le dijo a Alejandro:

—No subas al coche. Bajo ninguna circunstancia te subas al coche. ¿Me has oído, Alejandro?

El chico asintió.

Ahora

—Alejandro, ¿me oyes? Tienes que venir conmigo, ¡nos tenemos que ir ya!

—¡Que no! ¡Que no! ¡Que no! No subas al coche. Bajo ninguna circunstancia te subas al coche. No subas al coche. Bajo ninguna circunstancia...

Esther pierde la cuenta de las veces que Alejandro repite lo mismo una y otra vez, una y otra vez... le entra dolor de cabeza, no puede más, va a estallar. En un arranque de furia (otro más), saca fuerzas de donde cree que no las tiene y consigue levantar a Alejandro del suelo. De malas maneras, lo empuja escaleras abajo al tiempo que le pide a Azucena:

—¡Azucena, baja las maletas al garaje!

Azucena, obediente mientras mira hacia otro lado para no tener que ver cómo Esther, de camino al garaje, azota en la cabeza a un histérico Alejandro con una crueldad inusitada en ella, entra en las habitaciones y coge las maletas, que pesan como un muerto.

¿Cuánto tiempo piensan estar fuera? ¿Van a volver? ¿Por qué esta repentina prisa por huir? ¿Qué ha pasado?

La empleada no entiende nada. Baja como puede las maletas; Esther y Alejandro ya están en el garaje.

—Ayúdame a entrarlo, sola no puedo —le pide Esther sin aliento, despeinada y con muy mala cara.

Entre las dos, fuerzan a Alejandro a entrar en la parte trasera del coche. No lo obligan a ponerse el cinturón de seguridad, saben que tiene pavor de que le aprisione las costillas.

—No subas al coche. Bajo ninguna circunstancia te subas al coche. No subas al coche. Bajo ninguna circunstancia... —sigue repitiendo el chico, con la mirada asustadiza dirigida a mil lugares a la vez.

Esther abre el maletero, es Azucena quien levanta y mete las maletas. Seguidamente, la editora abre la portezuela del lado del conductor, extrae las llaves del contacto, tal y como las había dejado la última vez que condujo, y cierra el coche. Cuando Alejandro se ve encerrado sin posibilidad de salir, empieza a dar golpes en las ventanillas y a tocar el claxon como si fuera su única salvación.

—Esther... ¿Preparo algo de comer?

—No. No hagas nada. Tú solo... solo vigílalo un momento y no le abras, ¡no le abras! Enseguida vuelvo.

Esther sale del garaje, corre por la casa y entra en el despacho de Leiva. El santuario del autor. Teclea el código de seguridad de la caja fuerte, que es una fecha especial entre Leiva y Elsa. El código es un detalle en apariencia insignificante pero que dice mucho de Leiva y de lo que verdaderamente sentía por Elsa, aunque Esther por fin lo entiende. Lo entiende todo después de lo que Rivas le ha contado, una locura que no puede ser verdad, no puede ser verdad..., sigue pensando, aunque hay tantas cosas que asimilar, que Esther tiene la sensación de que su cerebro no da para más. Si sigue dándole vueltas a esos hechos incomprensibles y crueles, va a enloquecer. El caso es que Leiva no dejó a Elsa porque no la quisiera. Todo lo contrario. Era la única persona a la que amaba. Leiva dejó a Elsa para protegerla. A Esther solo la ha estado utilizando. Después Elsa se mató y Leiva empezó a tratarla peor, mucho peor, volcando toda su rabia y frustración contra ella y Alejandro..., medita Esther, con la caja fuerte abierta, mientras va metiendo todo el dinero en una bolsa de deporte.

A Esther no le importa quién ha matado a Leiva, a Úrsula, a Rivas... no le importa porque se lo merecían, porque fueron malas personas, demonios disfrazados de intelectuales a los que el mundo ha admirado y elogiado sin que lo merecieran. Mal que le pese a Esther, porque Rivas ya no está en este mundo y ella ya no puede volver a besar sus labios.

«De todas formas, iba a ser la última vez, ¿no?», se consuela internamente.

Ella solo quiere sentirse a salvo. Proteger a Alejandro, aislarlo de esta locura.

Con los veinte mil euros en efectivo, dinero suficiente para empezar de cero en cualquier lugar sin la necesidad de dejar rastro utilizando sus tarjetas, Esther vuelve al garaje. Alejandro, incansable, sigue aporreando los cristales de las ventanillas.

«¡No hay tiempo, no hay tiempo! —grita Esther para sus adentros—. La policía vendrá a por mí en cualquier momento».

Esther y Azucena prefieren ignorarlo, pero Alejandro tiene los nudillos en carne viva, su rostro inexpresivo es un mar de lágrimas, un pozo de desesperación insaciable.

—Esther, pero vais a volver o... —balbucea Azucena, que sigue pensando en Leiva, en quién le va a organizar el funeral ahora, en que su cuerpo debe de seguir en el anatómico forense sin que nadie lo reclame, en vista de que Esther no parece estar por la labor.

—No vamos a volver —espeta Esther con contundencia—. Sal de aquí, haz lo que quieras. No te vamos a necesitar más, Azucena. Gracias por cuidarnos estos años.

La empleada se queda sin palabras, quieta como una estatua, al tiempo que Esther sube al coche, arranca y desaparece de su vista, mientras Alejandro, aterrorizado y tembloroso, sigue repitiendo:

—No subas al coche. Bajo ninguna circunstancia te subas al coche. No subas al coche. Bajo ninguna circunstancia...

CAPÍTULO 20

En comisaría
Viernes, 28 de junio de 2024

Mientras esperan la llegada de Ramiro de la Rosa, a Vega y a Daniel les ha dado tiempo a leer los primeros capítulos de todas las obras ganadoras del Premio Astro de Rivas, Carrillo y Cepeda, sin que ninguno de los tres haya contestado a sus llamadas.

En el barrio de Salamanca, Begoña y Samuel siguen buscando cámaras de videovigilancia, labor que les lleva más rato del que pensaban. De momento no ha habido suerte, y el sospechoso, tras cruzar el primer tramo de la calle de Ayala, podría haber huido por la primera intersección, izquierda o derecha de la calle de Claudio Coello. Es difícil saberlo si no dan con una cámara ubicada en el lugar correcto que les dé alguna pista de la trayectoria que el sospechoso siguió.

El agente literario Ramiro de la Rosa, llega a comisaría con una hora de retraso. Pregunta por la inspectora Martín, tal y como Samuel le indicó que hiciera cuando lo llamó anoche.

El aspecto del agente literario es deplorable. A Ramiro le da la sensación de que ha vivido meses y no horas desde que han matado a Leiva, uno de sus mejores clientes, y no ha tenido tiempo ni de fumar un cigarrillo con tranquilidad. Se ha pasado la noche en vela leyendo el último manuscrito de Leiva. Inquietante, realista, atroz, violento, impensable. ¿Qué necesidad tenía Leiva de hacer todo lo que hizo, si era un tío con talento desde sus inicios? ¿Por qué se arrastró de esa manera, por qué se convirtió en un monstruo?

A las cuatro de la madrugada, Ramiro estuvo hora y media hablando con Camilo Castro, el propietario de la humilde pero bien posicionada editorial Uno, que publica ensayos y novelas de no ficción. Camilo también estaba leyendo el manuscrito sin poder despegar los ojos de él.

—Es brillante. Aterrador que ocurran estas cosas, que existan personas tan malvadas que creemos que solo existen en la ficción, pero brillante... Pongo la maquinaria en marcha de inmediato, aunque te lo vuelvo a preguntar, Ramiro, ¿estás seguro? Cepeda, Carrillo, Rivas... siguen con vida, les destrozarás las carreras y vives de ellos.

«No creo que sigan con vida por mucho tiempo»,

se calló Ramiro, inquieto después de enterarse de que a Úrsula también la habían matado, limitándose a decirle a Camilo que *Todos los monstruos* tenía que ver la luz, que para eso Leiva había confiado en ellos.

Leiva firmó el contrato hace un mes. No recibió un solo euro; las ganancias se repartirán entre la editorial y Ramiro de la Rosa, que está dispuesto a compartirlas con Moisés por su inestimable apoyo. Ramiro sospecha que Moisés está detrás de algo turbio, del asesinato de Leiva, de lo que le ha ocurrido a Úrsula... No tiene mucho sentido que esté implicado en los dos crímenes, puesto que Leiva parecía confiar en él, pero quienquiera que haya sido, se ha anticipado a los acontecimientos y nadie tenía tanta información como Moisés. Es posible que haya traicionado a Leiva de algún modo, pero no son más que elucubraciones del agente. Fue el propio Leiva quien un día entró en su despacho con Moisés y los presentó:

—Cuando el cáncer acabe conmigo, Moisés te hará llegar lo necesario para publicar mi última obra —sentenció Leiva.

Sí, todo estaba pensado para que *Todos los monstruos* viera la luz pocos días después del fallecimiento de Leiva, cuando ya no tuviera nada que perder. Lo que el autor fue incapaz de anticipar, y es algo en lo que Ramiro no ha dejado de pensar en toda la noche, es que el cáncer que por lo visto llevaba un año devorando a Leiva, no sería el encargado de poner fin a su vida. No obstante, Moisés ha estado ahí, preparado para el *imprevisto*, como si ya supiera lo que iba a ocurrir, y a Ramiro le huele raro. Aun así, no ha hecho preguntas al respecto ni por mera curiosidad, porque lo único que le interesa es ganar dinero con la publicación de la obra póstuma de Leiva. De todas formas, Leiva iba a morir igualmente, ¿no? Ramiro ya lo tenía asumido.

—¿Cuándo crees que estará listo para la publicación? —le preguntó Ramiro a Camilo.

—No puedo prometer nada, pero voy a meter a mucha gente a trabajar en el manuscrito, así que es factible que sea en dos semanas. La semana del quince de julio, concretamente.

—Dos semanas —concluyó Ramiro. El proceso de publicación de un libro suele tardar meses, incluso un año, por lo que agradeció la prioridad que la editorial Uno le estaba dando a *Todos los monstruos*—. Perfecto. Ah, Camilo, es importante que no hables de esto con nadie.

—Por supuesto. Confía en nosotros, Ramiro. Pongamos que el libro sale el quince de julio —repasó Camilo—. Empezaremos a darle bombo unos pocos días antes, sobre el día once. ¿Te parece bien?

—Sí. Pero antes no.

—Pase por aquí, por favor —le indica Vega a un somnoliento Ramiro de la Rosa, que se sienta a la mesa de una sala gris y anodina—. ¿Quiere café?

—¿Tan mal me ve? —ríe Ramiro—. Al grano, por favor, no tengo mucho tiempo. Y disculpen el retraso, no ha sido una mañana fácil.

—Agradecemos que haya venido —empieza a decir Daniel—. Lamentamos la muerte de Leiva, nos consta que era su cliente desde hacía años.

—Sí, desde que empezó allá por 1996.

—Pero no logró el éxito hasta tres años más tarde con el Premio Astro 1999 —interviene Vega.

—Efectivamente, ganador de la primera edición, algo así nunca se olvida.

«Ojalá me hubiera dicho qué tuvo que hacer para convertirse en *el gran Leiva* que todos conocieron a partir de ese momento», se muerde la lengua un cabizbajo Ramiro que, ingenuamente, pensó que Álvaro había fichado a Leiva por su talento y no por el infierno al que lo abocó. Leiva y el resto demostraron tener poca personalidad. O demasiada ambición, quién sabe, se lamenta Ramiro. La maldad ajena ha hecho engordar las cuentas bancarias del agente literario y para él el dinero es importante, le permite vivir desahogadamente y dándose todo tipo de caprichos, pero también es un ser humano con sentimientos, capaz de ponerse en la piel de quienes sufren. Álvaro, a través de Leiva y compañía, que no eligieron un camino fácil pero sí rápido, hicieron sufrir a muchas personas.

—En la habitación del hotel de Rascafría donde

Leiva se alojaba no encontramos su teléfono móvil. Tampoco un ordenador portátil, un disco duro… ni ahí ni en su casa. ¿Podría decirnos si Leiva estaba trabajando en algo importante? Pongamos que… ¿alguna novela controvertida que a alguien no le interesa que salga a la luz? —pregunta Vega, y, por el gesto aturdido que compone Ramiro, sabe que ha dado en el clavo o, al menos, se ha acercado.

—Eh… no, Leiva hacía tiempo que no escribía —contesta Ramiro.

—Parece un poco confuso —dice Daniel.

—Porque… porque no sé qué quieren decir con novela controvertida que a alguien no le interesa que salga a la luz. Leiva escribía ficción, inventaba tramas, inventaba personajes…

—Y lo han matado como mataron al protagonista de su novela *Muerte en París*, ganadora del Premio Astro 1999. Leiva se moría, Ramiro, no sé si sabía que padecía un cáncer terminal. No tenía nada que perder.

—Sabía que tenía cáncer, sí —confirma Ramiro, pensando en el día en que Leiva fue a verlo al despacho y le reveló que se moría pero que antes iba a contar algo incómodo que dejaría a los monstruos expuestos.

«—¿Qué monstruos? —le preguntó Ramiro con inquietud.

Y Leiva se limitó a contestar:

—Los tienes más cerca de lo que crees».

—Pero es que, tres meses antes de llevarse el premio,

concretamente el 28 de enero de 1999, la editorial Astro o, lo que es lo mismo, Álvaro Torres, fallecido en 2021, le transfirió cincuenta millones de pesetas, una cifra desorbitada para la época —prosigue Vega.

«Y ahí empezó todo».

—No tenía ni idea. Yo solo me llevo un veinte por ciento de los adelantos y royalties anuales. Que Álvaro le hiciera transferencias a Leiva para... para tenerlo contento y que no se fuera a la competencia, no es asunto mío. Bueno, sí, me habría gustado llevarme mi comisión, claro, o que Leiva no me lo hubiera ocultado, pero...

—Son adelantos, Ramiro. Ese era el concepto de las transferencias. Adelantos por novelas que nunca se escribieron, que nunca llegaron a publicarse —le cuenta Vega.

—Entiendo... como les digo, no tenía ni idea, lo siento. Siento no poder ayudar más.

Ramiro suena convincente, aunque por dentro está temblando.

—He oído por ahí que era Elsa, la primera mujer de Leiva, quien le escribía las novelas —comenta Daniel.

—¿Elsa? —ríe el agente—. ¿Quién lo dice? Eso es mentira, un bulo —recalca con contundencia—. A Leiva le afectó mucho su suicidio y por eso... bueno, tuvo una racha complicada, era incapaz de centrarse, pero les puedo asegurar que Elsa nunca le escribió nada.

—¿Y tampoco tenía ni idea de que Úrsula Vivier, también clienta suya, recibía transferencias millonarias por parte de la editorial Astro? Hablamos de millones de euros, Ramiro. Millones. Las transferencias pararon cuando Álvaro murió —presiona Vega.

«Claro que pararon. Pararon porque Álvaro era un monstruo. Álvaro era el Diablo. Y lo mejor que pudo pasar es que muriera, que el Diablo muriera, y ojalá arda en el infierno como Leiva y Úrsula», se escabulle Ramiro en sus pensamientos, volviendo a algunos pasajes de la novela póstuma de Leiva y visualizando los que más le impactaron, los que en dos semanas también podrán conocer estos inspectores que lo miran como si fuera culpable de algo.

—Ramiro, ¿se encuentra bien? —se preocupa Vega, al percatarse de que el rostro del agente ha mutado a un blanco nuclear y está sudando, tiene la frente perlada de sudor y la mirada errática, las pupilas tan dilatadas que no se distingue el color de sus ojos.

La voz de la inspectora se vuelve lejana, es solo un eco perteneciente a otra dimensión. Ramiro se balancea un par de segundos en la silla con los ojos en blanco, hasta que pierde por completo el control de su cuerpo y se desploma en el suelo provocando un gran estruendo.

—Le está dando un infarto, Vega.

—Llama a una ambulancia, Daniel, ¡rápido! —ordena Vega, apartando la silla volcada encima del pecho de Ramiro y situándose a un lado de su cuerpo para empezar a practicarle los primeros auxilios.

CAPÍTULO 21

Fin del trayecto
Esther & Alejandro
Viernes, 28 de junio de 2024

En cuanto Esther se aleja de la prisión que durante los últimos años ha sido La Moraleja, y decide que Cantabria será el destino elegido porque ahí nadie los conoce y quizá puedan alquilar una casita con vistas al mar, se percata de que algo no va bien, de que el pedal de freno no funciona como debería, de que...

—No subas al coche. Bajo ninguna circunstancia te subas al coche. No subas al coche. Bajo ninguna circunstancia... —sigue repitiendo Alejandro en bucle y en un tono de voz más grave del que tiene en realidad, y es que no hace más que repetir las palabras de Moisés como si fuera él quien las estuviera volviendo a decir.

—¡Alejandro, por favor, cállate, me estás poniendo nerviosa y el coche no va bien, no sé qué hacer! —

lo reprende Esther, nerviosa, borrando de su mente los preciosos paisajes cántabros para centrarse en el momento. Un momento que se le ha descontrolado por completo, una vida que se le va de las manos si no logra mantener la cabeza fría.

—Vamos… a… morir… —predice Alejandro en un murmullo que Esther no alcanza a oír.

Cerca de un desvío en la concurrida autovía del Norte, Esther, cegada por los nervios y la desesperación por encontrar una solución al grave problema al que se enfrenta, gira con violencia el volante. No se percata de que no hay vía libre para tomar la salida. Lo que Esther hace, es estamparse brutalmente contra un camión que la hace desaparecer de este mundo de un plumazo.

CAPÍTULO 22

En comisaría
Mediodía del viernes, 28 de junio de 2024

El examen toxicológico ha revelado que Úrsula Vivier no estaba bajo los efectos del alcohol ni de sustancias químicas antes de caer al vacío, por lo que fue plenamente consciente de que la caída la mataría.

—Impacto súbito tras una caída de veinte metros. Se golpeó mortalmente la nuca al caer —ha declarado el forense.

—Ella sabía que no tenía ninguna posibilidad de salir con vida, pero no hubo acto reflejo para detener el golpe. Úrsula cayó de espaldas, extendió los brazos y, simplemente, se dejó ir —ha murmurado Vega frente al forense, visualizando los brazos extendidos de Úrsula que en su imaginación han mutado en alas.

La noticia está en todas partes y la gente en redes

sociales opina sin saber. Que si el asesinato de Leiva en el hotel de Rascafría enloqueció a Úrsula y por eso se suicidó, «montando un espectáculo hasta el final y poniendo en peligro a los transeúntes que pasaban por debajo de su edificio», escriben algunos. Que si Úrsula quiso convertirse en Viviana, la protagonista de *Ángeles caídos*, su mejor novela en la que la protagonista encuentra la muerte de la misma forma... No ha trascendido a la prensa que Úrsula no se suicidó, sino que alguien la empujó, y que siga así para que el asesino se confíe, pues el juez ha ordenado vigilancia extrema para el resto de ganadores del Premio Astro que acudieron a Rascafría: Ernesto Carrillo y Guillermo Cepeda, que llevan más de veinticuatro horas sin salir de sus casas, y Manel Rivas, aunque para este último desconocen que la vigilancia llega tarde.

No han sumado más nombres a la lista de posibles víctimas, ya que han podido cotejar que los otros veintidós autores ganadores del Premio Astro a lo largo de los veinticinco años que lleva celebrándose, no recibieron transferencias multimillonarias y sospechosas por parte de Álvaro Torres, según ha podido investigar el juez. Y tampoco acudieron a *Rascafría Negra*, donde empezó todo, por lo que todavía tienen pendiente volver a hablar con Carlos Peral.

¿Fue coincidencia que esos autores, precisamente esos y no otros ganadores del Premio Astro, se reunieran en Rascafría y estuvieran presentes la noche en la que asesinaron a Leiva? ¿Hay un complot detrás? ¿El organizador del festival está implicado?

Hay mucho por hacer, los recursos escasean cada vez más, y el tiempo se les echa encima.

—Todos los inicios de sus novelas tienen algo en común. Prácticamente, empiezan igual, la originalidad brilla por su ausencia —cae en la cuenta Vega, horas después de tener los resultados de la autopsia de Úrsula y de que la ambulancia se haya llevado a Ramiro de la Rosa, el agente literario que ha sufrido un infarto mientras lo interrogaban—. En todos los primeros capítulos se comete un asesinato, o, mejor dicho, *el* asesinato, que es el hilo conductor en el resto de la trama. Hilo conductor, ¿se dice así? —Begoña asiente—. Bueno, no sé el resto de ganadores del Premio Astro, me consta que hay de todo, novela histórica, contemporánea... pero los autores de novela negra que conocimos en Rascafría, usan los mismos recursos. Asesinato en el primer capítulo. Y luego juegan con los sospechosos, no se sabe si es hombre o mujer, el relato es ambiguo, no hay nada claro hasta el final.

—Es que de eso se trata, que vaya dando pistas, pero que no haya nada claro hasta el final. Bienvenida al mundo de la novela negra, inspectora —ríe Begoña, tan curtida en el género que ojalá en la vida real se le diera tan bien adivinar anticipadamente quién es el asesino o la asesina—. En este tipo de tramas, hasta un muerto podría ser el culpable, acordaos de *Los diez negritos*, de Agatha

Christie.

—Que ahora se titula *Y no quedó ninguno* —apunta Samuel.

—Tenemos agentes frente a los chalets de Carrillo y Cepeda que controlan las entradas y salidas, aunque me consta que no han recibido visitas y que no han salido en lo que va de día —informa Vega.

—¿Y Manel Rivas? —pregunta Samuel.

—Todavía está en el hotel, no ha dejado la habitación. Se aloja en el Atlántico Madrid, en la Gran Vía, él mismo nos lo dijo —contesta Vega—. A Rivas no se le ha informado, pero hay un coche policial fuera del hotel, aunque ahí es más difícil tener un control de quién entra, quién sale…

—¿Como que todavía está en el hotel? —se extraña Daniel, mirando la hora en su móvil—. Son las 13.40, acuérdate que Manel nos dijo que tenía un AVE de regreso a Barcelona a las 12.00.

—La habitación de hotel —musita Begoña en una exhalación, preparada para hacer spoiler de *Dispara*, la novela más conocida de Rivas—: Entró en mitad de la noche haciéndose pasar por una camarera. El uniforme era idéntico, se coló por la puerta de atrás y nadie sospechó. Sustrajo una tarjeta maestra y entró en la habitación de la víctima. Era un huésped asiduo al hotel que siempre elegía el mismo número de habitación. Se escondió en el armario sabiendo que su víctima llegaría a altas horas de la noche y que lo primero que haría sería tumbarse en la cama y dormir. Nunca llegó a abrir el armario, en sus estancias cortas no tenía necesidad de abrir el armario... —sigue hablando Begoña, pensando que los autores dan demasiados detalles sobre sí mismos a través de los personajes de sus novelas—. Pistola con silenciador, disparo en la frente mientras la víctima dormía... Las cámaras captaron a la asesina. En la novela, las grabaciones mostraron que entró a las 18.00 y salió a las 3.50, pero tenía las cámaras ubicadas y tuvo cuidado, no le pudieron ver la cara.

—¿Quién era la asesina en la novela de Rivas?

—La hermana —contesta Begoña—. En realidad medio hermana, pero eso...

—Si en la novela la hermana o medio hermana se hizo pasar por una camarera, la persona que nos ha hecho creer que era el forense y después una anciana que no se tenía en pie abandonando el piso de Úrsula, podría haberse disfrazado de botones, robar una tarjeta maestra del carrito de cualquier empleada de la limpieza, y acceder a la habitación antes que Rivas. ¿Joder, es que ni en los hoteles tan lujosos como el Atlántico se puede estar seguro?

—En marcha, Vega —decide Daniel, alicaído, con el presentimiento de que Rivas también ha caído durante la madrugada, de la misma forma que su protagonista cayó en *Dispara*.

Ojalá tengan más suerte que en la novela y las grabaciones de las cámaras les muestren nítidamente la cara del cabronazo que los ha engañado no una, sino dos veces.

Hotel Atlántico Madrid
Treinta minutos más tarde

Como no hay tiempo que perder, Begoña y Samuel solicitan las grabaciones de las últimas horas, mientras Vega y Daniel, en compañía del gerente, se dirigen a la habitación de la quinta planta en la que se aloja Rivas. El gerente, angustiado, les va repitiendo algunos de los datos que le ha facilitado un recepcionista, pues lo primero que ha hecho en cuanto los inspectores se han presentado mostrando sus placas, es recopilar información sobre la estancia del autor.

—El señor Rivas llegó ayer jueves a las diez de la noche —precisa—. Su salida estaba prevista para hoy, pero es un huésped habitual y no hemos querido molestarlo. La habitación se terminó de limpiar ayer a la una y media del mediodía, en cuanto el anterior huésped la abandonó. El señor Rivas llamó poco después para reservarla. Esta mañana la encargada de la limpieza, al ver el cartel de *No molestar*, no ha entrado —les va diciendo mientras suben por el ascensor.

—¿Sabe si tuvo alguna visita? —pregunta Vega con urgencia.

El gerente se encoge de hombros.

—Siento no poder responder a su pregunta, pero les facilitaremos las grabaciones de las cámaras, tanto las tres de la entrada como las cuatro que hay en el pasillo de la quinta planta. Precisamente, una de las cámaras queda frente a la puerta de la habitación en la que siempre se aloja el señor Rivas —puntualiza.

Vega y Daniel siguen al gerente por el pasillo de la quinta planta hasta detenerse frente a la puerta que da a la habitación de Rivas.

Antes de que el gerente abra la puerta con su tarjeta maestra tras llamar un par de veces y no obtener respuesta, los inspectores miran fijamente el cartel de *No molestar* en el pomo dorado, lo que irremediablemente los traslada a otra puerta, la que conducía a la habitación del hotel Los Rosales de Rascafría en la que les esperaba el cadáver de Leiva con la cara reventada por el pisapapeles cortesía del festival.

Vega levanta la cabeza en dirección a una cámara, pero sabe bien que el asesino ha debido de tomar medidas ocultando su rostro. Hasta es posible que, para esta ocasión y habiendo demostrado ser un experto en camuflarse, haya empleado una careta o modificado sus facciones con prótesis para que siga siendo imposible de identificar.

—Pueden pasar —les abre la puerta el gerente, decidiendo quedarse en el pasillo.

Daniel mira a Vega de reojo y sacude la cabeza mientras ella inspira hondo dando un paso hacia delante.

No han terminado de cruzar el pasillo, que ya ven a Rivas tumbado de lado en la cama con el rostro sereno enfocado hacia ellos. Si no fuera por el agujero sanguinolento que luce en la frente y la sangre derramada en la almohada, en la cama y en el suelo de mármol, parecería que está dormido.

—Llama a la tropa —le ordena Vega a Daniel con gravedad, acercándose al cadáver del autor y percatándose de que el otro lado de la cama está deshecho—. Durmió con alguien —señala, rodeando la cama y fijándose en un par de pelos finísimos de color cobrizo en la almohada. En la mesita de noche hay un billete de quinientos euros y una pistola con silenciador y el número de serie borrado. Misma puesta en escena que en el primer capítulo de la novela *Dispara*. ¿Qué asesino deja el arma del crimen a la vista? Uno que quiere imitar el asesinato de una novela, aunque en la vida real implique riesgos.

—¿Rivas pasó la noche con una prostituta? —elucubra Daniel, tras recordar también el primer capítulo de *Dispara*, por el billete de quinientos euros y el arma en la mesita de noche, cuando Vega, agachada y con la vista clavada en el suelo por un destello que le ha llamado la atención, niega con la cabeza.

—La pulsera. —Daniel mira a Vega interrogante, al tiempo que ella se pone un guante de látex y coge la pulsera de entre el revoltijo de sábanas—. Esther Vázquez, la editora y la mujer de Leiva, llevaba esta misma pulsera. Puede que su aventura secreta con la editora fuera el motivo por el que Rivas nos engañó y no volvió de su paseo al hotel de Rascafría entre la una, una y media, sino a las cinco de la madrugada. Eso no los convierte en sospechosos del asesinato de Leiva, pero sí nos indica que eran amantes. Rivas no quería delatar a Esther o puede que ella le pidiera que no le dijera a nadie que había estado en Rascafría la misma noche en la que mataron a su marido.

—¿Crees que Esther estuvo en Rascafría la noche que mataron a Leiva y que estaba liada con Rivas? Además de ser la editora de Leiva también lo es de Rivas, Úrsula, Carrillo, Cepeda…

—Sí, es la editora de todos ellos —conviene Vega, observando el reverso de la pulsera de oro con dos diamantes incrustados en el centro. Hay una inscripción grabada que no deja lugar a dudas de que es la misma pulsera con la que la editora jugueteaba en el anatómico forense delante de Vega:

S & E

CAPÍTULO 23

Fragmento perteneciente al primer capítulo de la novela La última bala, *de Ernesto Carrillo*
Ganador Premio Astro, 2005

Entre las múltiples manías de Leonardo Basterra, se encontraba la de ensayar durante horas sus populares discursos frente al espejo, mientras iba dando sorbos a su copa de whisky.

Agresivo, petulante, sabedor de que poseía un gran atractivo, Basterra estaba encantado consigo mismo y con los nuevos gestos adquiridos, fruto de años de mucho ensayo, de conocer hasta la más ínfima mueca que pudiera sentarle mal a sus armoniosas facciones.

Lo que Basterra ignoraba es que el monstruo que llevaba años acechándolo conocía su rutina y sus gustos, su adicción al exclusivo whisky Macallan que degustaba extasiado de placer, no tanto por su sabor, sino por la fortuna que había desembolsado por poseer tal privilegio. Poseer aquello que muy pocos pueden conseguir, le daba a Basterra la vida, lo colmaba de energía, de admiración (más aún si cabe) hacia sí mismo.

Basterra, que estaba a punto de morir y que lo último que sus ojos iban a ver era la cara con la que estaba tan encantado, no podía sospechar que la exclusividad de la que tanto presumía y gozaba, sería lo que acabara con su vida.

Un último sorbo. Una sonrisa que se esfumó en cero coma como una estrella fugaz surcando el cielo.

Un mareo, un ligero mareo al que no le dio importancia hasta que cayó redondo al suelo abrazado a la eterna oscuridad.

En el chalet de Ernesto Carrillo
Tarde del viernes, 28 de junio de 2024
17.25 h

Ernesto Carrillo lleva horas contemplándose a sí mismo. Revisa una y otra vez el momento de la tarde de ayer en la que contestó a las preguntas de los periodistas a la salida del hotel Los Rosales de Rascafría, encontrándose mil encantos y otros mil defectos, a través de la pantalla de su televisor de ciento veinte pulgadas.

—No debería haber cerrado los ojos durante tanto rato —se reprende a sí mismo en voz alta, mientras va dando sorbos a su copa de whisky.

Desde que hace unas horas un coche policial ha estacionado frente a su chalet y los guardias le han comunicado que tenían orden expresa del juez para vigilar cualquier movimiento sospechoso, se siente seguro. Leiva y Úrsula han caído con pocas horas de diferencia. Les desea más suerte a Rivas y a Cepeda, que imagina que, como él, están protegidos, pero quién sabe... Por qué ahora, se tortura internamente. Y quién o quiénes parecen tener pensado asesinarlos uno a uno, cuando él lleva años intentando borrar lo que hizo para llegar a lo más alto. Esa pregunta lo mortifica, porque podría ser cualquiera, incluso alguien a quien no ha visto en su vida. ¿Quizá se trata del familiar de alguna víctima? Tendría sentido, el afán de justicia tiene su punto, opina Carrillo, que en las tramas de sus obras ha abusado del manido cliché de la venganza por actos del pasado, pero *él* siempre elegía víctimas a las que nadie iba a buscar ni a echar de menos, despojos de la sociedad, decía.

«El pasado tiene la mala costumbre de regresar cuando has bajado la guardia», escribió en *La última bala*.

Lo que hicieron forma parte del pasado. Y todos bajaron la guardia debido al tiempo transcurrido y al fallecimiento de Álvaro Torres.

(¡Qué liberación! Al final, tampoco supuso ninguna ruina).

No obstante, se trata de un pasado que ahora parece haber vuelto, sopesa Carrillo, que no va a permitir que lo alcance. Con él no van a poder. No ahora, que al fin, tras muchas horas de terapia, ha logrado perdonarse, aunque su adicción a la coca y al alcohol *para olvidar*, hayan influido en lo que él considera una leve mejoría. Porque al principio, las pesadillas lo atormentaron. Los muertos le venían a visitar. Ahora hace tiempo que no sueña o no recuerda lo que se le presenta en el misterioso mundo onírico. Tampoco es que duerma demasiado, con tres o cuatro horas tiene suficiente.

—Van a por nosotros porque ahora es cuando más tenemos que perder... —murmura, de nuevo para sí mismo, deteniendo la imagen y levantándose para servirse un último vaso de whisky, pues desde que se ha levantado a las diez de la mañana, no ha parado de beber y la botella está a medio vaso de quedarse vacía.

La exclusiva botella Macallan, perteneciente a la colección *Anecdote of Agnes* de la que solo existen doce botellas más como la suya de *whisky single malt* de 1967 con etiqueta de Sir Peter Blake, le costó la friolera de cuatrocientos mil euros en una subasta. Gustos caros los de Carrillo, un hombre que nació hace cincuenta y cuatro años en Badajoz, en el seno de una familia muy pobre que ni en mil vidas habrían podido permitirse algo así, y cuyas ansias de poder lo corrompieron hasta el punto de creer que, como el resto, llevaba el diablo dentro.

—Es el diablo el que te dicta las historias, Carrillo —le dijo una vez el todopoderoso Álvaro Torres, a quien Carrillo imagina ahora ardiendo en el infierno mientras contempla hipnotizado las últimas gotas del líquido ambarino resbalando por el vaso.

En el momento en que está a punto de llevarse el vaso a los labios, suena su móvil. Carrillo mira la pantalla con extrañeza, deja el vaso de whisky en una mesita auxiliar, y contesta la llamada:

—Iván —saluda Carrillo a su buen amigo Iván, editor de la controvertida editorial de novelas de no ficción Uno—. Supongo que me habrás llamado porque te has enterado de lo de Leiva y Úrsula... —empieza a decir con frialdad.

—No... bueno, Ernesto, el tema está relacionado, pero... —balbucea el editor—. No sé cómo decirte esto.

—Al grano, las medias tintas no me van —contesta Carrillo, que, en cuestión de segundos, se ha puesto a sudar, sintiendo un súbito ardor en el estómago que lo obliga a sentarse en el sofá.

—Verás, Leiva escribió una novela titulada *Todos los monstruos* antes de... bueno, antes de que lo asesinaran, aunque en la editorial dicen que empezó a desvelar la verdad porque estaba jodido, un cáncer lo estaba matando. El caso es que he tenido acceso a la novela y revela con pelos y señales lo que hizo. Lo que hicisteis todos. Tu nombre sale a la luz y eso... joder, Ernesto, no me esperaba que tú pudieras... —Iván no atina con las palabras, el silencio al otro lado de la línea le resulta perturbador—. Os están matando por eso, ¿verdad, Ernesto? Por cumplir los deseos más oscuros de Álvaro Torres. Deseos... por llamar de alguna manera a esa atrocidad. No doy crédito a lo que estoy leyendo, Ernesto, joder, esto es una bomba. No he acabado de leer el manuscrito, ¿pero Álvaro está muerto? ¿O fingió su muerte? Se ha especulado tanto al respecto que ese punto no me queda claro, no sé si... El caso es que la novela de Leiva se va a publicar en nada, el jefe está empeñado en editarla en tiempo récord y saldrá en unos días, el quince de julio. —Iván calla, esperando una respuesta por parte de Carrillo que no llega—. ¿Ernesto? ¿Ernesto, sigues ahí? Solo te llamaba para informarte, para que no te pille por sorpresa, aunque lo que hiciste es... —vuelve a la carga, sin ser capaz de expresar cuánto lo odia por el dolor que infligió en el pasado bajo las órdenes del fundador de Astro—. En fin, Ernesto, mmm... Que esta es la última vez que hablamos. Me... joder, me repudias. Tú y todos. Odio lo que hicisteis. Os odio —añade el editor con rabia—. Y merecéis un castigo, no solo que Leiva haya contado la verdad a través de un libro repugnante que se va a vender como churros. Ernesto. Ernesto, ¿no vas a decir nada? ¿Ni un *me cago en la puta* de los tuyos? ¡¿ERNESTO?!

La voz de Iván se ha ido alejando hasta formar parte de una dimensión inalcanzable para Ernesto Carrillo. Y no porque el autor se haya asustado y haya soltado el móvil, sino porque el ardor en el estómago ha ascendido hasta la garganta y le ha dado la sensación de que le estallaba en el cerebro.

«Demasiado whisky», ha pensado.

Pero no es la bebida lo que le ha sentado mal después de pimplarse la botella entera, sino el *añadido* que hay en ella desde el día en que el autor salió de su chalet para acudir al festival *Rascafría Negra*, lo que lo ha ido matando sorbo a sorbo a lo largo del día de hoy. Una muerte que se ha ido cociendo a fuego lento durante horas y que, al igual que el insoportable personaje de Basterra que Carrillo creó, ha terminado en segundos de agonía.

Lo último que los ojos de Carrillo ven antes de que la visión se torne borrosa y la oscuridad de la muerte lo engulla, es su propio rostro congelado en la pantalla del televisor, sin sospechar que la botella exclusiva de whisky de la que tan orgulloso se sentía, iba a ser la que pusiera fin a su vida.

CAPÍTULO 24

Hospital de la Paz, Madrid
Noche del viernes, 28 de junio de 2024

—¿Hora de la muerte?

—22.13, doctor.

El doctor Garriga cubre el rostro de Alejandro, sorprendiendo a los presentes por el llanto incontrolable que lo asalta.

Nadie dice nada.

Saben que el doctor perdió a un hijo hace años, desconocen qué ocurrió y no se atreven a preguntarle nada dada su conocida severidad. Se limitan a ir a lo suyo, a recoger y esterilizar los materiales quirúrgicos empleados, hasta que uno a uno van saliendo de la sala dejando al doctor solo con su pena, una pena que elucubran que se debe a que el hijo que perdió debería rondar en la actualidad la edad del chico que se les acaba de ir.

No han podido hacer nada por salvarlo.

Mientras su madre murió en el acto, aplastada por la carrocería del coche al estamparse contra un camión cuyo conductor ha salido ileso testificando que se le echó encima sin que él pudiera hacer nada para evitar la colisión, Alejandro, que no llevaba puesto el cinturón de seguridad, salió volando por los aires padeciendo un fuerte traumatismo craneoencefálico. Tardaron cuarenta y cinco minutos en hallar su cuerpo destrozado entre los matojos de un descampado próximo a la carretera. Aún tenía un hilo de vida, de esperanza, pero las lesiones eran demasiado graves y no se ha podido hacer nada por él.

—Te has aferrado a la vida hasta el final —le susurra el doctor cuando se asegura de que la sala ha quedado vacía, destapando la sábana para ver el rostro de Alejandro por última vez—. Pero te dije que no subieras al coche, Alejandro. Que, bajo ninguna circunstancia, subieras al coche... Y no me hiciste caso o ella te obligó o... Ahora estás muerto por mi culpa —se lamenta, sin poder parar de llorar, como el día en que vio con sus propios ojos lo que le habían hecho a su hijo y cómo fueron sus últimos instantes de vida. El doctor sacude la cabeza percatándose de lo inútil que es hablarle a un muerto, al tiempo que acaricia el cabello castaño del chico, instantes antes de colocarle su inseparable cubo de Rubik entre las manos magulladas y volver a cubrir su rostro inerte.

La vida está llena de casualidades. La diferencia entre coincidir o no coincidir depende a veces de unos pocos minutos en apariencia insignificantes, pero capaces de marcar el destino de quienes aún creen que el tiempo les pertenece.

El doctor Garriga podría haber salido de la sala de operaciones, girar a la derecha, darle la espalda a su destino y no habría pasado nada. O podría haber hecho de tripas corazón tras la muerte de Alejandro, el único vínculo que lo unía a su hijo, haber salido junto al resto del equipo médico, y el encuentro con Vega y Daniel no se habría producido, al menos de momento.

Pero el destino siempre tiene otros planes.

Lo que ocurre es que el doctor Garriga sale de la sala de operaciones en el mismo momento en que los inspectores cruzan el pasillo del hospital tras enterarse del accidente en el que ha fallecido Esther, con quien querían hablar sobre el asesinato de Rivas y entender por qué huyó de la habitación del hotel sin avisar a las autoridades. Desconocen que el hijo de Esther acaba de morir, y tenían intención de aprovechar la visita al hospital para saber en qué estado se encuentra el agente literario.

Vega reconoce *al hombre disfrazado de médico* y todos los músculos de su cuerpo se tensan.

«¿A quién habrá atacado esta vez para hacerse pasar por médico?», piensa Vega, en la milésima de segundo que tiene antes de que el doctor Garriga la reconozca a su vez e intente escapar.

—Pero qué... —balbucea Daniel, y es en ese momento en que el doctor, mirándolos con los ojos muy abiertos, unos ojos que hasta hace escasos segundos eran un pozo de lágrimas y amargura, retrocede un par de pasos, les da la espalda y echa a correr por el pasillo.

—Es el mismo que atacó al forense y se hizo pasar por él —le dice Vega a Daniel en una exhalación, corriendo detrás del tipo y extrañada porque médicos y enfermeras parecen reconocerlo, apartándose de su camino e incluso preguntándole:

—Doctor Garriga, ¿qué ocurre?

¿Doctor Garriga?

Es tal el estupor de Vega al deducir que se trata de un médico de verdad y no un farsante, que por poco lo pierde. Además, corre rápido, está en forma y el tipo es más alto y más grande de lo que lo recordaba vestido con el buzo blanco con el que se hizo pasar por el forense en Rascafría. Al mismo tiempo, el tal doctor Garriga le lanza todo lo que encuentra a su paso para dejarla atrás: un par de camillas vacías, una silla de ruedas... A Vega no le queda otra que ir sorteando las trabas que le pone, pese a la caída que sufre por culpa de una muleta, que le ha dado de lleno en la frente, y el impacto instantes antes de una de las camillas en las costillas que por poco la deja K.O.

—¡Policía, deténgase! —grita Vega, ante la sorpresa de todo aquel con quien se cruza, equipo médico y pacientes, algunos de ellos buscando la cámara con la que deben de estar grabando la persecución.

Vega se pregunta dónde demonios se ha metido Daniel, hasta que lo ve aparecer frente al hombre, a quien derriba con suma facilidad. Seguidamente, Daniel procede a esposarlo al tiempo que le lee los derechos, mientras Vega, resollando, tiene que apoyarse contra la pared por el creciente dolor en el costado.

CAPÍTULO 25

En comisaría
Noche del viernes, 28 de junio de 2024
23.50 h

—Moisés Garriga Sendra, nacido en Barcelona hace cincuenta y seis años. Lleva treinta años viviendo en Madrid y veintisiete en la unidad de urgencias del Hospital de la Paz. No tiene antecedentes penales —relata Vega, con una bolsa de hielo en la frente, ahí donde la muleta que le ha lanzado el doctor le ha dado de lleno provocándole un chichón. El dolor de costillas está bajo control gracias a un comprimido de seiscientos miligramos de Ibuprofeno. El comisario Levrero, Daniel, Begoña y Samuel, la escuchan con atención. De vez en cuando, miran en dirección al espejo unidireccional. Moisés se encuentra al otro lado, sentado en la sala de interrogatorios con aspecto derrotado y los ojos vidriosos—. No ha soltado prenda, pero Daniel y yo confirmamos que es el hombre que atacó al forense y se hizo pasar por él en la habitación del hotel Los Rosales donde asesinaron a Leiva, con quien, por otro lado, tiene una conexión. Moisés tenía un hijo, David, un chico con autismo de la edad del hijastro de Leiva, Alejandro.

—Alejandro ha fallecido esta noche a causa del accidente de coche provocado por Esther, la mujer y editora de Leiva, muerta en el acto. Tenía veinte años —añade Daniel—. Están investigando las causas, pero todo apunta a que fallaron los frenos del Mercedes, un modelo antiguo de 2002, y Esther perdió el control.

—David, el hijo de Moisés, era compañero de Alejandro en un centro privado especializado en alumnos con Trastorno del Espectro de Autismo. Desapareció a finales de 2020 con dieciséis años. No se volvió a saber nada de él. Encarna Casas, la mujer de Moisés, se suicidó dos meses más tarde, en febrero de 2021.

—Leiva... —murmura Levrero con el ceño fruncido—. ¿Pero qué tenía que ver Úrsula Vivier y Manel Rivas con que el hijo de este hombre que era compañero del hijastro de Leiva desapareciera hace cuatro años? —Todos se encogen de hombros. Cuanto más parecen saber, más confuso se vuelve todo—. Por cierto, ¿qué se sabe de Ramiro de la Rosa?

—Se encuentra estable —responde Daniel—. En cuanto podamos, que no será hasta finales de la semana que viene como muy pronto, intentaremos hablar con él.

—¿Y Ernesto Carrillo y Guillermo Cepeda?

—Siguen bajo vigilancia, no han salido de sus casas y no han recibido visitas —declara Vega.

—¿Qué seguridad tenemos de que Moisés sea el asesino de Leiva, de Úrsula y de Rivas? —inquiere Levrero.

La mirada de Vega se ensombrece antes de contestar:

—La verdad es que ninguna —reconoce Vega, que ahora que tiene delante a Moisés no tiene nada claro que este hombre de casi metro ochenta y más fornido de lo que a priori le pareció bajo el buzo blanco en Rascafría, fuera capaz de simular ser una anciana desvalida bajando las escaleras del edificio en el que vivía Úrsula—. Atacó al forense y usurpó su identidad, incluso habló con Daniel y conmigo y por eso lo hemos reconocido en el hospital y tenemos claro que era él, pero lo cierto es que no puedo asegurar que se trate de la persona con la que me crucé en las escaleras del edificio donde vivía Úrsula. Apenas me fijé, pero Moisés tiene la voz demasiado grave y ronca como para hacerse pasar por una mujer mayor… la voz… no la recuerdo bien, pero era demasiado fina. El pañuelo, el bastón que encontramos… —Vega mira a Daniel de reojo, sacude la cabeza—. Por mucho que se encorvara, no, no puedo ubicar a Moisés ahí. Lo más seguro es que no fuera él.

—Estás queriendo decir que es probable que se tratara de una mujer —la ayuda Levrero.

—Sí. Creo que hay una mujer implicada, que Moisés no ha actuado solo, y que hay algo que conecta a los ganadores del Premio Astro que recibieron transferencias sospechosas por parte de Álvaro Torres, con la desaparición en 2020 de su hijo David. Nos falta revisar las cámaras del hotel Atlántico Madrid donde se alojaba Rivas. Begoña, Samuel, podéis ir a casa a descansar. Mañana por la mañana iremos a casa de Carrillo y Cepeda para hablar con ellos y asegurarnos de que todo va bien, y espero poder daros la tarde del sábado libre.

—Sin problema —dice Samuel, y Begoña, conforme, asiente.

—Daniel y yo nos quedamos en comisaría revisando las grabaciones del hotel —espeta Vega, buscando la aprobación de Levrero.

—Si le parece bien, inspectora, dejemos que el inspector Haro vaya a descansar. Yo me quedaré con usted revisando las grabaciones.

Samuel, Begoña y Daniel se miran con extrañeza, al tiempo que Vega le lanza una mirada admonitoria a Levrero, sabiendo que está haciendo un gran esfuerzo para no reflejar emoción alguna. Aun así, Vega nota que sus compañeros perciben algo fuera de lo normal.

—No es necesario, comisario, puedo...

—Descanse, inspector. Lo necesito al cien por cien —ordena el comisario.

—Pero la inspectora Martín ha recibido un buen golpe en la frente, otro en la costilla y... —sigue tanteando Daniel, hasta que Vega lo interrumpe:

—Tranquilo, Daniel, estoy bien. Me quedo yo. Ve a

descansar.

—Y en vista de que el doctor Garriga va a seguir sin hablar y no sé cuánto tiempo más podremos retenerlo, vamos a ver si el calabozo le hace cambiar de idea —decide Levrero.

CAPÍTULO 26

Fragmento perteneciente al primer capítulo de la novela No volverás, *de Guillermo Cepeda*
Ganador Premio Astro 2008

No existe arma más letal que la de la propia mente. Cuando los remordimientos te asaltan, no hay escapatoria. El miedo no es el antídoto que hará que sobrevivas. El miedo es un paralizante que hará que mueras.

Y así es como se queda Isaac, paralizado ante la evidencia de lo que lleva haciendo cinco años.

Alguien lo sabe.

Alguien que se ha colado en su apartamento mientras estaba en la oficina y que está dispuesto a compartir con el mundo las aberraciones que Isaac ha cometido para que lo repudien y lo encierren de por vida. Que haya dejado el material en la cama no es casualidad. Fotos, vídeos… está todo. Todo lo que puede matar a Isaac en vida.

Mátate.

Ya sabes cómo.
O si no, atente a las consecuencias.
Te espera un infierno.

Isaac reconoce la letra. ¿Cómo es posible? Al lado de una foto disparada a distancia que muestra el primer asesinato de Isaac, hay una aguja del grosor del pico de un colibrí.

—Ya sabes cómo —repite Isaac, cogiendo la aguja con la mano temblorosa y cerrando los ojos para no tener que enfrentarse al resto de fotos: su segunda víctima. La tercera. La cuarta. Y así hasta llegar a la última, la novena, la que tanto se le resistió hacía escasas dos semanas.

Por un momento, oye a sus víctimas gritar, intentar zafarse de él sin éxito; ha derramado tanta sangre, le ha hecho tanto daño a tantas personas…

Piensa en desprenderse de todo el material. Quemarlo, hacerlo trizas… pero qué más da. Que el mundo sepa que fue un monstruo, a él no le importa, ya estará muerto. Que los familiares de las víctimas, pese al dolor que quema, sepan qué fue de sus seres queridos. Tan jóvenes, en la flor de la vida…

Maldito.

Isaac se deleita un instante en lo plácida que debe de ser la muerte. No teme a lo desconocido. Será libre, libre al fin de la enfermedad que lo encadena a una vida violenta, triste y vacía, tan vacía como su alma, como si se la hubiera vendido al mismísimo diablo. Debe de ser infinitamente mejor la inexistencia que el infierno al que lo aboca su propia mente, incapaz de detener cada pensamiento funesto que lo empuja a matar.

Inspira hondo como para insuflarse valor antes de encontrarse la arteria y clavar la aguja. Inyecta aire una vez, pero no es suficiente, no es tan fácil hacérselo a uno mismo pese a haberlo hecho tantas veces… Necesita un segundo y un tercer pinchazo hasta que el aire en la arteria le provoca un derrame cerebral que lo conduce, después de unos pocos minutos padeciendo un dolor terrible, a la calma de la muerte.

En el chalet de Guillermo Cepeda
Madrugada del sábado, 29 de junio de 2024
00.20 h

El jueves al mediodía y tras ser interrogado por el asesinato de Leiva, Cepeda abandonó Rascafría junto al resto de autores. No fue directamente a su casa, ubicada en la urbanización La Dehesa, en Dehesa de la Villa, sino que le pidió a su chófer que lo llevara al centro de Madrid. Quedó en la Plaza Mayor con unos amigos, si es que a esos buitres interesados a los que tiene que invitar a todas las rondas se les puede llamar amigos. Después, borracho como una cuba, llamó a una viuda a la que había conocido a través de una aplicación de citas que le había instalado uno de sus sobrinos, y pasó la noche con ella.

Cepeda no pensó que estaba en peligro hasta que el viernes por la mañana se enteró de la muerte de Úrsula la tarde anterior, cuando no habían pasado ni veinticuatro horas desde que habían asesinado a Leiva, el principal nexo en común de *todos los monstruos*. Úrsula había muerto igual que Viviana, el personaje de su novela, un bodrio infumable según Cepeda, a quien le encantaba chincharla y hacerla enfurecer. Pero ahí fue cuando el autor le vio las orejas al lobo y su memoria empezó a martirizarlo presentándole imágenes del pasado que, como su buen amigo Carrillo, Úrsula, Rivas o el propio Leiva, llevaban años intentando olvidar.

Se despidió de la mujer con prisas en cuanto su chófer le avisó que estaba esperándolo abajo. Nada más subirse al coche, Cepeda le pidió que condujera despacio y con precaución. Le hizo mil preguntas: si había dejado el coche en el garaje, si creía que los frenos funcionaban bien, qué era esa luz roja que parpadeaba...

A lo largo de su carrera literaria, había matado de formas tan diversas, que la persona que le había arrebatado la vida a Leiva y a Úrsula, imitando los crímenes de sus novelas más famosas, podía acabar de cualquier modo con él. No sabía que, a esas horas, Rivas también había muerto, que los inspectores con los que había hablado en Rascafría estaban a punto de encontrar su cadáver en una habitación del hotel Atlántico Madrid. Ignoraba que Esther, su editora, estaba a pocas horas de matarse en un accidente de coche porque *alguien* había manipulado los frenos. Y cómo plantearse que a pocos kilómetros de su casa, Carrillo había empezado a envenenarse sin saberlo con la exclusiva botella de whisky Macallan.

Cepeda llegó a casa el viernes a las once y cuarto de la mañana. Una hora más tarde, dos agentes llamaron a su puerta. El ganador del Premio Astro 2008 pensó lo peor: que venían a detenerle porque lo ocurrido con Leiva y Úrsula había destapado los actos malvados, sucios y rastreros de todos ellos. Actos abominables. Imposibles. No obstante, el autor se topó con dos caras amables que le dijeron que, por orden expresa del juez de instrucción, estarían fuera vigilando su propiedad y que cada seis horas se turnarían con otros agentes. Cepeda respiró aliviado. Dejó atrás la tensión que lo había invadido al enterarse del asesinato de Úrsula (él sabía que no había sido un suicidio), y se sintió importante.

¿El resto también estarán a salvo? ¿Pero cómo es posible que la policía sepa que está en peligro? Duda que a Rosa Uribe, a Malena Guerrero o a los novatos, también asistentes al festival *Rascafría Negra*, estén bajo vigilancia.

Piensa, Cepeda, piensa... ¿Cómo sabe la policía que estáis en peligro?

—Las transferencias —cayó en la cuenta, de regreso al salón, pensando que quizá la policía se había metido en las cuentas de Leiva y Úrsula y en las de la editorial Astro, y habrían visto todos y cada uno de los movimientos, por muy antiguos que fueran—. Les dije a todos que eran sospechosas aun declarando impuestos, todo legal... Que era una locura, que ningún jefe, por muy multimillonario que fuera, regalaría tales cantidades por nada, pero nadie me hizo caso... Puta codicia. Puta codicia... —repitió, notando que su cuerpo se rendía ante el abuso de alcohol de las últimas cuarenta y ocho horas.

El miércoles por la noche, que fue cuando asesinaron

a Leiva, Cepeda había abusado no solo del vino servido durante la cena, sino también del whisky, del coñac, del orujo blanco... y todo líquido inflamable que le pusieran delante. A toda la malísima combinación alcohólica, se le añadía la coca que Carrillo le servía siempre en bandeja. Y Cepeda ya tiene una edad, así que estaba para el arrastre. Se tumbó en el sofá, cerró los ojos y se quedó frito.

Cepeda ha dormido trece horas del tirón. Ahora se levanta veinte minutos después de la medianoche desorientado y a la vez muy despierto. Se asoma a la ventana, desde donde ve que un coche policial sigue aparcado frente a su puerta. Sonriente y tranquilo, se enciende un cigarrillo al tiempo que busca su móvil, que encuentra debajo de un cojín. Está apagado y sin batería, por lo que sale del salón, cruza el pasillo cuyas luces con sensor de movimiento se van encendiendo a su paso, y entra en el despacho, donde tiene un cargador. Y es ahí, en su templo sagrado a rebosar de libros en estanterías hechas a medida, donde el autor de *No volverás*, el último *monstruo* que queda con vida, sabe cómo va a morir.

CAPÍTULO 27

En comisaría
Madrugada del sábado, 29 de junio de 2024
01.23 h

—Menudo golpe te ha dado ese cabrón —le dice Levrero a Vega, acariciándole la frente con delicadeza cuando, tras dar las órdenes pertinentes para que Moisés pase la noche en el calabozo, se encuentran al fin solos frente a las pantallas que están a punto de mostrarles las grabaciones de las cámaras de seguridad del hotel Atlántico Madrid donde ha muerto Rivas.

—No es nada, estoy bien.

Vega se aparta un poco; Levrero, que iba a darle un beso, se queda con las ganas y retira la mano de su frente.

—No te ha sentado bien que le haya dicho a Daniel que se fuera, ¿verdad?

—Ni bien ni mal, Nacho, pero los conozco lo suficiente para saber que han sospechado algo. Y no quiero que…

—Perdona, no volverá a pasar.

—Bien.

—Pero, Vega, en el caso de que lo nuestro…

—Nacho, vamos a centrarnos en las grabaciones del hotel, ¿vale? No es el momento de hablar de… —Vega traga saliva. No tiene ni idea de dónde le nace el enfado y la incomodidad que siente ahora, a solas con el comisario, y termina añadiendo entre dientes—… *lo nuestro*.

—Vale —se rinde Levrero, adquiriendo un tono profesional—. Yo las cámaras de la entrada y tú las del pasillo de la quinta planta.

—No creo que quienquiera que fuera se dejara ver en la entrada del hotel. Posiblemente entró por la puerta del servicio, donde sustrajo una llave maestra para poder entrar en la habitación de Rivas antes de que él llegara o después, mientras dormía, supuestamente con Esther, la mujer de Leiva —opina Vega, repasando mentalmente las horas—. En la novela *Dispara*, la asesina…

—¿La asesina es una mujer?

—La hermanastra, sí, eso me ha dicho Begoña, yo solo he leído el primer capítulo. El caso es que la asesina de la novela entró en la habitación del hotel de la víctima horas antes y se escondió en el armario. La diferencia está en que la víctima de la novela llega de madrugada, y Rivas se registró en el hotel a las 22.00. Pudo entrar en la habitación diez minutos más tarde, 22.10.

—Recuerda que Úrsula murió ese mismo día a las 20.30, que fue cuando cayó del ventanal de su piso. Si se trata de la misma persona, habría necesitado...

—De la calle de Lagasca al hotel Atlántico Madrid en Gran Vía hay 2,6 kilómetros de distancia —especifica Vega—. Con tráfico más o menos denso como es habitual, dieciséis minutos en coche, en transporte público depende de las esperas, unos veinte, veinticinco. A pie una media hora, y en moto en solo ocho minutos, por lo que habría podido llegar perfectamente a las...

—¿21.00?

—Probemos.

Es una suerte que una de las cámaras del pasillo de la quinta planta esté ubicada en una esquina enfocando la puerta de la habitación de Rivas. Sin embargo, hasta las 21.25 del jueves no ven ningún movimiento sospechoso en el pasillo. Levrero y Vega aproximan sus caras al monitor cuando las puertas del ascensor se abren, mostrándoles a través de la primera cámara del pasillo la figura esbelta de una mujer de unos cincuenta años. Viste el uniforme de camarera del hotel (o uno muy parecido, confeccionado especialmente para la ocasión), y va directa a la habitación de Rivas. Ahí, con una tarjeta maestra en la mano, se detiene frente a la puerta y, en lugar de ocultar su rostro a la cámara, se muestra con orgullo luciendo una sonrisa espléndida.

—¿Nos está guiñando un ojo? —se asombra Levrero.

La mujer vestida como las camareras del hotel Atlántico Madrid entra en la habitación. El comisario y la inspectora siguen mirando. Manel Rivas llega a las 22.07

con aire derrotado, como si el día se le hubiera hecho eterno y solo quisiera descansar. A las 22.45, Esther, la editora y mujer de Leiva, cruza el pasillo con el susto reflejado en el rostro y llama a la puerta nerviosa, como si tuviera prisa.

—Parece que estaba asustada —opina Vega—. Mira constantemente hacia atrás, no se siente segura. Sus movimientos son rápidos y erráticos, como si pensara que alguien la está siguiendo.

—Y la que nos ha guiñado un ojo sigue dentro.

—Escondida en el armario. Como en *Dispara* —elucubra Vega.

—Pues sí que dan de sí esos armarios.

—Son enormes. Científica los ha estado analizando por... por la novela, ya sabes.

—Avanza.

23.00, 00.00, 02.30, 02.45...

—3.33.

—La hora del diablo —expone Levrero, creyendo que la supuesta asesina no ha salido a esa hora por casualidad—. Dicen que a las 3.33 el mundo de los vivos y el de los muertos se entrelaza por la oscuridad, que agudiza los sentidos y facilita la percepción de presencias de otros planos astrales, permitiendo que espíritus y demonios se comuniquen con más facilidad.

Vega, que no cree en horas del diablo ni en espíritus, detiene la grabación a las 3.33. Begoña dijo que en la novela de Rivas la asesina sale de la habitación a las

3.50. El informe del forense especifica que Rivas murió entre las dos y media y las tres de la madrugada, por lo que, después de dispararlo, dejar el arma y un billete de quinientos euros en la mesita de noche del lado en el que dormía Esther, la asesina se quedó un rato más. Suponía un riesgo, claro, que Esther despertara, algo que no ocurrió, pero, de haber ocurrido, ¿la habría matado a ella también? ¿Y por qué no se quedó veintitrés minutos más para así imitar al cien por cien el crimen de la novela, aunque la hora de entrada en la habitación ya fuera distinta de la que Rivas escribió?

La mujer *disfrazada* de camarera del hotel que, al contrario de lo que creían, no ha ocultado su rostro, vuelve a retarles en el pasado a través de la cámara de la esquina para, seguidamente, avanzar con calma por el pasillo, entrar en el ascensor y esfumarse. Hay que tener sangre fría para asesinar a alguien y salir como si nada.

—¿Has leído *Los diez negritos*, de Agatha Christie? —le pregunta Vega a Levrero, recordando las palabras de Begoña: «En este tipo de tramas, hasta un muerto podría ser el culpable».

—Ahora se titula *Y no quedó ninguno* —apunta Levrero, detalle que también señaló Samuel cuando hablaron al respecto.

—Bueno, ¿pero lo has leído?

—Hace años.

—Begoña dijo que, en este tipo de tramas, hasta un muerto podría ser el culpable.

—Ya, de hecho, algunos lectores tachan a Agatha Christie de tramposa. Una autora brillante y excepcional que parece que nunca va a pasar de moda, pero sí era un poco tramposilla.

—¿Y qué autor de novela negra no es un poco tramposillo? Puede que se vean obligados a hacer alguna que otra trampa para seguir sorprendiendo a los fans más exigentes del género. Lo llaman *plot twist*.

—Que viene a ser lo mismo que una vuelta de tuerca, giros inesperados… qué manía con abusar de los anglicismos, con la riqueza de idioma que tenemos —resopla Levrero.

—Eso te ha quedado un poco carca, Nacho. El caso es que creo que Moisés, aunque de alguna forma ha intervenido en los tres crímenes, no es el asesino directo, así que tenemos, no a una autora tramposa, sino a una asesina tramposa —empieza a especular Vega, con la cabeza a mil revoluciones—. Ahora solo nos falta comparar a la mujer que tan bien se nos ha mostrado ante el objetivo de la cámara del hotel, con la mujer que dicen que se suicidó hace tres años, escasos meses antes de que al fundador de la editorial Astro le diera un infarto. El propio Moisés, como doctor, pudo falsificar el certificado de defunción, algo que podemos averiguar fácilmente.

—Y esa mujer es…

—Elsa Barros, la primera mujer de Leiva.

CAPÍTULO 28

En comisaría
Sábado, 29 de junio de 2024

Una de las cosas que más teme la policía, es que los asesinos vayan un par de pasos por delante de la investigación, algo que se agrava cuando no se trata de un asesinato, sino de varios, todos muy bien planeados. Existen muy pocas fotos de Elsa Barros, la primera mujer de Leiva. El propio autor, o Esther, es algo que quizá nunca lleguen a descubrir, debieron de encargarse de que no quedara ninguna foto suya en el chalet de La Moraleja, donde no hay nadie que les vaya a abrir la puerta. En cuanto Esther y su hijo se largaron, Azucena tomó la decisión de volver a Guadalajara.

Las fotos de Elsa que Levrero y Vega han podido encontrar, datan de 1996 en una librería que cerró hace diez años. Las imágenes muestran a unos jóvenes Leiva y Elsa en una pequeña presentación del autor antes de convertirse en la estrella de nuestros días. Elsa tiene casi treinta años menos que en la actualidad, pero parece tratarse de la misma mujer que se coló en la habitación de Rivas antes de que él llegara.

A Vega y a Levrero les dio la sensación de estar viendo fantasmas del pasado a través de las cámaras del hotel: el fantasma de Manel Rivas, luego el de Esther Vázquez, la editora por quien Elsa también debía de sentir mucho rencor por arrancar a Leiva de su lado.

A primera hora del viernes, se ve a Esther salir de la habitación temblorosa y atolondrada, a medio vestir y con el rostro desencajado. La grabación da muestras de que estaba aún más nerviosa que la noche anterior. Se detuvo a girar el cartel en el pomo para dejarlo con el *No molestar* que Vega y Daniel encontraron, y salió escopeteada escaleras abajo, sin tan siquiera detenerse a esperar el ascensor.

El descubrimiento de que una persona que creían muerta es la asesina, ya que en la habitación donde dispararon a Rivas no entró ni salió nadie más, le ha encantado a Begoña; no obstante, es quien ha anticipado que Carrillo y Cepeda están muertos.

—Y sabemos cómo —añade Begoña, cuando todavía están en comisaría, minutos antes de que el equipo se disperse y emprendan el camino a los chalets de Carrillo y Cepeda—. Carrillo envenenado. Cepeda obligado a pincharse aire en alguna arteria, una muerte dolorosísima, pero idénticas a las de sus personajes en las obras ganadoras del Premio Astro, *La última bala* y *No volverás*.

»Por eso, Elsa, anticipándose a todos nosotros y sabiendo que veríais las grabaciones cuando ya no hubiera nada que hacer por Carrillo y Cepeda, los últimos que le faltaban, se ha mostrado con tanta claridad ante las cámaras del hotel. Porque, con ellos, ha acabado su misión, aunque su motivación sigue siendo un enigma que forma parte de algún juego macabro digno del *thriller* más oscuro. En el caso de Carrillo y Cepeda, no necesitó entrar en sus casas cuando estaban bajo vigilancia. Debió de hacerlo antes, aprovechando las ausencias de ambos. Carrillo era alcohólico, solo tuvo que colarse en su casa, envenenar todas las botellas de alcohol que tuviera y, seguramente, lo hizo mientras estaba en Rascafría. Y lo mismo con Cepeda. Se coló, dejó la aguja y...

Begoña se detiene abruptamente. Inspira hondo, comprime los labios; Vega, Daniel y Samuel no lo notan, pero a la agente se le aceleran las pulsaciones.

—Y... —la anima a continuar Vega.

—Y pruebas. La novela de Guillermo Cepeda, la de *No volverás*, empieza con el asesinato de Isaac, un criminal despiadado, un pederasta repugnante que se ve obligado a matarse porque prefiere eso a seguir vivo, a ser condenado y a ver con sus propios ojos cómo lo repudian y lo acribillan. Una de sus víctimas se salvó sin que él lo supiera, dejó en su casa fotos y material incriminatorio y… bueno, digamos que lo empujó a matarse con una aguja con la que se inyectó aire en una arteria. Es una de esas novelas en las que aplaudes al asesino y odias a la víctima, que de víctima tenía poco. El caso es que si Elsa ha seguido los pasos correctos y ha imitado el primer capítulo de la novela, en casa de Cepeda encontraremos al menos el motivo por el que también ha caído él. Fotos, un dispositivo USB con información, cintas de vídeo… a saber.

—Yo no soy tan experto como tú en novela negra, pero hay algo que no cuadra mucho —interviene Daniel—. Moisés sigue sin decir ni pío y todos tenemos bastante claro que no va a confesar nada pese a tener la confirmación de que fue él quien certificó la falsa muerte de Elsa, pero ¿de qué la conocía? ¿Qué los ha empujado a matar a esos autores, que seguramente tenían algo raro con el fundador de Astro por el tema de las transferencias millonarias por adelantos de novelas que no existieron?

—¿La desaparición del hijo de Moisés? —apunta Samuel—. Y si detrás de esas transferencias se oculta algo más… —titubea el agente—… no sé, algo turbio, algún capricho raro de Álvaro que implicara a Leiva, Úrsula, Rivas, Cepeda, Carrillo…, capaces de hacer cualquier cosa por contentarlo a cambio de dinero, del Premio Astro…

—Es posible. Pero a lo que voy es que también engañaron a Leiva —dice Daniel—. Que, efectivamente, a Elsa Barros la declararon muerta meses antes de que el fundador de Astro muriera de un infarto y hasta celebraron un funeral íntimo por ella. ¿Leiva no vio el cadáver de Elsa? ¿No lo quiso ver? ¿Pero no fue él quien encontró su cadáver, según nos dijeron los autores novatos en Rascafría? —inquiere, mirando a Vega, que, confusa, asiente—. ¿Enterraron un ataúd vacío? Podríamos pedir una orden para exhumar la tumba de Elsa y asegurarnos al cien por cien de que no está muerta y de que la mujer de las cámaras es ella y no otra que se le parece —acaba proponiendo.

—Hay que estar muy seguros para exhumar una tumba, podría ser un arma de doble filo y no es una orden que los jueces den así como así, pero lo voy a hablar con el comisario Levrero, a ver qué opina él —contesta Vega.

—Respecto a la muerte de Álvaro Torres, a lo mejor no murió de un infarto. O sea, sí, el corazón le falló, por lo visto debido a un problema sin diagnosticar en la válvula aórtica, la autopsia está clara, pero es posible que Moisés, gracias a sus conocimientos médicos, se lo provocara sin dejar rastro inyectándole algo… No sería la primera vez que pasa —especula Begoña, y todos asienten, conformes con su hipótesis.

—A ver, que me despisto —sigue diciendo Daniel—. Que lo que quiero decir es… Joder, ¿hay café? —Vega le da el suyo, Daniel le da un sorbo rápido, y añade—: ¿Por qué Elsa empezó asesinando a Leiva? ¿Por qué no dejar al que fue su marido para el final?

Begoña esboza una risa seca y breve y disipa las

dudas de Daniel con una respuesta que los deja a todos pensativos:

—Porque con Leiva vivo, lo habría tenido más complicado. Ha tardado tres años en actuar. Todavía no sabemos el móvil que la ha empujado a matar a estos autores, aunque la conjetura de Samuel sobre Álvaro Torres, que tenía algún capricho raro y turbio que los arrastró a todos, me convence. Elsa, en el caso de que sea ella y no una mujer de cincuenta años que se le parece mucho, ha tenido tres años para planearlo todo al milímetro desde las sombras que te garantiza fingir tu propia muerte, y, posiblemente, a estas horas está a miles de kilómetros de distancia de Madrid bajo una identidad falsa como el fantasma que es. A menudo, cometemos el error de darle demasiada importancia al último asesinato, cuando la clave de todo está en el primero. En este caso, en el asesinato de Leiva.

CAPÍTULO 29

Fragmento de la novela Todos los monstruos,
de Sebastián Leiva
A la venta el 15 de julio de 2024

No crean todo lo que leen, queridos lectores.

Los autores somos unos tramposos, unos mentirosos compulsivos de manual, unos aficionados a los que se nos da fatal esto de vivir y nos puede la necesidad de aparentar ser algo que no somos. En la ficción y en la vida. Sin embargo, suma esto a la monstruosidad de los actos cometidos por Úrsula Vivier, Ernesto Carrillo, Manel Rivas, Guillermo Cepeda y los míos propios, y tenemos un cóctel molotov titulado: TODOS LOS MONSTRUOS.

No dejé a Elsa porque la hubiera dejado de querer. La dejé para protegerla, porque me convertí en una amenaza e iban a hacerle daño. Y cualquiera puede pensar que, para mantener a Elsa a salvo, habría bastado con llevármela lejos. Empezar de cero juntos en otro lugar, lejos de España. Al fin y al cabo, los tentáculos de Álvaro no podían alcanzarnos, era imposible que pudiera llegar tan lejos, en el fondo era un bobo. De verdad.

Álvaro Torres, aunque te hechizaba y provocaba con sus palabras y su mirada gélida y sin alma que el miedo congelara tus entrañas, era un imbécil. Sin embargo, la culpa… sí, la culpa me corroía. Había provocado tanto dolor, que merecía sufrir. No podía salir indemne de mi propio sadismo. Me odiaba por ello. Y, para mí, no había mayor sufrimiento que tener que separarme de Elsa. Por eso la dejé. No solo por las amenazas de Álvaro, sino porque no me consideraba bueno para ella. Nunca fui el hombre que Elsa mereció.

Esther, mi editora, no fue más que una excusa porque soy una basura de persona y nunca he sabido vivir solo. Elsa fue y siempre será el amor de mi vida.

No obstante, no se me da bien escribir sobre amor, ni siquiera sabría describir qué es el amor, complicada pregunta con infinitas respuestas, y mis lectores más fieles saben que en mis novelas huyo de las escenas románticas y de todo aquello que implique un mínimo de sentimentalismo.

Así pues, empecemos a hablar del primer MONSTRUO: Álvaro Torres, conocido fundador de la editorial Astro que durante años fue mi casa.

Álvaro procedía de una familia pudiente. Era un ricachón aburrido y caprichoso al que un día (finales de los años 90, cuando el mundillo literario todavía era coherente), se le ocurrió abrir una editorial. Empezó a lo grande. En 1999 creó el Premio Astro con la mayor dotación económica hasta la fecha desafiando a la competencia, me eligió o me compró para sus artimañas, ustedes verán qué deciden cuando conozcan la historia en su totalidad, y me dijo que me haría multimillonario y poderoso, pero ¿a qué precio? ¿Cuál es el precio que tuve que pagar por conseguir todo aquello que siempre deseé, cuando lo cierto es que era y sigo siendo un autor del montón sin nada especial? Si echo la vista atrás, me veo ingenuo. Tonto. Vulgar. Deslumbrado por el magnetismo de un hombre que era el mal personificado.

Ojalá nunca hubiera conocido a Álvaro en aquella fiesta en la que, junto a Elsa, mi sombra, me colé. Ojalá nunca me hubiera acercado a él o él no hubiera visto en mí la sed de éxito que me arrastraría en poco tiempo a los infiernos. Al final, no fui más que un títere a su merced. Un títere muy rico que empezó con una transferencia de cincuenta millones de pesetas manchados de sangre a finales de enero de 1999. Eso ocurrió cuatro meses antes de proclamarme el flamante ganador de la primera edición del Premio Astro con la novela *Muerte en París* que todas las editoriales habían rechazado con anterioridad a cambio de:

—Una prostituta.

—¿Cómo?

—Lo has oído bien, Leiva. Tráeme a una prostituta y te cambiaré la vida. Haré todos tus sueños realidad.

Álvaro era un mago. O eso quise creer.

¿Pero qué necesidad tenía de contratar los servicios de una prostituta si podía tener a la mujer que quisiera? Si a Álvaro le hubieran preguntado qué es el amor, habría respondido con frialdad: una pérdida de tiempo.

Nunca había estado en un prostíbulo. Parecía un niño pequeño atemorizado y perdido en su primer día de colegio en una nueva escuela en la que no conoce a nadie. Me acompañaban dos tipos grandes y serios vestidos con traje que parecían *agentes Men in Black*. Así es como los llamaremos, los *agentes Men in Black*, aunque estos eran hombres sombra sin sentimientos ni identidad.

—Elige —me ordenó uno de ellos.

Y elegí. Elegí sin saber que estaba condenando a esa mujer a morir.

Subimos al coche. Sentí que me estaban secuestrando, a la mujer y a mí, aunque ella no parecía temerle a nada. Puede que fuera algo normal en su día a día. No paraba de hablar, de preguntarme qué quería, qué era lo que más me gustaba, de tocarme y de intentar besarme; yo estaba paralizado, ¿dónde nos llevaban? ¿Quizá a un hotel, donde Álvaro nos estaba esperando? ¿Había elegido bien? ¿Le gustaría esa mujer o hubiera preferido a otra? Pues que hubiera ido él, pensé, intentando no darle más vueltas.

La sorpresa vino cuando el coche aparcó frente a la sede de la editorial Astro. Eran las dos y media de la madrugada, no había un alma en la calle y el edificio de Astro estaba a oscuras.

Uno de los *agentes Men in Black* nos acompañó a la entrada. Supuse que Álvaro estaría en su despacho, ubicado en la cuarta planta con vistas al Retiro, pero el tipo introdujo una llave minúscula en un botón sin número, dio media vuelta, y el ascensor, en lugar de subir, bajó. La mujer empezó a asustarse casi tanto como yo.

—Dónde… ¿Dónde vamos, cariño? —me preguntó con tono melifluo.

El ascensor no paraba de bajar… todo estaba oscuro. Hacía frío, a medida que íbamos bajando, hacía más frío. Y entonces las puertas se abrieron y entendí que estábamos bajo el suelo de Madrid, donde se encuentra un entramado de pasadizos, refugios, cámaras, galerías, túneles, prisiones y mil secretos subterráneos que es mejor que no salgan a la luz. Porque el Madrid oculto está lleno de cadáveres.

—Por aquí —nos indicó el hombre, haciendo uso de una linterna porque no se veía un carajo, y la mujer y yo lo seguimos a través de un túnel que apestaba a cloaca. Les diré una cosa que a estas alturas ya deben de saber: la élite está podrida.

Lo que debería haber hecho es agarrar la mano de esa buena mujer y echar a correr. Huir, huir a cualquier parte; sin embargo, hice todo lo contrario. Álvaro, como un capo de la mafia, nos esperaba sentado en un sillón de cuero. Nos encontrábamos en una especie de sala diáfana de paredes de ladrillo y techos abovedados. El rincón estaba iluminado con multitud de velas, como si estuviéramos a punto de hacer un ritual satánico; de hecho, eso fue lo primero que se me pasó por la cabeza hasta que Álvaro sonrió. Y entonces olvidé lo del ritual, era demasiado rebuscado, aunque, ¿qué no lo era en una situación así? Deduje que había elegido bien, que la mujer le gustaba. Ella, que no se separaba de mi lado, empezó a temblar, y le dijo a Álvaro algo que jamás olvidaré:

—Es usted. Usted es el diablo, es el que nos hace desaparecer.

La carcajada de Álvaro fue un eco maldito. El tipo *Men in Black* ni siquiera pestañeó. Había una silla sucia y llena de sangre frente al sillón de Álvaro.

—Siéntala.

La mujer intentó escapar, pero el puto *agente Men in Black* la siguió y, en cuestión de segundos, la sentó en la silla manchada de sangre, la amordazó y la ató con bridas.

—Arráncale la ropa —me ordenó Álvaro, al tiempo que el *agente Men in Black* me colocaba una toga con capucha de terciopelo de color rojo que olía a muerto.

—No… No… no puedo —balbuceé, llevándome la mano a la cabeza, palpando con extrañeza el tacto suave de la capucha.

—A primera hora de la mañana te haré un ingreso de cincuenta millones de pesetas. En mayo, serás proclamado el ganador de la primera edición del Premio Astro con esa *novelucha* que no ha querido ninguna editorial. Tendrás dinero. Mucho dinero, tanto que llegará un día que no sabrás qué hacer con él.

Serás influyente. Serás tan poderoso como yo. Podría hacerlo él, lo ha hecho muchas veces, más de las que puede contar y siempre que yo se lo he pedido —añadió Álvaro, señalando al *agente Men in Black*—. Pero no tienen la ambición que veo en ti, Leiva. Ellos serían incapaces de escribir más de dos líneas seguidas mientras tú... tú tienes talento. Mereces lo mejor. Pero a cambio...

Y entonces, volvió a señalar a la mujer.

Cincuenta millones. Dinero fácil, influencia, poder, el Premio Astro...

Pensé en Elsa. La pobre se mataba a trabajar para que yo pudiera pasarme el día en casa escribiendo e intentando cumplir mi sueño sin que ninguna editorial me tuviera en cuenta. Apenas nos quedaban dos mil pesetas en la cuenta bancaria, ¿cómo íbamos a pagar el alquiler? ¿Qué íbamos a comer? Estábamos destinados a terminar viviendo bajo un puente, así que... bueno, me limité a cumplir órdenes.

Le arranqué la ropa.

⚠ ADVERTENCIA: Lo que les relato a continuación no es ficción. Forma parte de la realidad y puede afectar la sensibilidad de algunas personas.

—Graba —le dijo Álvaro al hombre *Men in Black*, que más que hombre parecía un robot. Este sacó una videocámara de un viejo baúl en el que no había reparado al llegar, y enseguida vi la luz roja y el objetivo enfocándome a mí y a la mujer, que no paraba de gritar y patalear, rebelándose ante un final cruel e inevitable—. Lo que a continuación vas a hacer, Leiva, va a ser grabado. Si se te ocurre delatarme o contar lo que has vivido esta noche y lo que a partir de ahora vivirás cuando a mí se me antoje, esta grabación saldrá a la luz y estarás perdido. Ya no hay vuelta atrás, amigo Leiva.

El *agente Men in Black* sacó un arma de la cinturilla y me apuntó a la cara. No, ya no había vuelta atrás. No la hubo desde que me subí al coche con la prostituta y entendí que no era la primera a la que se habían llevado. Mujeres vulnerables, algunas sin familia. ¿Quién las buscaría? ¿Quién las echaría de menos, quién se preocuparía por ellas? La respuesta la tenía delante. Nadie. Nadie iba a echar de menos a esa mujer, cuya muerte parecía estar escrita.

Si no hacía lo que me pedían, me matarían, y no podía dejar a Elsa sin la posibilidad de una vida mejor.

Vaya excusa de mierda, Leiva.

Álvaro Torres no era un mago. Era un asesino indirecto que disfrutaba del dolor ajeno limitándose a dar órdenes. Era un espectador caprichoso y sanguinario. Nunca llegué a saber qué le gustaba más: si ver a los "elegidos" sufrir, o vernos a nosotros, autores borregos con unas ansias desmedidas de triunfar, acatar sus órdenes.

Sería fácil decirles que se encuentran inmersos en una historia de terror. Que un demonio se apodera de ti cuando bajas al gélido subsuelo. Ahí siempre hace frío, en los túneles siempre es invierno. Ese demonio se había apoderado de Álvaro, de mí, de todos, y por eso hicimos lo que hicimos durante años. Nada más adentrarte en ese infierno, que no es otro que el de la incapacidad de no poder olvidar todo lo que ocurre ahí abajo, un ente maligno ocupa tu cuerpo, corre por tus venas, envuelve tu corazón.

Pero no es cierto. La única verdad es que si Álvaro nos eligió, fue porque vio quiénes éramos en realidad: unas malas personas.

Al final, se convirtió en una especie de objeto de estudio, como algo que provoca una fascinación repulsiva. Álvaro nos metió tan dentro que las personas a las que torturábamos eran seres dañinos que habían desperdiciado sus vidas y eran capaces de llevar por el mal camino a quienquiera que se les acercara, que acabar con ellos era algo así como un acto de piedad.

—Arráncale los ojos —dijo entonces Álvaro, que se levantó y, con mucho cuidado de que el objetivo de la cámara no lo capturase, me tendió una navaja.

Pero ¿cómo iba a arrancarle los ojos a esa pobre mujer?

—No…

—¡Hazlo! ¡Arráncale los ojos! ¡Arráncale los ojos! —empezó a gritar Álvaro como un energúmeno.

La mujer sacudía la cabeza, implorándome clemencia.

El *agente Men in Black* tenía el dedo en el gatillo, me iba a volar la cabeza.

Era ella o yo. Ella o yo.

Me temblaba tanto la mano, que la navaja se me cayó tres veces antes de verme obligado a clavar la punta en el párpado de la mujer hasta arrancarle el ojo, tal y como Álvaro me había exigido.

Qué chillido profirió cuando le arranqué el ojo derecho de la cuenca y después el izquierdo… todavía puedo oírla chillar. Ahora mismo, mientras escribo, está chillando, chilla dentro de mi cabeza, como si el mal siguiera dentro de mí, como si los instantes que nos marcan pudieran repetirse a través del tiempo en un bucle infinito, aunque solo sea dentro de nuestra mente.

Llámenme lo que quieran. Lo que merezco: Monstruo. Asesino. Mala persona. Me da igual. Cuando lean esto, ya no existiré, no seré más que polvo. Contar la verdad a través de las palabras es mi manera de redimirme, de perdonarme a mí mismo por lo peor que puede hacer el ser humano, que es arrebatarle la vida a un inocente. Créanme que, si pudiera, viajaría atrás en el tiempo y mis víctimas ahora estarían vivas. Al contrario que mis compañeros de letras, yo nunca disfruté de lo que hacíamos en el subsuelo olvidado de Madrid. Me es indiferente que la historia me recuerde como un cruel asesino o un bobo que se dejó llevar por la maldad de Álvaro, y que arrastré al resto a hacer lo que yo llevaba tantos años haciendo para seguir en la cumbre. Olviden la imagen respetable que hasta hoy tenían de mí. Ustedes son un público fiel que nunca merecí.

Volvamos a ese instante en el que empecé a no sentir nada. Ni pena ni miedo ni rabia, ante una situación injusta para esa mujer que, a ojos de Álvaro, no merecía vivir.

Mientras el cañón de la pistola apuntaba en mi dirección, la cámara seguía grabando. Con los años, existirían varias cintas de vídeo con mis siglas, S.L. Lo que descubrí más tarde, y es algo inquietante, es que Álvaro compartía nuestras cintas con un grupo selecto de empresarios, actores, presentadores, políticos... gente importante, poderosa y enferma que le pagaban un dineral por ver lo que yo y el resto hicimos.

«Asesinatos en directo».

Así lo vendía el diablo. Así recuperaba las transferencias millonarias que nos hacía.

A partir de ese momento, cuando la mujer, completamente a mi merced, se quedó sin ojos, y su cuerpo, que no paraba de sacudirse, inició su declive, yo ya actuaba como un títere, y eso a Álvaro le encantó. De mis brazos y mis manos parecían colgar cuerdas que alguien manipulaba a su antojo. No parecía yo. Creo que la locura se apoderó de mí, o a lo mejor fue el diablo invadiendo mi cuerpo, que no era otro que Álvaro disfrutando de lo que para él era un juego perverso o un espectáculo.

Él dirigió cada uno de mis movimientos:

—Arráncale la cabellera. Como hacían los indios —rio.

—Córtale la lengua —volvió a reír.

—Desfigúrale la cara —ordenó, con los ojos muy abiertos, expectante, y la navaja empuñada por mi mano le desfiguró la bonita piel canela de su rostro.

—Métele la navaja por el ano —soltó con tono lascivo.

La mujer sin ojos con la piel del rostro cortada a tiras, ya estaba muerta y en paz, libre del dolor que yo mismo le había infligido con el sadismo propio de un salvaje sin alma, y aun así, Álvaro no paraba de pedirme atrocidades mientras yo solo era capaz de pensar en los cincuenta millones y en todo lo que podría hacer con tanto dinero… en los putos cincuenta millones, en el puto Premio Astro, en el puto poder, en los putos sueños que a partir de esa madrugada, con el primer asesinato aplastándome el alma, se harían realidad.

Disculpen los tacos, por favor, no estoy en mis cabales.

¿En qué me convertí a partir de esa madrugada?

La respuesta es simple. Yo, Sebastián Leiva, fui el primer monstruo.

CAPÍTULO 30

En casa de Ernesto Carrillo
Mañana del sábado, 29 de junio de 2024

De nada ha servido gastar recursos en vigilar la propiedad de Ernesto Carrillo. El cuarto crimen en menos de cuarenta y ocho horas ya se había cometido antes de que el autor cayera muerto en el sofá.

Menudo fin de semana les espera.

—Angioedema debajo de los ojos, urticaria alrededor de los labios... —resume Vega frente al cadáver de Carrillo—. Síntomas de hinchazón compatibles con un fallo orgánico, a veces pasa lo mismo con los paros cardiacos.

Los dos agentes que hacían guardia en el exterior, sacuden la cabeza desde detrás del sofá donde yace el cadáver de Carrillo, por la impotencia de no haber podido hacer nada para evitar su muerte.

Antes de que la casa se llene de compañeros de la científica, Vega se fija en tres cosas: en la botella vacía de whisky Macallan (no tiene ni idea de lo carísima que es), en el vaso a medio beber encima de una mesa auxiliar, y en el móvil tirado en la alfombra que desactiva con la huella dactilar del dedo índice de Carrillo.

—Aquí hay una última llamada, Daniel. Lo tiene guardado como «Iván editor Uno».

—¿Editor Uno? ¿De la editorial Uno o Carrillo tenía más editores en Astro aparte de Esther?

—Ni idea. El caso es que el tal Iván llamó a Carrillo a las cinco y media de la tarde de ayer y tiene una duración de un minuto y cuarenta y ocho segundos. —Vega vuelve a centrar la mirada en el cadáver de Carrillo. Qué poco somos, se lamenta, recordando lo arrogante que era en vida aunque de los muertos parece que no se pueda hablar mal, y de lo falso y teatrero que se mostró delante de la prensa por el asesinato de Leiva. La imagen del momento en que Carrillo atendió a la prensa en Rascafría se ha quedado congelada en la pantalla del televisor—. Es probable que muriera envenenado mientras hablaba por teléfono con ese tal Iván. Se sirvió una última copa de whisky, la botella está vacía. Sonó el teléfono. Dejó el vaso encima de la mesa auxiliar y atendió la llamada. Por la rigidez que presenta es factible que lleve unas dieciséis horas muerto.

—Envenenado como la primera víctima de su novela.

—¿Qué veneno era? —se interesa Vega, recordando

vagamente el primer capítulo que leyó con prisas.

—Etilenglicol —contesta Daniel—. No huele a nada y tiene un sabor dulce, por lo que es fácil mezclarlo con cualquier bebida. No te das ni cuenta. El anticongelante podría estar en la botella de whisky que Carrillo debió de beber durante el día de ayer.

Daniel también se ha fijado en la botella de Macallan, sabe que es exclusiva y que al autor le costó una fortuna.

—Elsa… —empieza a decir Vega para, seguidamente, corregir—: La supuesta asesina, conocía los gustos de Carrillo.

—Puede que a través de Leiva, porque no creo que Elsa tuviera mucho contacto con esta gente —se plantea Daniel, recordando que Leiva dejó a Elsa en 2020 y que un año después ella, o a esa conclusión han llegado, fingió su muerte, nada claro hasta que no les concedan el permiso que Levrero está batallando para exhumar su tumba—. ¿A qué hora dicen que lo vieron? —les pregunta a los agentes.

—Al mediodía, inspector. Se le notificó que teníamos una orden del juez para vigilar su propiedad.

—Le pareció estupendo —añade el otro agente.

—Si Carrillo tenía tendencia a beber con asiduidad, y me consta que sí, debía de tener el hígado y los riñones para el arrastre. Sus órganos no pudieron filtrar ni una gota de veneno, el anticongelante en el whisky lo mató en poco tiempo —elucubra Vega—. Esperaremos a ver qué nos dice el examen toxicológico y la autopsia. A ver si los compañeros de la científica encuentran alguna huella en la casa.

En casa de Guillermo Cepeda
Cuarenta minutos más tarde

—Aprovecharon que Carrillo y Cepeda estaban en Rascafría para entrar en sus casas y preparar los crímenes, idénticos a los de sus novelas —medita Vega, que empieza a aborrecer más que nunca la novela negra, mientras inspecciona el cadáver de Cepeda—. No ha fallado con ninguno. Porque no hay más, ¿no?

—A falta de comprobar si Carrillo, Cepeda y Rivas también recibieron millones de euros en concepto de adelantos por novelas que nunca existieron, deduzco que son los últimos —predice Daniel—. Los otros autores del festival no tienen nada que ver con editorial Astro ni con Álvaro Torres. No hay relación.

—Asesinatos en hoteles: Leiva y Rivas. Úrsula, Carrillo y Cepeda en sus casas. Hasta el escenario ha sido importante a la hora de reproducir los crímenes. Es calcado. Todo es demasiado calcado.

—¿La ficción imita a la vida o la vida imita a la ficción? ¿Cómo era?

—El arte imita a la vida, la frase se le atribuye a Aristóteles —precisa Vega—. Pero, en este caso, Elsa, seguramente con el apoyo de Moisés, se ha encargado de que la vida haya imitado al arte. A la ficción.

Han encontrado a Cepeda tirado en el suelo de su despacho con los ojos abiertos que aún reflejan la agonía de sus últimos instantes. No es una muerte agradable. Él mismo, ante la desesperación al ver todo el material que los inspectores están a punto de revisar esclareciendo el por qué de las muertes de estos autores, se inyectó aire con una aguja en la aorta, la arteria más grande del organismo.

—Tuvo que pincharse al menos dos veces, no es algo rápido ni indoloro como algunos creen —añade Daniel—. Cepeda no tenía alarma en casa y he comprobado que la ventana de la habitación de la primera planta no cierra bien.

—Pudo colarse por ahí. Carrillo sí tenía alarma, pero no la activó cuando el lunes a primera hora se fue a Rascafría, y cualquiera podría saltar la valla que delimita la propiedad. Además, son calles tranquilas con pocos vecinos.

—¿Alguien pudo ver algo?

Vega se encoge de hombros, al tiempo que da un par de pasos en dirección al escritorio, donde lo primero que ve entre libros, libretas y apuntes de Cepeda alrededor de un ordenador portátil, es una nota que parece estar fuera de lugar y que pone lo mismo que Cepeda escribió en su novela *No volverás*:

Mátate.
Ya sabes cómo.
O si no, atente a las consecuencias.
Te espera un infierno.

Vega lee la nota en voz alta. Está escrita a mano, lo cual le sorprende, pero también le sorprendió que la primera mujer de Leiva se mostrara tan alegremente ante las cámaras del hotel Atlántico Madrid antes y después de, supuestamente, matar a Rivas.

—Daniel, ¿te suena de algo esta letra? —inquiere Vega, guardando la nota en una bolsa de pruebas para centrarse en las imágenes en blanco y negro que tiene delante—. Qué hostias es esto.

—A ver.

Vega y Daniel miran una a una las imágenes granuladas en blanco y negro. En ellas, distinguen a Cepeda unos años más joven, arrancándole los ojos a una mujer desnuda, amordazada y atada a una silla en un espacio oscuro y tétrico lleno de velas.

—Joder —blasfema Vega, sin despegar los ojos de las imágenes, a cuál más macabra, donde se ve a Cepeda ensañándose con esa mujer y luego con más… cuentan cuatro mujeres distintas—. Todas parecen estar hechas en el mismo lugar.

—¿Túneles subterráneos?

—Madrid está lleno, podría ser en cualquier parte —comenta Vega, señalando la vieja cinta VHS con una etiqueta pegada en la que, con rotulador negro, están escritas las siglas G.C.—. No me extraña que hiciera caso de la advertencia y se quitara la vida. Algo así es... ¿Sentía culpa? ¿Vergüenza? Eligió la muerte. Cepeda era un asesino como su personaje.

Daniel traga saliva.

—Lo que debe de haber en esa cinta... seguro que existen más que implican a Leiva, Úrsula, Rivas, Carrillo... Puede que una de las víctimas fuera el hijo de Moisés. Si desapareció en 2020 y Úrsula ganó el premio ese año, fue ella quien debió de estar implicada en lo que fuera que le ocurriera o le hicieran. No va a ser agradable ver el contenido de esa cinta, Vega —vaticina Daniel con un hilo de voz, estremecido ante la crueldad de las imágenes que han desplegado sobre el escritorio.

—¿Tienes algo mejor que hacer un sábado?

—A lo mejor el comisario me da el resto del fin de semana libre para ver la cinta contigo... a solas.

No hay retintín en el tono de voz del inspector Haro. No está bromeando ni ha sonado amigable, más bien arisco e indiferente. Por suerte, el teléfono de Vega interrumpe lo que podría haber sido el inicio de una conversación un tanto incómoda.

—Begoña, ¿cómo va por Rascafría?

—Bien, bien... estamos saliendo de casa de Carlos Peral y tenemos algo más.

Rascafría
Cuarenta y cinco minutos antes

Cuando Begoña y Samuel han llegado a Rascafría, les ha sorprendido encontrarse en el mismo pueblo en el que estuvieron hace dos días. Está claro que el festival de novela negra organizado por Carlos Peral atrajo a muchos lectores por la calidad de los autores asistentes, aunque nada comparable con la afluencia que se vivió cuando corrió la voz de que habían asesinado a Leiva en el hotel Los Rosales, ubicado en mitad de la plaza. Entre los habitantes de Rascafría, los asistentes al festival, la policía y la prensa, no cabía un alfiler.

Begoña y Samuel han saludado desde el coche a dos ancianos sentados en uno de los bancos de piedra de la plaza, frente al ayuntamiento. Siguiendo las indicaciones del GPS, han avanzado en dirección a la calle de los Reyes, que desemboca en la plazoleta de la Iglesia, donde, frente a la parroquia de San Andrés Apóstol, vive Carlos Peral.

—Es aquí —ha dicho Begoña, la primera en bajar del coche y cruzar una verja abierta para adentrarse en un descampado de tierra que conduce a la casa de Carlos, a quien han pillado saliendo de un rudimentario gallinero—. Buenos días, señor Peral, soy Begoña Palacios, agente de la Policía Judicial.

—Samuel Hernández —se ha presentado Samuel—. Nos consta que habló con los inspectores Vega Martín y

Daniel Haro.

—Eh... —Carlos, confuso, se ha retirado el sudor de la frente antes de decir—: Sí, les dije todo lo que sabía, no sé por qué...

—¿Está al tanto de que Úrsula Vivier y Manel Rivas también han sido asesinados? —ha preguntado Begoña con severidad.

—Manel... ¿Rivas también? —se ha sorprendido Carlos, verdaderamente afectado, pues el asesinato de Rivas, mucho más discreto que el de Úrsula, cuya caída sigue teniendo miles de visualizaciones en internet, no ha trascendido a la prensa. Mejor así.

«Y Carrillo y Cepeda también están muertos, seguro, pero hasta que Vega y Daniel no lo confirmen...», se ha mordido la lengua Begoña, escudriñando la expresión del organizador de *Rascafría Negra*.

—Hay algo que no tenemos muy claro, señor Peral —ha continuado Samuel—. Después de hacer unas cuantas averiguaciones sobre Sebastián Leiva, Ernesto Carrillo, Guillermo Cepeda, Manel Rivas y Úrsula Vivier, hemos llegado a la conclusión de que reunir a todos esos autores, es decir, precisamente a esos autores y no a otros, es, cuando menos, raro, debido a la gravedad de todo lo que les ha ocurrido en las últimas horas.

—Bueno... también acudió mi hijo, Bruno Peral, que está empezando. Y Sheila Galán, que despuntará en cualquier momento. Y Malena Guerrero y Rosa Uribe son autoras bastante reconocidas —les ha contado Carlos—.

¿O acaso creen que ellos también están en peligro?

—Para nada —lo ha aliviado Begoña—. ¿Pero cómo pudo reunir en un festival tan pequeño como *Rascafría Negra* a cinco ganadores del Premio Astro que no necesitan más promoción que la de tener su nombre en la cubierta de un libro?

—Leiva… Fue gracias a… Leiva. Su… su presencia en el festival animó al resto.

Begoña ha reconocido los síntomas de la mentira: incomodidad, miedo, cierto titubeo y voz queda, garganta seca, el sudor que no cesa, la mirada dirigida hacia ninguna parte…

—Carlos... cuéntenos la verdad y no habrá consecuencias —se la ha jugado Begoña, decidiendo ir de farol, como si supieran más de lo que en realidad saben—: Los autores invitados a *Rascafría Negra 2024* eran otros, no esos cinco autores con fama internacional. Usted nunca se planteó la posibilidad de que asistieran, pero le vino bien para dar a conocer el festival, ¿verdad? A fin de cuentas, también le sirve para promocionarse como autor, que falta le hace, ya que, de su última novela, ¿cuántos ejemplares se vendieron? No llegaron a doscientos, ¿no? España no es país para escritores.

Begoña, rozando la crueldad y desafiando el ego que la mayoría de autores tienen, ha sonreído con malicia al ver cómo la cara de Carlos se ha ido desencajando.

—Cómo… ¿Cómo lo han sabido?

—Cuéntenos qué pasó, Carlos —ha intervenido

Samuel, colocando los brazos en jarra e inspirando hondo, como si estuviera empezando a perder la paciencia.

—Es cierto. No contaba con ellos —ha asumido Carlos con aire de derrota—. La lista de autores inicial era otra. De los autores invitados, solo Sheila, Malena, Rosa y mi hijo estaban en el programa desde el principio, pero los otros cinco... bueno, los tuve que cambiar por...

—... por... —lo ha animado a seguir Begoña con cara de malas pulgas.

—Fue Leiva.

—¿Leiva? —le ha extrañado a Samuel.

¿Qué interés tenía Leiva en venir a *Rascafría Negra*, donde encontró la muerte?

—Leiva me... verán, yo necesitaba el dinero. Es cierto, mi última novela vendió muy poco, la editorial no va a publicarme más, mi agente me ha dejado y... bueno, Leiva me dio treinta mil euros.

—¿Treinta mil euros a tocateja? —ha empezado a interesarse Begoña por el giro de los acontecimientos.

—En negro, sí. Me dijo que tenía que invitar al festival a Carrillo, Vivier, Cepeda, Rivas... y otorgarle a él el premio *Rascafría Negra* por su trayectoria. Ya ven, si no hay dotación económica ni nada, es un premio insignificante por el que Leiva estaba dispuesto a pagar esa cantidad... Yo ya había invitado a otros autores y los tuve que cancelar, lo cual tampoco fue un drama porque no venden tanto como los ganadores del Premio Astro y, de hecho, atrajeron a muchísima gente a Rascafría. Fue un éxito. Bueno, estaba siendo un éxito hasta que... ya saben. Leiva se encargó de que vinieran. Se notaba que vinieron de mala gana, sobre todo Cepeda y Carrillo, que eran los más... no sé, los más engreídos, pero enseguida se animaron gracias a la barra libre. Alcohol, drogas... menuda panda —ríe el organizador, fruto de los nervios—. Oigan, esos treinta mil euros...

—Tranquilo, no somos inspectores de Hacienda —lo corta Begoña, aun teniendo que notificar el raro chantaje que Leiva le hizo a Peral en beneficio del festival. Porque la presencia de Leiva en Rascafría le interesaba más al organizador que al propio Leiva, así que no entiende por qué pagó tanto dinero para venir.

—Si yo no los invité por el dinero que me ofreció Leiva, a ver si me entienden. Si no me hubiera ofrecido nada, habría obedecido a Leiva con los ojos cerrados y sin preguntar, pero... reconozco que es raro, sí, sobre todo por lo que pasó después... por lo que les ha pasado a Vivier y a Rivas y... ¿Carrillo y Cepeda están bien?

Rascafría
Ahora

—Están muertos —le informa Vega a Begoña por teléfono—. Muertos de la misma manera en la que ellos mataron a sus personajes en sus novelas ganadoras del Premio Astro.

—Carrillo envenenado con etilenglicol y a Cepeda lo han abocado al suicidio pinchándose aire en una arteria con una aguja —adivina Begoña, adelantándose a lo que Vega, desde el otro lado de la línea, le va a decir:

—Exacto. Y tenías razón. En casa de Cepeda hay fotos y una cinta de vídeo VHS con sus siglas en una etiqueta. Esto huele a un ajuste de cuentas, Begoña. Todos esos autores, empezando por Leiva, hicieron daño a mucha gente, puede que bajo las órdenes de Álvaro Torres.

—¿Como que le hicieron daño a mucha gente? ¿A qué te refieres?

—Torturas. Asesinatos... a falta de ver la cinta, las fotos que le han dejado en el escritorio son muy fuertes. Puede que Álvaro fuera un enfermo al que le gustaba presenciar este tipo de... bueno, ya sabes cómo funciona. Hay gente que paga mucha pasta por ver este tipo de atrocidades en directo, la *Deep Web* está llena de esta mierda. Gente poderosa con mucho dinero, gente conocida... si supiéramos de verdad cómo funciona el mundo, querríamos desaparecer de él.

—¿Y Álvaro utilizaba a estos autores para sus fechorías?

—Yo diría que utilizó los sueños de estos autores para obligarlos a hacer ese tipo de... —En la distancia, Vega, que tiene el despliegue de fotos encima del escritorio de Cepeda, tiene que apartar la mirada de una de ellas por la crueldad que desprende. No quiere ni imaginar cómo será el momento en que tenga que revisar la cinta—. En fin, ya verás el material, que deduzco que es el motivo por el que el fundador de Astro les transfirió tanto dinero, les hizo ganar el Premio Astro, les cambió la vida... Por cierto, cuelgo y te mando una foto por wasap.

—¿Una foto de qué?

—De la nota escrita a mano que le han dejado a Cepeda.

—Ah, claro, igual que en la novela. ¿Qué decía, que no lo recuerdo? Léemela.

—Mejor te la mando. A ver si la letra te suena de algo.

Dicho y hecho. Cortan la llamada y Vega tarda un par de minutos en enviarle una foto de la nota escrita a mano que ha empujado a Cepeda a matarse, para así ahorrarse el sufrimiento cuando estalle la verdad.

—Mátate. Ya sabes cómo —lee Begoña, acercando la imagen para no perderse ni un solo detalle de la letra—. O si no, atente a las consecuencias. Te espera un infierno.

—¿Qué pasa, Begoña? —pregunta Samuel, al ver que Begoña, con los ojos fijos en la pantalla del móvil, se ha quedado lívida.

—Joder, pero ¿cómo puede ser? La letra. Es la misma letra...

Hace quince años, en la Feria del Libro de Madrid
Sábado, 5 de junio de 2009

Una joven Begoña de diecinueve años, llevaba a su espalda una enorme mochila cargada de libros para que sus autores favoritos de novela negra le firmaran sus ejemplares, en la sexagésima octava edición de la Feria del Libro de Madrid.

Fue su padre quien le inculcó su pasión por la feria o, como decía él, por la fiesta de los libros; no fallaban ni un año. Hasta que él enfermó y murió el año pasado. Begoña se prometió a sí misma cumplir cada año con la tradición de visitar la feria con la misma ilusión con la que su padre la traía desde que no levantaba un palmo del suelo. De alguna forma, sentía que, a través de ella, su padre podía seguir viviendo la Feria del Libro de Madrid que tanto le entusiasmaba.

La organización de Begoña era meticulosa y no dejaba nada al azar. Sabía de antemano qué autores de los que le interesaban asistirían, las casetas en las que estarían, y sus horarios. Empezaba por los autores que más público atraían para no comerse colas de dos horas bajo el sol abrasador que solía hacer en Madrid por esas fechas.

—Un libro firmado por su autor es una joya de valor incalculable —le decía su padre, pero, por un motivo o por otro, nunca pudo conseguir la firma de uno de sus autores favoritos, Sebastián Leiva, cuya novela *Muerte en París* le gustaba tanto, que la había leído tres veces.

Ser la primera en la larga cola que Leiva tendría durante las tres horas que estaría firmando en la caseta número 356, la llenó de orgullo. Ni siquiera le importó que Leiva, arrogante, llegara veinte minutos tarde y no la mirara a la cara cuando le tendió el libro.

—¿A quién se lo dedico? —preguntó el autor, con la apatía de quien ha formulado esa misma pregunta miles de veces.

—A... —Begoña titubeó antes de nombrar a su padre con un hilo de voz—: A Andrés... Era mi padre.

Leiva levantó la mirada para saber cómo era la cara de esa joven que le pedía que le dedicara el libro a un difunto.

—Siento mucho tu pérdida —le dijo con suavidad—. ¿Le gustó el libro a tu padre?

—Muchísimo. Era un gran admirador de su obra. De hecho, leyó todos sus libros, pero este siempre fue su favorito. Leyó *Muerte en París* tres veces.

—Entonces lo leyó más veces que yo —bromeó Leiva, sacándole una sonrisa a Begoña—. Y tú, ¿cómo te llamas?

—Begoña.

—Mi madre se llamaba Begoña —le dijo Leiva. Era mentira. Su madre se llamaba Margarita—. Cuando perdemos a un padre... a una madre o a ambos, se nos rompe algo por dentro, ¿verdad? No volvemos a ser los mismos. Daríamos lo que fuera por tener un instante más con ellos... Los padres son nuestro puerto seguro y cuando faltan... no sé si a ti te pasa, pero cuando me ocurre algo importante, lo primero que pienso es: «Voy a llamar a mi madre y se lo voy a contar todo» —se abrió el autor a Begoña, que no pudo evitar las lágrimas que se había prometido no derramar—. Al segundo me doy cuenta de que ya no puedo llamarla ni contarle nada, que ella ya no existe, por lo menos no en este plano, pero ¿sabes qué creo? Que, de alguna manera, saben todo lo que nos pasa. Porque nunca nos abandonan del todo. La muerte no es nada, solo pasan a la habitación de al lado —parafraseó a Agustín de Hipona—. Tu padre siempre estará contigo, Begoña.

—Muchas gracias.

—Mucha suerte en la vida —le deseó Leiva al cabo de un rato, devolviéndole el libro firmado.

Begoña, que no podía parar de llorar, se sentó en el primer banco que encontró libre. Después de su breve encuentro con el autor favorito de su padre, le daba igual llegar tarde a la siguiente firma o que se llenara de gente y su organizada agenda se fuera al traste. Solo necesitaba descansar, poner en orden sus pensamientos y sus emociones.

Expectante, abrió el ejemplar de *Muerte en París* y, con un nudo en la garganta, leyó para sus adentros la dedicatoria que Leiva le había escrito:

Para Andrés,
que sé que fue un hombre bueno.
Estés donde estés, ten por seguro que lo has hecho bien.
Ojalá haberte conocido y poder decirte en persona que debes sentirte
muy orgulloso por la huella que has dejado en este mundo y, especialmente, en tu hija Begoña.
Qué suerte la tuya, Andrés; es el recuerdo que dejamos en los que se quedan lo que nos hace eternos.

Con cariño,
Leiva
5/6/2009

—Por fin tienes el libro dedicado, papá —le susurró Begoña al cielo.

En casa de Guillermo Cepeda
Ahora

Begoña tarda diez minutos en llamar a Vega después de recibir la foto de la nota escrita a mano que le dejaron a Cepeda. Diez minutos, ese es el tiempo que Begoña ha necesitado para recomponerse después de reconocer la letra.

—Dime, Begoña —contesta Vega con prisas.

—Oye, que…

La voz de Begoña suena rara, como si estuviera intentando contener el llanto.

—Begoña, ¿estás bien? —pregunta Vega, llamando la atención de Daniel, que la mira con las cejas arqueadas como queriéndole decir: «¿Qué pasa, qué te está diciendo?».

—Sí, sí, es que… a no ser que la hayan calcado, que no creo porque es idéntica, he reconocido la letra, Vega. Antes de volver a comisaría, Samuel y yo vamos a pasar por mi casa para buscar un libro que tengo dedicado.

—¿Qué libro?

—*Muerte en París.*

—Al grano —le pide Vega con impaciencia, aunque ya sabe lo que Begoña le va a decir:

—La nota que le han dejado a Cepeda la ha escrito Leiva.

CAPÍTULO 31

Fragmento de la novela Todos los monstruos,
de Sebastián Leiva
A la venta el 15 de julio de 2024

Y llegó el día en el que lo tenía todo, ya saben a cambio de qué. Más dinero en el banco del que jamás habría podido imaginar, gracias a transferencias en concepto de adelantos de novelas inexistentes. Además, el Premio Astro era una locura. *Muerte en París* había vendido millones de ejemplares, y podía presumir de tener colas kilométricas en las firmas, en las presentaciones…

Todo el mundo me hacía la pelota. Empecé a creérmelo. Qué peligroso es creerte imprescindible… Álvaro me había tocado con su varita mágica y había hecho que mis sueños, hasta los más imposibles, se hicieran realidad.

Sin embargo, por dentro, no era más que un muñeco roto y mi vida entera una mentira manchada de sangre.

Nunca fui una buena persona. Llegué a esa conclusión cuando, después de torturar y matar a mi tercera víctima, otra prostituta elegida al azar a la que nadie echaría de menos, le propuse a Álvaro un plan que cambiaría, no solo el curso de mi vida, sino el de otras vidas.

—¿Sabes cuántos autores hay ahí fuera que desearían todo lo que tú me das? ¿Que harían cualquier cosa por… por esto? —le pregunté, mientras un par de tipos *Men in Black* picaban la pared centenaria de ladrillo para emparedar el cadáver destrozado de la mujer. Hoy, veinticinco años después, me pregunto si quedará algún hueco libre en ese subsuelo maldito.

—Te escucho.

—Dinero, poder, el Premio Astro… Nunca antes la frase «Mataría por…» había cobrado tanto sentido, Álvaro.

—Es arriesgado, Leiva. Te lo digo por experiencia. Hay muy pocos como tú.

¿A qué se refería con que había muy pocos como yo? ¿Muy pocos qué? ¿Muy pocos monstruos? ¿Muy pocos asesinos? ¿Muy pocos que matarían por conseguir la mitad de lo que Álvaro me había dado?

Eché un vistazo a la sangre que había en la silla y en el suelo de cemento frío y viscoso por la humedad. Miré la navaja tirada en el suelo que unos minutos antes empuñaba para arrancarle los ojos, para desfigurarle la cara, para…

«¡BASTA! ¡BASTA, JODER! ¡NO PUEDO MÁS!», quería gritarle a Álvaro, emplear la navaja contra él. Quería matarlo, aplacar la rabia.

—Elegiré por ti —insistí, intentando controlar las ganas que tenía de matarlo y no sonar muy desesperado—. Tengo buen ojo. Sé ver la ambición. Las ansias. La desesperación por destacar en un mundillo que a muchos les es vetado. Seguirás disfrutando de… de este… —«puto espectáculo grotesco»—… de todo esto, Álvaro, solo que serán otras manos las que…

—Ya, ya. Te entiendo. Quieres dejarlo. Ahora que lo tienes

todo, que crees que no puedes aspirar a más, quieres que otros ocupen tu lugar. Me duele que no disfrutes de esto, con lo divertido que es… ¿Generosidad o egoísmo, Leiva?

No contesté. Álvaro era un monstruo a quien le divertía ver a esas mujeres gritar, gritar de puro terror y dolor, sufrir hasta límites insoportables e inhumanos… Era un enfermo, un jodido psicópata que nunca, bajo ningún concepto, se manchaba las manos. Álvaro solo miraba y ordenaba, miraba y ordenaba…, y así hasta que las víctimas perdían la vida. Creí que me amenazaría con destapar mis cintas, pero, en lugar de eso, propuso:

—Bien. Busca a alguien, Leiva. Pero, hasta que no lo encuentres, seguirás trayéndome a furcias cuyas desapariciones nadie denuncia porque a nadie les importa su suerte, y seguirás siendo tú quien satisfaga mis… fantasías —sonrió.

Pensé que sería fácil. Que encontraría a alguien lo suficientemente desesperado como para ocupar mi lugar a cambio de ser tocado con la varita mágica de Álvaro. Pero tardé seis años. Seis malditos años en los que publiqué un par de libros más, gané otros tantos premios, Álvaro me transfirió millones a mis cuentas, me compré una mansión en La Moraleja, otra en la Costa Brava que a Elsa le encantaba, y torturé y maté a veinticinco mujeres a las que nadie buscó nunca. Yo, siempre acompañado de los dos putos *agentes Men in Black*, iba cambiando de locales de alterne para no levantar sospechas, pues las palabras de mi primera víctima seguían torturándome: «Es usted. Usted es el diablo, es el que nos hace desaparecer».

En 2005, Ernesto Carrillo, que por aquel entonces tenía treinta y cinco años y creía que era demasiado mayor para triunfar, ocupó mi lugar. A Álvaro le gustó tanto la entrega de Carrillo, cómo se ensañaba contra sus víctimas, disfrutando de ese juego macabro tanto como Álvaro, *nuestro espectador VIP*, que las cintas con las etiquetas E.C. se fueron amontonando, mientras yo había quedado relegado a un apacible olvido.

CAPÍTULO 32

En comisaría
Tarde del sábado, 29 de junio de 2024

Mientras el comisario Levrero está a punto de conseguir la orden para abrir la tumba de Elsa en el Cementerio de la Almudena, Vega, Daniel, Begoña y Samuel están en comisaría comparando minuciosamente la letra de la nota que le dejaron a Cepeda con la de la dedicatoria que Leiva escribió en 2009 en el ajado ejemplar de *Muerte en París*.

—La letra es la misma —opina Vega, sin separarse de su móvil, ya que alberga la esperanza de que «Iván editor Uno», la persona con la que hablaba Carrillo por teléfono antes o en el momento de morir (habrá que esperar a la autopsia), le devuelva la llamada después de dejarle cinco mensajes en el buzón de voz—. Aunque necesitaríamos un grafólogo para confirmar que la nota la ha escrito

Leiva de su puño y letra —añade, dubitativa.

—¿Es posible que Elsa haya podido imitarla? —pregunta Daniel.

—Sí, puede que la haya imitado, es lo primero que he pensado, pero es que... —titubea Begoña—... es demasiado igual, ¿no os parece? Y, normalmente, cuando intentas calcar una letra, siempre hay algún trazo en el que dudas, y aquí no veo nada de eso.

—¿Y si Leiva también ha fingido su muerte? —elucubra Samuel.

—Eso sería demasiado descabellado hasta para un autor de novela negra —suelta Begoña.

—No es tan descabellado —opina Vega—. Sería un *plot twist*.

—Vaya, te has metido de lleno en el mundo del *thriller*, jefa —bromea Begoña.

—A ver, el cadáver tenía la cara desfigurada, completamente machacada por el pisapapeles del festival. Irreconocible hasta para su segunda mujer. Tendría sentido que Moisés atacara al forense y se hiciera pasar por él para ser el primero en pisar la escena del crimen y así, de alguna manera, entorpecer la investigación. Podría ser cualquiera que tuviera la misma edad que Leiva y una complexión parecida. Esther no tenía ni idea de que Leiva estuviera en las últimas, y, cuando estás tan mal, es complicado disimularlo. Hablamos al respecto, ¿os acordáis?

—Claro, si fue hace dos días —dice Begoña.

Por el momento, no son más que elucubraciones, pero son tan posibles, como si el propio Leiva estuviera dirigiendo una trama de misterio psicológico de las suyas en las que muere hasta el apuntador, que a Begoña le da la sensación de que ya lo ha vivido antes, aunque sea a través de la ficción.

—Exacto —sigue Vega—. Nos sorprendió que Leiva, aun estando tan mal, viajara a Rascafría y siguiera con su agenda como si nada. El aspecto que presentaba delante de la cámara de videovigilancia del hotel Los Rosales no era el de una persona cuyo organismo se va deteriorando a causa de un cáncer con metástasis.

—A pesar de coger el ascensor en lugar de subir las cuatro escaleras que conducían a su habitación —murmura Daniel.

Todos guardan silencio un instante, meditando la inesperada situación.

—¿Qué hacemos, Vega? —inquiere Daniel.

—Hasta el lunes no van a darnos vía libre, pero Moisés sigue detenido y podría intentar hablar con él, aunque hasta ahora se haya negado a testificar incluso en presencia de un abogado, como se le ofreció ayer. Porque, en caso de que Leiva haya fingido su muerte y el cadáver que tenemos en el anatómico no sea él, ¿quién hizo el cambiazo por un hombre muy enfermo que ya no tenía nada que perder? Un médico con acceso al historial de miles de pacientes. ¿Y a cambio de qué prefirió ese hombre morir unas semanas antes y de forma violenta?

—A cambio de dinero. Dinero para su familia —añade Samuel.

—*Touché*. Es una posibilidad a tener en cuenta. Bien, pues... —Un mensaje calla de golpe a Vega. Es Levrero. La inspectora lee con atención e informa al equipo—: Tenemos el permiso. El lunes a las nueve de la mañana exhuman la tumba de Elsa Barros —confirma, cerrando el mensaje antes de que Daniel, que está muy cerca de ella, pueda leer: «¿Cenamos juntos?».

—Por nuestro bien, espero que esté vacía —tercia Daniel, revolviéndose en la silla.

—Id a casa. Descansad, disfrutad lo que podáis del fin de semana... —ordena Vega—. El lunes nos espera un día movidito. Resolveremos si Elsa se suicidó de verdad o fingió su muerte con ayuda de Moisés, que firmó el certificado de defunción. Por la tarde tendremos los resultados de las autopsias de Carrillo y Cepeda. Y sabremos si el cadáver con la cara machacada por el pisapapeles de *Rascafría Negra* es Leiva o no.

—Vega, tenemos que revisar la cinta que dejaron en casa de Cepeda —le recuerda Daniel.

—La cinta me la llevo a casa. La reviso yo, que quiero que tu relación con Helena dure al menos un año.

—Bueno, tampoco es que...

—Venga, fuera de aquí.

Begoña y Samuel obedecen, recogen sus cosas y salen de comisaría, pero Daniel no parece estar por la labor.

—Siento lo de antes, Vega. Lo que te he dicho en casa

de Cepeda o, bueno, cómo lo he dicho...

—¿El qué?

—Lo de ver la cinta con Levrero. No quería...

—Ni me acordaba —lo corta Vega—. Anda, vete.

—¿Y tú?

—Voy a hacerle una visita a Moisés, a ver cómo le va. También es una putada que te detengan un viernes, hasta el lunes no...

—Vega... —la interrumpe Daniel.

—Qué, Daniel...

—Que vivas. Que la vida pasa en un suspiro. No quiero que dentro de diez, veinte o treinta años, te arrepientas de haber trabajado demasiado o de haberte... de haberte olvidado de vivir. Sé que es un caso importante, pero...

—Todos lo son.

—Ya, y este es uno de los más retorcidos que recuerdo, joder, es un rompecabezas en el que todavía parece que faltan mil piezas, pero date un respiro. Lo necesitas, mírate, estás agotada.

Daniel, que ha estado en los peores momentos de Vega y la conoce bien, sabe que sus palabras no van a tener el efecto esperado, que no es otro que el de que ella se ablande, le dé la razón, y entonces le proponga ir a tomar una cerveza como solían hacer antes.

—Tienes toda la razón —contesta Vega al cabo de un rato, mirándolo fijamente—. Pero los muertos necesitan que alguien hable por ellos.

—¿Crees que estos muertos lo merecen? ¿Crees que merecen justicia? —inquiere Daniel, con rabia, señalando la cinta con la etiqueta G.C., las siglas de Guillermo Cepeda, sabiendo que su contenido es aún peor que las fotos que han visto—. Todo apunta a que los autores muertos eran unos hijos de...

—No me refería a los muertos de estos últimos tres días, Daniel.

Incitar a Moisés a hablar está siendo inútil. Es darse de cabezazos contra la pared, que es con quien parece que Vega lleve hablando veinte minutos. El doctor reta a Vega con la mirada. De vez en cuando, le sonríe como si ocultara todos los misterios del universo. Sin embargo, sigue sin resolver el rompecabezas en el que se ha convertido el caso, tal y como ha dicho Daniel.

—Sebastián Leiva ha fingido su asesinato, ¿verdad? Y usted lo ha ayudado, como ayudó a Elsa Barros hace tres años y cuya tumba vamos a exhumar el lunes. Nos la vamos a encontrar vacía, ¿a que sí? Y Leiva lo sabía. Sabía que Elsa estaba viva. Todo esto ha sido un complot. Debo decir que muy original, por cierto. Matar a esos cuatro autores de la misma manera en la que ellos mataron a los personajes de las novelas que Álvaro Torres impulsó desde la editorial Astro. Dígame, Moisés, ¿usted conoció a Álvaro? ¿Quién le provocó el infarto? ¿Qué le inyectó? —Nada. Vega continúa hablando sola. Lo peor es la inexpresividad de Moisés. No muestra absolutamente nada: ni enfado por seguir encerrado, ni sorpresa por la posibilidad de que se estén acercando a la verdad…—. Mi compañera dijo algo en lo que he estado pensando cuando venía hacia aquí: A menudo, cometemos el error de darle demasiada importancia al último asesinato, cuando la clave de todo está en el primero. Entonces, he llegado a la conclusión de que sí hubo un primer asesinato, claro, pero no murió quien creíamos.

»¿Qué le ofrecieron a ese hombre que se estaba muriendo de cáncer? ¿Le solucionaron la vida a su familia? ¿Ha merecido la pena? Si colaborara, me facilitaría mucho las cosas, la verdad, pero el lunes saldré de dudas. Que sé que estoy en lo cierto, Moisés, puede que el golpe que me dio con la muleta me haya hecho más lista —añade, porque, total, diga la burrada que diga, va a caer en saco roto y esto no es un interrogatorio oficial—. Siga sin hablarme. No me parece mal. Si el forense al que atacó no lo denuncia, el lunes saldrá en libertad sin cargos. No tenemos ninguna prueba concluyente contra usted, aunque, si el ataúd de Elsa Barros está vacío, tendrá que dar bastantes explicaciones sobre por qué firmó un falso certificado de defunción.

»Antes, otro compañero me ha preguntado si creía que Úrsula, Rivas, Cepeda y Carrillo merecían justicia. ¿Y sabe qué le he dicho? Que no. Que no creo que ellos merezcan justicia, pero sí hay otros muertos que la merecen. Muertos a quienes nadie recuerda. Usted sabe lo que hicieron. Lo que le hicieron a su hijo.

Tras decir esto, Vega inspira hondo y en los ojos oscuros de Moisés ve un profundo dolor. Es un dolor conocido con el que se ha enfrentado otras veces. Es el mismo dolor que ha visto en los ojos de cientos de padres, pero también hay determinación y orgullo en esa mirada que, sin necesidad de palabras, le hacen saber que necesita más a Moisés de lo que él la necesita a ella.

En el momento en que Vega está llegando a casa, el móvil le vibra en el bolsillo trasero de los tejanos. Cree que es Levrero, a quien no ha contestado para decirle si sí o si no a su propuesta de cenar juntos, pero es otro nombre el que centellea en la pantalla.

—¿Iván? —contesta Vega, que guardó su número en la agenda como «Iván caso Carrillo».

—¿Inspectora Vega Martín? Tengo cinco llamadas suyas, he escuchado sus mensajes y... —contesta una voz jovial al otro lado de la línea—. Es por Ernesto Carrillo, ¿verdad?

—Ha aparecido muerto en su casa —contesta Vega, directa pero sin entrar en detalles—. Su número aparecía en el registro de llamadas del móvil de Ernesto. Usted fue la última persona con quien habló.

—Sí, creo que murió mientras hablaba conmigo —le aclara Iván—. Oiga, sería posible... No sé cómo funcionan estas cosas, pero ¿le va bien quedar ahora?

Vega piensa en la cinta de vídeo que tiene que ver, aunque para ello tenga que hacer de tripas corazón; no obstante, puede esperar e intuye que quedar con Iván, aun siendo extraoficialmente, no va a ser una pérdida de tiempo.

—En una cafetería, en algún lugar concurrido, no vaya a pensar que…

—Bar Casa Maravillas, en Malasaña. ¿Lo conoce?

—Sí, vivo cerca. Estaré allí en media hora.

—Bien. Le espero.

—Pero ¿cómo la voy a reconocer? Sábado por la tarde, verano, Malasaña… es un hervidero de gente —duda Iván, y tiene razón. Las calles y los bares están llenos de gente que, al contrario que Vega, sabe desconectar del trabajo y vivir. O al menos lo intentan.

Vega, que pasa por delante de una floristería, contesta:

—Tendré una rosa roja encima de la mesa. O de la barra. Donde haya sitio.

—Rosa roja… vale. Hasta ahora.

Un café americano con hielo. Y una rosa roja encima de la barra como si Vega tuviera una cita romántica.

—¿Inspectora Vega Martín? —pregunta un hombre estrafalario de aspecto distraído, que viste bermudas marrones y una camisa hawaiana, tiene el cabello cano y despeinado y llama la atención por las gafas de pasta de color amarillo chillón. Por la voz, Vega había supuesto que no tenía más de treinta años, pero debe de rondar los cincuenta—. Soy Iván, editor de la editorial Uno.

—Vega Martín, encantada —le estrecha la mano Vega, señalando el taburete que tiene al lado—. Gracias por venir. ¿Qué quiere tomar?

—Una cerveza, por favor —le pide al camarero, al tiempo que le tiende una carpeta a Vega.

—¿Qué es?

—La novela póstuma de Sebastián Leiva que firmó con la editorial de no ficción Uno en la que trabajo para cuando se... bueno, le dijo al jefe que estaba enfermo, que le quedaba poco tiempo de vida y que teníamos que publicarla cuando él ya no estuviera y ya no está, así que... —Iván habla rápido y atropelladamente, se nota que está muy nervioso, que la situación lo supera—. La novela se titula *Todos los monstruos*, sale a la venta el quince de julio y si alguien se entera que le he entregado una copia, me quedo sin trabajo. Por favor...

—Puede estar tranquilo, Iván. De hecho, esta es una reunión extraoficial, es posible que le llamemos para que venga a comisaria a declarar, pero... —Al ver que Iván compone una mueca de horror, Vega añade—: Depende de lo que hablemos, es posible que no sea necesario.

—A ver... llamé a Carrillo por esta condenada novela —empieza a decir con voz susurrante—. Carrillo era mi amigo, pero después de esto... qué asco, por Dios, qué asco. Leiva destapa cosas sobre él y sobre todos esos autores malditos que ponen los pelos de punta. Él... llamé a Carrillo, contestó, y yo empecé a hablar y él no decía nada. Se quedó mudo. No le escuchaba ni respirar. Hasta que sonó un golpe, supongo que el móvil cayó al suelo y... Sé cómo mataron a Leiva. Y a Úrsula. Y supongo que Manel Rivas y Guillermo Cepeda también están muertos, ¿no? Los han matado como a los personajes de sus novelas, así que deduje que a Carrillo lo habían envenenado y justo lo llamo y... ¿Estoy en lo cierto? —Vega asiente con los labios comprimidos—. Yo no he venido aquí a decirle quién está detrás de esos asesinatos, que en mi opinión, después de leer la novela, es un justiciero, sino para hablarle de Úrsula Vivier, Manel Rivas, Ernesto Carrillo, Guillermo Cepeda y el propio responsable de que todo ese horror quede para la posterioridad, que es Sebastián Leiva. Esta novela no tendría que ver la luz, porque son hechos reales muy jodidos, pero no soy yo quien decide y el negocio editorial está de capa caída. La editorial Uno es una editorial pequeña, necesita liquidez y...

—Sin más preámbulos, por favor —le pide Vega.

—Es que es muy difícil de explicar, créame, es imposible de creer, pero...

—Torturaron y mataron a gente —interviene Vega, en vista de que el editor no arranca.

—S-s-sí... Y sé dónde están enterrados. Bueno, emparedados, en realidad —corrige Iván, componiendo una mueca de dolor—. Por lo visto, Álvaro Torres, el fundador de la editorial Astro, era un enfermo que les pagaba mucha pasta y materializó los sueños de esa panda, empezando por Leiva, con la condición de que le trajeran mujeres, prostitutas en su mayoría, mendigos desde que Cepeda entró en 2008 en esa especie de secta sanguinaria de desalmados, para, como bien ha dicho usted, torturarlos y matarlos. Había oído hablar de casos, de gente enferma, mala y poderosa, la peor combinación, que paga mucho dinero por ver torturas y asesinatos en directo o a través de la *Deep Web*, pero que rostros tan conocidos en el mundillo literario hayan sido capaces de hacer algo así por... por dinero, por el Premio Astro, por poder... mire, es que se me revuelven las tripas. Y luego los ves tan sonrientes y tan amables con su público en las ferias, en las presentaciones... ¿Cómo cojones dormían tranquilos? Es que no lo entiendo. No obstante, en 2020, Úrsula Vivier, la más mala de todos ellos, cometió un grave error. Eligió a la persona equivocada y todo saltó por los aires.

CAPÍTULO 33

Fragmento de la novela Todos los monstruos,
de Sebastián Leiva
A la venta el 15 de julio de 2024

A lo largo de la historia, se ha hablado de autores y poetas malditos cuya genialidad nosotros estábamos muy lejos de alcanzar, pero en cuanto a maldiciones, no nos llegaban ni a la suela del zapato. No me malinterpreten, no es un orgullo, es una absoluta vergüenza.

Pero qué más da. Ahora que todos estamos muertos (qué maldito cobarde eres, Leiva, estará pensando usted), insisto en decirle que quiero que se sepa la verdad, que conozcan la maldad que habita en el mundo tras fachadas impecables que no merecen la admiración de nadie. Que se desentierren a nuestras víctimas, ya saben dónde encontrarlas, en los túneles subterráneos sobre la que se asienta, orgullosa e intocable, la sede de editorial Astro que espero que cierren tras esta controvertida publicación. Qué pena no estar aquí para verlo. Especialmente, tengo la necesidad de que se le dé la sepultura que merece a un chico de solo dieciséis años, que marcó el final de todos los monstruos.

No es necesario irnos muy atrás en el tiempo. A Úrsula Vivier, ganadora del Premio Astro 2020 que hasta que no conoció a Álvaro Torres y se unió a su selecto club de monstruos no se comía un colín, no la mandaron a unos de los clubes de alterne que frecuentaban Carrillo, Cepeda y Rivas para secuestrar a la siguiente víctima. A ella se le encargó la misión de ir a un centro privado de Madrid para alumnos con Trastorno del Espectro de Autismo que yo conocía bien, pues hasta allí acudía cada mañana el hijo de la que se había convertido en mi segunda mujer, mi editora Esther Vázquez. Quizá fuera por eso por lo que Álvaro eligió ese lugar, para seguir provocándome e involucrándome en sus crímenes cuando yo creía haber salido de toda esa mierda.

¿Qué más quería de mí?

Le había llevado a Carrillo. Carrillo le había llevado a Cepeda y Cepeda a Rivas. Y todos, a su vez, le habían llevado a Úrsula, la peor de todos ellos que, no conforme con las migajas de ser finalista en 2016, pidió más, mucho más, satisfaciendo a Álvaro hasta límites que me hacen pensar que era tan psicópata como él, para alcanzar la cima en 2020 con el Premio Astro.

Álvaro me amargó la vida y me pudrió el alma. No contento con haberle servido durante años, cuando mi editor falleció y su puesto lo ocupó Esther, me obligó a dejar a Elsa con amenazas para seguir destrozándome:

—Déjala o le haremos mucho daño. Le enviaremos tus vídeos. Verá lo que hiciste. Sabrá que estuvo casada con un asesino.

Volvamos a Úrsula y a su "error":

Úrsula se equivocó de víctima. En lugar de elegir al chico autista sin familia que Álvaro le ordenó, eligió a otro, no revelaré su nombre por respeto a su padre, a quien a pesar de todo lo que vino después aprecio, y una vez encerrado en el coche, no hubo vuelta atrás.

No me voy a entretener con detalles escabrosos. Pero figúrense lo que sucedió y dónde se encuentra el cuerpo sin vida de ese chico. No lo presencié, pero vi la grabación. Los *agentes Men in Black* iban y venían, las caras sin alma cambiaron con los años, pero siempre quedaba alguno dispuesto a conseguirte lo que quisieras por un puñado de billetes. Jamás en mi vida había oído a Álvaro reír tanto como con las torturas que Úrsula le infligió a ese pobre chico paralizado; era tal el terror que sentía, que fue incapaz de gritar.

La desaparición del chico a las puertas de un centro privado con falsas promesas de seguridad (ni cámaras había), corrió como la pólvora. Destrozó a su familia, una familia a la que Esther y yo conocíamos. Creo que los autores malditos se asustaron (Álvaro no. Álvaro habría salido indemne). Sin embargo, siguieron con sus juegos hasta que me convertí en una amenaza al conseguir las cintas. Para conseguirlas, le pagué una pequeña fortuna a uno de los *agentes Men in Black* jubilados que debe de estar disfrutando en alguna isla paradisiaca. Fue el único que sustrajo algunas de las cintas de Álvaro, supongo que como seguro de vida. Es curioso. El dinero que tanto había perseguido, el dinero por el que había matado, me daba igual. Estaba dispuesto a donarlo todo con tal de recuperar mi identidad. Así que al fin tenía en mi poder algunas cintas de todos ellos. De algo me había servido el dineral que me había transferido el monstruo. También conseguí una copia de la grabación del chico torturado y asesinado a manos de Úrsula bajo las órdenes de Álvaro. Su padre merecía saber la verdad, por muy dura que fuera.

Pero todo se volvió en mi contra poco antes de que la maldad de *todos los monstruos* llegara a su fin y los túneles subterráneos quedaran en el olvido, sin más visitas trágicas.

No sé cómo ocurrió, supongo que yo no era tan listo como pensaba, y una cinta VHS con las siglas S.L. (mis siglas) llegó hasta Elsa. Solo un sádico podría soportar la crueldad de un contenido como ese.

Elsa no lo soportó.

CAPÍTULO 34

Bar Casa Maravillas, Malasaña
Tarde del sábado, 29 de junio de 2024

—En la novela, Leiva cuenta que conocía al padre del chico autista del centro privado al que acudía Alejandro, su hijastro. Resulta que el chico al que torturaron, mataron y emparedaron en los túneles subterráneos junto a tantos otros cadáveres, era muy amigo del hijo de Esther, la editora y segunda mujer de Leiva. No es difícil saber de quién se trata, basta con una búsqueda rápida en internet. El chico, desaparecido en 2020, se llamaba David Garriga, era hijo de Moisés Garriga, médico en urgencias del Hospital de la Paz. La mujer de Moisés se suicidó a los pocos meses, no soportaba la falta de respuestas tras la desaparición de su hijo, a quien ella daba por muerto.

Vega asiente. Es terrible y no sería la primera vez que

un padre destrozado es capaz de hacer cualquier cosa para vengar el asesinato de su hijo, pero Iván no le está contando nada que no sepa, al menos de momento. Sigue escuchando con atención:

—Finalmente, Leiva, que da a entender que aunque estaba bajo amenazas había salido de la mierda sectaria del fundador de Astro, consiguió algunas cintas. Todas las cintas que involucraban a Rivas, Carrillo, Cepeda, Úrsula, las de él... y le reveló a Moisés lo que le había pasado a su hijo, llegándole a enseñar el vídeo en el que Úrsula lo torturó y lo mató.

»Leiva no dice nada de esto en la novela porque involucraría a Moisés, pero, si me permite opinar, creo que el tipo enloqueció al ver el vídeo de su hijo siendo torturado y asesinado por Úrsula. Y que, en lugar de denunciarlo a la policía, se tomó la justicia por su mano. Álvaro Torres falleció de un infarto, pero ¿y si el infarto se lo provocó Moisés, que era doctor, pinchándole a saber qué y provocándole la muerte? —sigue contando Iván—. A fin de cuentas, Moisés sabía lo que tenía que hacer para no dejar rastro y que la muerte de Álvaro pareciera natural, pero lo importante es que las torturas y los asesinatos que habían durado la friolera de veintiún años, llegaron a su fin. Se hizo justicia. Muerte natural o no, se hizo justicia... Aun así, faltaban los esbirros de Álvaro. Los autores, que por muchas órdenes que acataran, no es excusa para que salieran indemnes de los asesinatos que habían cometido. Sea quien sea el justiciero, le ha llevado más tiempo acabar con ellos, pero ya ve, en cuestión de tres días, todos muertos.

»El caso es que, unos meses antes de la muerte de Álvaro, una cinta en la que Leiva aparecía torturando y matando a una mujer, había llegado a manos de Elsa. Leiva escribió que no tenía ni idea de cómo Elsa consiguió esa cinta, apenas tenían contacto, pero yo creo que Moisés se la facilitó. Y Leiva miente en la novela, porque estoy seguro de que también lo sabía. De alguna manera, aunque Leiva le ayudó a Moisés a saber qué le había pasado a su hijo, buscó vengarse también de él. Y es que Leiva no era un santo... También había matado a mucha gente, fue el primero de los esbirros de Álvaro, y Moisés lo sabía. El propio Leiva cometió el error de desahogarse con él. De hecho, hay un fragmento bastante esclarecedor al respecto, que yo relaciono con que Moisés traicionó a Leiva dándole la cinta a Elsa: «No revelaré su nombre por respeto a su padre, a quien a pesar de todo lo que vino después aprecio...». Ese «a quien a pesar de todo lo que vino después...»... Después... —recalca el editor, como quien te cuenta la trama de una novela—. Leiva sabía que Moisés le había facilitado una de sus cintas a Elsa. Debió de ver que le faltaba alguna de las suyas y lo relacionó, pero no creo que le echara nada en cara. No sé. Leiva cuenta mucho, pero solo lo que le interesa. Hay partes que no están del todo claras y me da la impresión de que, a pesar de confesar lo que hizo, busca empatía y dar pena.

—¿Y en la novela dice dónde están esas cintas?

—En su despacho, pero no creo que sigan ahí. Las consiguió gracias a uno de los *agentes Men in Black* jubilados que se había llevado algunas cintas como seguro de vida. Le costaron una fortuna.

—¿*Agentes Men in Black*? —se extraña Vega.

—Así es como Leiva llama a los guardaespaldas de Álvaro. Fueron cambiando con los años. Bajaban a los túneles con los autores. Amenazantes, los apuntaban con un arma, grababan las torturas y los asesinatos, emparedaban los cadáveres...

—Entonces ¿Elsa se suicidó? ¿Se suicidó de verdad? —pregunta Vega con inquietud. Pero si no era ella la mujer que se les mostró en las cámaras del hotel Atlántico Madrid, ¿quién era? Siente que la cabeza le va a estallar.

—¿Como que si se suicidó de verdad? ¿Qué quiere decir? —En vista de que Vega no contesta, Iván añade—: Cosas de la investigación, ya... A ver, eso dice, sí. Que Elsa se mató después de ver la cinta. Que todas esas cintas están malditas, que solo un sádico podría soportarlas y que abocan a la muerte a cualquiera con un poco de sensibilidad y humanidad. Como la pobre Elsa, a quien yo conocí.

—¿Ah sí? ¿Y cómo era?

—Coincidimos en algunas fiestas del mundillo literario, cuando Leiva era el autor estrella no solo a nivel nacional, ya que en Francia, Estados Unidos, Italia y México, también lo estaba petando. Nunca llegué a hablar mucho con ella, siempre estaba en un segundo plano y Leiva era un hombre que acaparaba toda la atención. Parecía tímida. Poco habladora. Seria. Amable, educada, discreta y enamoradísima de Leiva. Se notaba que era una mujer sensible. Todo lo contrario a Esther, que era una arpía. Sé que murió ayer, en un accidente... joder, la de cosas que han pasado en pocos días con esta panda de buitres.

—Sí, han pasado muchas cosas en poco tiempo —le da la razón Vega, con la mirada fija en la carpeta que contiene el manuscrito de Leiva.

—Lea el manuscrito. Pero prepárese para fragmentos de una crueldad inimaginable y para descubrir lo peor del ser humano. *Todos los monstruos...* —murmura—. Qué título tan acertado. Es una palabra que se repite en exceso a lo largo de la novela, *monstruos*, *todos los monstruos...*, pero el jefe ha ordenado que se publique tal cual, sin cambiar ni una sola coma, así que...

—Estoy acostumbrada a ver lo peor del ser humano, Iván.

—Ver es peor que leer, eso está claro, pero, leyendo, la imaginación se desborda y la mente puede ser más retorcida que lo que nuestros ojos nos muestran. Si ha llevado más casos como este, la compadezco, inspectora. El mundo está que da miedo y con testimonios como los de Leiva... En fin, uno ya se espera lo peor de cualquiera. Nada sorprende, todo es posible, el diablo está en los lugares más insospechados y en quienes menos te esperas.

¿Sabe cuánta gente leerá este libro? Se venderán millones de ejemplares. Millones. A partir del quince de julio, la novela estará en boca de todo el mundo. El morbo vende y yo no he leído nada más morboso que lo que Leiva ha contado.

—Sé que me ha dicho que no está aquí para decirme quién ha matado a los autores, pero ¿usted quién cree que ha sido?

—Moisés. El padre del chico.

Moisés, que no ha hablado ni ha llamado a un abogado, pero cuya constitución no encaja con *la anciana* que salió del apartamento de Úrsula, ni con la mujer que entró en la habitación de hotel de Rivas.

—¿Fue el agente de Leiva, Ramiro de la Rosa, quien hizo llegar el manuscrito a la editorial?

—Sí, al día siguiente de que Leiva fuera asesinado —contesta Iván, meditabundo—. Me he enterado de que a Ramiro le dio un infarto ayer, que está fuera de peligro pero sigue ingresado.

—Así es. ¿Pero sabe si Ramiro ya tenía el manuscrito en su poder, o cabe la posibilidad de que lo consiguiera después del asesinato de Leiva?

Iván se encoge de hombros, no lo sabe. El móvil y el ordenador de Leiva no aparecieron por ninguna parte, así que es posible que, al menos el ordenador que no se había llevado a Rascafría, lo robaran de su chalet de La Moraleja, pero ¿quién tiene la respuesta, si Esther y su hijo están muertos?

—Estamos trabajando a destajo para tener el libro listo en dieciséis días. Tiempo récord. Difícil pero no imposible. Eso sí, el departamento legal está preparado para todo lo que se nos eche encima, que auguro que va a ser mucha mierda. A los socios de la editorial Astro no les gustará nada lo que Leiva revela de su fundador y de sus autores estrella, aunque todo está en los túneles.

«Todo está en los túneles», repite Vega internamente, minutos antes de darle las gracias al editor por su colaboración y despedirse de él.

CAPÍTULO 35

En el piso de Vega, Malasaña
Noche del sábado, 29 de junio de 2024

Cuando Vega ha llegado a su piso y ha dejado encima de la mesa el manuscrito de Leiva y la cinta con las siglas de Guillermo Cepeda, sabiendo de antemano el horror que contiene, le ha escrito un mensaje a Levrero:

Ven a mi casa, tenemos
que hablar de Leiva.
Me apetece sushi para cenar.
Ahí lo dejo ;-)

Vega no quiere pasar la noche sola.

Después de hablar con Iván y pese a estar acostumbrada a lo peor, hoy se ve incapaz de afrontar sola el contenido de esa cinta, como si de verdad estuviera maldita y pudiera empujarla a quitarse la vida como le ocurrió a Elsa.

Supuestamente.

¿Qué embrollo es este? ¿Elsa está viva? ¿Moisés firmó un certificado de defunción auténtico o no? ¿Por qué precisamente Moisés y no otro médico?

A Vega le impresiona, no solo lo retorcido del asunto, sino también la meticulosidad con la que —¿Leiva? ¿Elsa? ¿Moisés? ¿Hay alguien más?— se ha orquestado todo. Pero, si Elsa está muerta, ¿quién era la mujer que entró en la habitación de Rivas, desafiándolos a través de las cámaras del hotel? Era idéntica a Elsa, mayor que las fotos que han visto de ella, claro, el tiempo pasa para todos y no perdona, pero sus rasgos, sus ojos... tiene que tratarse de la misma persona; el lunes, cuando abran el ataúd, ¿estará vacío?

¿Y Leiva? ¿Por qué ese interés del autor en que todos se reunieran en el festival de novela negra de Rascafría, pagándole treinta mil euros en efectivo al organizador? ¿Leiva conocía los planes de Moisés, o han estado aliados todo este tiempo y Leiva ha escrito *Todos los monstruos* sabiendo que, para cuando se publicara, estarían muertos?

Hasta el lunes (si tienen suerte), no sabrán si el cadáver que está en el anatómico forense es Leiva u otro hombre con la cara tan desfigurada a propósito, como en la novela *Muerte en París*, que podría tratarse de cualquiera.

Cuando Levrero llega a su piso, Vega, que ha tenido que sacar y desempolvar un reproductor antiguo de cintas VHS que ha ido a buscar expresamente al trastero, está preparada para mostrarle el manuscrito de Leiva y resumirle lo que ha hablado con Iván, editor de la editorial de no ficción Uno, con quien Carrillo hablaba por teléfono en el momento de morir.

—Pero ¿si Elsa está muerta, quién era la mujer que vimos en las cámaras del hotel donde se alojaba Rivas? —espeta Levrero, nervioso, pues conseguir una orden para exhumar una tumba no es moco de pavo y van a quedar fatal si sus elucubraciones respecto a que Elsa fingió su muerte se van al traste.

—No paro de darle vueltas a esa misma pregunta. Y tenemos una cinta... No has visto el material que dejaron en el despacho de Cepeda imitando el primer capítulo de su novela, pero ya te digo yo que si las fotos te dejan mal cuerpo, no quiero ni imaginar cómo será ver una tortura y asesinato en directo... De hecho, Leiva dejó escrito que solo un psicópata puede soportar ver algo así.

—Psicópatas como ellos, joder. ¿Porque quién torturó y asesinó a toda esa gente? Ellos, los autores, empezando por Leiva, para disfrute de Álvaro y sus promesas de grandeza.

—Sí, todos eran unos jodidos psicópatas... —le da la razón Vega, incapaz de entender cómo hay gente que haría lo que fuera (torturar, matar, mancharse las manos de sangre, vender su alma al mismísimo diablo) por conseguir ¿qué? Dinero, poder, posesiones materiales..., como si algo de eso trascendiera en el tiempo y pudieran llevárselo a sus tumbas. Qué tontería. En unos días, esos asesinos antiguamente admirados por sus obras literarias, no serán más que polvo. ¿De qué les sirvió sembrar tanto mal, empujados por la avaricia? Gracias a Leiva, serán recordados como lo que fueron: unos monstruos.

—¿Y crees que Moisés los ha matado a todos? —inquiere Levrero.

—Mató a Álvaro Torres, aunque no es algo que tengamos cien por cien seguro, pero a los autores... es que no, es demasiado grande para haberse hecho pasar por la anciana que no era una anciana, y después está la mujer del hotel donde se alojaba Rivas a la que viste tan bien como yo... metro setenta, setenta y cinco, y era muy delgada.

—Ya, no encaja con Moisés. No hay disfraz que disimule lo grande que es.

—Está involucrado, eso seguro. Puede que se colara en las casas de Carrillo y Cepeda mientras estaban en Rascafría. De ahí el interés de Leiva por que asistieran al festival, para orquestar sus muertes durante sus respectivas ausencias. Pero no podemos ubicar a Moisés en los asesinatos de Úrsula y Rivas. En el de Leiva ni idea, a saber quién entró en la habitación del hotel Los Rosales. Ojalá el forense al que atacó lo denuncie y podamos retenerlo unos días más.

—El juez de instrucción lo interrogará el lunes

después de la exhumación. No le va a quedar otra que desembuchar —le informa Levrero—. Bueno... ¿vemos la cinta?

Vega hace de tripas corazón y asiente para, inmediatamente, introducir la cinta en el reproductor. Mientras tanto, Levrero, que no es fumador habitual pero fuma algún cigarrillo que otro en momentos de tensión, sale al pequeño balcón. Se apoya contra la barandilla dándole la espalda a la calle para poder ver el vídeo desde el exterior, al tiempo que enciende un cigarrillo ahuecando la mano para proteger la llama.

En ese mismo momento, desde la calle

Entre que Helena no le ha hecho caso en toda la tarde (un litigio importante, necesita concentración, qué aburrido es salir con una abogada), y no ha parado de pensar en Vega, en su soledad y en su enfermiza obsesión por el trabajo, en el que se vuelca para cubrir sus carencias afectivas, Daniel ha decidido darle una sorpresa y presentarse en su piso con comida japonesa. El sushi es la debilidad de Vega.

Sin embargo, cuando Daniel está a pocos pasos de llegar al portal, levanta la cabeza y tiene que asegurarse dos veces de que el balcón que mira pertenece al piso de Vega. Hay un hombre apoyado en la barandilla fumando un cigarro de espaldas a la calle, con toda la atención puesta en el interior del piso. Aún no ha anochecido del todo, por lo que, pese a la distancia, Daniel reconoce a Levrero. Lo que su cerebro es incapaz de asimilar, es qué pinta el comisario en el piso de Vega un sábado por la noche.

En el piso de Vega

—Pero qué mierda es esta —espeta Vega, llevándose las manos a la boca de la impresión, cuando Guillermo Cepeda aparece en la pantalla vestido con una túnica de terciopelo rojo.

En su mano derecha lleva un cuchillo con el que, sin miramiento alguno ni piedad, le perfora los ojos a un hombre, atado y maniatado en una vieja silla en mitad de lo que deben de ser los túneles subterráneos que Iván le ha dicho a Vega que existen bajo la sede de la editorial Astro.

—Es horrible —murmura Levrero, sacudiendo la cabeza y dándole una calada nerviosa al cigarrillo cuando el hombre, ya sin ojos, pierde el conocimiento y su cabeza cae hacia delante con brusquedad—. ¿Oyes la risa de fondo?

—Álvaro Torres —adivina Vega—. El fundador de Astro.

—¿Y ahora? —pregunta Guillermo desde el pasado, captando la atención de Vega y Levrero, que vuelven a dirigir la mirada a la pantalla.

—Ahora… —empieza a decir una voz ronca, de nuevo deducen que se trata de Álvaro dando órdenes—… agarra los globos oculares con tus manos y machácalos.

Guillermo parece ahogar una arcada, pero lo obedece de inmediato y machaca con sus propias manos los globos oculares que le acaba de extraer al hombre.

—Esto es de locos —farfulla Vega, viéndose obligada a apartar la mirada del televisor. No lo soporta. No soporta lo que ve—. Daniel tenía razón.

—¿En qué? —se interesa Levrero.

—En que los autores no merecen justicia ni que nos matemos a encontrar a su asesino o asesina. Que quien se ha encargado de matarlos uno a uno, sea Moisés, Elsa o quien sea, merece que le hagan un monumento. Porque aquí tenemos a Cepeda. Pero Carrillo, Rivas, Úrsula, Leiva… se supone que hicieron lo mismo con otras personas. Personas que siguen en esos túneles subterráneos emparedados. Hay que conseguir una orden para acceder a ellos. Y Úrsula fue quien torturó y mató al hijo de Moisés, que solo tenía dieciséis años y era un chico vulnerable.

—El mundo no funciona así, Vega. Lo sabes, no puedes desviarte de la investigación principal. Sabes que nuestro trabajo ahora es pillar a quien ha matado a Carrillo, Rivas…

—El mundo se va a la mierda, Nacho —lo corta Vega, llena de rabia por las imágenes que siguen pasando ante sus ojos. Son de una atrocidad inhumana—. Ves esto y pierdes la fe en la humanidad, no tiene sentido. Nada lo tiene. Si Leiva hizo esto y Elsa lo vio… —Vega, con los ojos vidriosos, mira a Levrero y añade—: Elsa está muerta. Se mató. Hasta a mí me dan ganas de matarme.

—Apaga eso, Vega. Vamos a cenar.

—¿Cenar? Se me ha cerrado el estómago.

—Nunca le dices que no a la comida japonesa. He traído sushi.

—Pues fíjate cómo me ha dejado esta mierda —se lamenta Vega, extrayendo la cinta del reproductor y volviéndola a guardar en la bolsa de pruebas—. Y todavía nos queda leer el manuscrito de Leiva. *Todos los monstruos*. Qué acertado. Leiva no pudo elegir un título mejor —añade, repitiendo las palabras de Iván, el editor.

En el piso de Daniel

¿Por qué a Daniel le revienta tanto que Levrero estuviera en el piso de Vega? Porque solo puede ser por un motivo: están liados, pero ¿desde cuándo? Y no debería fastidiarle, le va bien con Helena y se imagina en un futuro con ella, pero, egoístamente, le jode que Vega esté con el comisario. Esa rabia lo empuja a llamar a Begoña P (P de periodista, no de Palacios, la agente). Es la misma Begoña a la que Daniel le vendió información sobre el Asesino del Guante para que pudiera desvelar detalles que estaban bajo secreto de sumario como el tema de la lejía que habían hallado en los cuerpos de las víctimas, y que casi le cuesta su amistad con Vega y una investigación interna si ella se hubiera chivado.

El comisario Nacho Levrero es un misterio. Además de ser un tipo reservado y distante (salvo para Vega, por lo visto), nadie sabe de dónde viene. Incluso Begoña, atraída por el imponente físico del comisario, lo buscó y no encontró nada.

—¿Habrá matado a alguien, a lo mejor sin querer, y por eso no aparece nada sobre él? —llegó a preguntarse Begoña al principio, cuando Levrero llevaba dos semanas ocupando el despacho de Gallardo y Vega había empezado a trabajar en la comisaría de A Coruña.

—Puede ser. A lo mejor se cargó a algún compañero y alguien de arriba lo está protegiendo haciendo desaparecer información, historiales... —se animó a elucubrar Samuel.

A Daniel no le interesaba de dónde venía Levrero o si ese era su apellido real. Pero ahora sí. Ahora que parece querer engancharse como una lapa a Vega (*su* Vega), quiere saberlo todo sobre él.

—Begoña, ¿cómo estás? —le pregunta a la periodista.

—Inspector Haro, qué sorpresa —contesta Begoña con retintín.

—Necesito que me hagas un favor.

—Quiero algo a cambio, Daniel. No se habla de otra cosa que del asesinato de Sebastián Leiva y la muerte de

Úrsula Vivier, ¿asesinato o suicidio? Sé que llevas el caso, así que ya me estás dando un titular jugoso. Además, es sábado, estoy de cañas con unos amigos y voy a tener que parar mi vida por ti.

Daniel inspira hondo con resignación. Está a punto de cortar la llamada. Le prometió a Vega que no volvería a filtrar información sobre ningún caso por mucho dinero que le ofrecieran, aunque no es dinero lo que busca ahora: solo la periodista es capaz de decirle quién es Nacho Levrero en realidad. De dónde viene, qué hizo o qué le pasó para que no se sepa nada de él. Si va con cuidado, Vega no tendrá ninguna prueba de que ha vuelto a pifiarla, pero si se entera...

—Vale —acepta Daniel—. ¿Qué quieres saber?

—Dame un titular. Un solo titular —le pide Begoña.

—Mmm... La primera mujer de Sebastián Leiva, Elsa Barros, no está muerta. Fingió su muerte. La vimos a través de las cámaras de seguridad del hotel Atlántico Madrid donde se alojaba Manel Rivas.

—Espera espera espera. ¿Que Manel Rivas también está muerto?

—Y Ernesto Carrillo y Guillermo Cepeda.

—Hostia. ¿Cómo?

—Han imitado los crímenes de sus novelas, las que ganaron el Premio Astro. Y es Elsa Barros quien, probablemente, esté detrás de todos los crímenes —revela Daniel, callándose que también cabe la posibilidad de que Leiva, *la primera víctima*, tampoco esté muerto.

—Joder, qué fuerte —se anima la periodista—. ¿Y qué me dices de las muertes de Esther Vázquez y su hijo en el accidente de coche? Matan a Leiva y a los dos días su segunda mujer, que además era la editora de todos esos autores asesinados, muere también, y si me dices que Elsa, la primera mujer, está detrás de estos crímenes... blanco y en botella.

—Ya, pero el accidente que sufrió Esther no parece tener relación con los asesinatos de los autores.

—Mala suerte, ¿no?

—Mala suerte, sí —repite Daniel.

—Vale, genial, ahora sí. Dispara. Pídeme lo que quieras.

—Desde hace seis meses tenemos nuevo comisario en comisaría. El sustituto de Gallardo. Se llama Nacho Levrero. O Ignacio Levrero... no estoy seguro de que ese sea su apellido real. No sabemos nada de él. Ni de dónde viene, ni...

—A lo mejor se cargó a algún compañero involuntariamente y alguien de arriba lo ha protegido borrando su rastro. No sería la primera vez —especula la periodista.

—Eso mismo dijo un compañero. Necesito que descubras quién es.

—Dame dos horas.

Las dos horas se convierten en cinco y Daniel se ha quedado frito en el sofá esperando un *email* de la periodista que parecía que nunca iba a llegar. Sobresaltado cuando suena la alerta de un nuevo correo electrónico, Daniel abre los ojos. En el asunto, Begoña ha escrito: «No te lo vas a creer». Hay dos archivos PDF adjuntos. El comisario deja de ser un misterio para Daniel.

Los apellidos reales del comisario son López Vila; Levrero es el segundo apellido de su madre. Efectivamente, *los de arriba* lo han ayudado a ocultar un episodio muy grave perteneciente a su pasado. Natural de Salamanca, ascendió rápido a inspector y, a los pocos años, a comisario. Después de toda una vida en Salamanca y en la misma comisaría, fue él quien pidió el traslado a Madrid para ocupar el puesto de Gallardo.

Daniel, a quien se le ha pasado el sopor de golpe, lee con detalle el informe. Se pregunta si Vega sabe lo que le ocurrió al comisario y si es precisamente eso lo que los ha unido, ya que, a fin de cuentas, ambos viven con la misma marca. No obstante, nadie ha protegido a Vega de las habladurías como hicieron hace diez años con el comisario; cuestión de rangos, delibera Daniel. Pero la intuición le dice que Vega no sabe nada de todo esto, así que tiene dos opciones: hablar con ella el lunes, contarle lo de Levrero cara a cara, o ser más retorcido y enviarle la información anónimamente.

CAPÍTULO 36

Lunes, 1 de julio de 2024

"LOS CRÍMENES DE LOS AUTORES MALDITOS"
CUANDO LA REALIDAD SUPERA LA FICCIÓN

NOVEDADES sobre los autores asesinados que coincidieron en el festival *Rascafría Negra* y cuyas carreras literarias despuntaron gracias al codiciado Premio Astro

Aumentan las víctimas de un despiadado **ASESINO EN SERIE**.
A los asesinatos de las estrellas de la novela negra Sebastián Leiva y Úrsula Vivier, se les suma los de Manel Rivas en una habitación del lujoso hotel Atlántico Madrid, y los de Ernesto Carrillo y Guillermo Cepeda en sus respectivas casas.

Han sido asesinados de la misma manera que los personajes de las novelas galardonadas con el Premio Astro que los encumbraron.

Esther Vázquez, la segunda mujer de Leiva y editora de todos los autores asesinados en tres días, muere en un accidente de coche junto a su hijo.

La policía baraja varias posibilidades.
Se cree que Elsa Barros, la primera mujer de Leiva, no está muerta. Fue vista a través de las cámaras de seguridad del hotel Atlántico Madrid, donde Manel Rivas fue asesinado. Supuestamente, Barros fingió su suicidio en 2021 y podría estar detrás de los asesinatos de los autores.

El muy cabronazo lo ha vuelto a hacer.

Daniel, que a última hora ha avisado de que ha pillado un virus estomacal y se encuentra indispuesto, ha vendido información a la prensa. A Vega, que se la llevan los demonios mientras va de camino al cementerio de la Almudena para presenciar la exhumación de la tumba de Elsa, no le es difícil deducirlo, pues todos esos titulares están firmados por Begoña Carrasco. Debe de ser la misma Begoña cuyo contacto Daniel tenía guardado en su móvil como «BEGOÑA P», P de periodista, no de Palacios, la agente. La coincidencia con el nombre de la agente y la confusa P, fue el motivo por el que Vega contestó a su llamada el año pasado y se enteró de que Daniel era quien había filtrado información sobre los asesinatos del Asesino del Guante a cambio de dinero.

Sin embargo, Vega aguanta estoicamente el disgusto y no dice nada. Le va a dar el beneficio de la duda a Daniel.

Conduce Levrero, cuya compañía este fin de semana le ha sentado bien, más que bien, y hasta ahora Vega estaba en una nube. Una nube de la que ha tenido que bajar abruptamente. El día no ha hecho más que empezar, y ya se presenta difícil.

—¿Pasa algo? —le pregunta Levrero.

—¿Eh? No, nada —contesta Vega, distraída—. Es que...

—Qué.

—Se ha filtrado a la prensa mucha información sobre el caso de los asesinatos de los autores. Ahora ya se sabe que Rivas, Carrillo y Cepeda están muertos, que han sido asesinados como los personajes de sus novelas y que... bueno, que es posible que detrás de estos crímenes esté la primera mujer de Leiva, que fingió su muerte y...

—¡¿Cómo?! —estalla Levrero, retirando un par de segundos la vista de la carretera y dándole un golpe al volante—. ¡¿Cómo ha podido filtrarse algo así, Vega?! ¡No estamos cien por cien seguros de que Elsa fingiera su muerte, joder!

Vega, muda ante la violencia con la que ha reaccionado Levrero, no sabe qué decir. Se quedan en silencio durante el resto del trayecto hasta que llegan al cementerio. Recorren a paso rápido el camino flanqueado por tumbas hasta plantarse frente a la de Elsa, donde les espera el juez de instrucción que en un par de horas intentará sacarle a Moisés lo que ellos no han podido, y dos operarios que, con la llegada del comisario y la inspectora, proceden a la exhumación.

Es un momento incómodo en el que los presentes contienen la respiración, se mantienen rígidos y en silencio, y clavan los ojos en los operarios que, con agilidad, están más cerca de llegar a un posible ataúd vacío. Pero cuando al cabo de unos minutos abren la tapa del féretro, Levrero le da la espalda, avanza un par de pasos, y, llevándose las manos a la cabeza, rompe el silencio:

—¡Joder, menuda cagada!

—Comisario... —empieza a decir Vega, con la mirada puesta en el esqueleto al que han mancillado. Trata de mantener una calma que dista mucho de la de su superior—. ¿Y si los restos del ataúd no pertenecen a Elsa Barros?

—¡¿Pero qué más quieres, Vega?! —le grita Levrero, delante del juez y sin importarle perder las formalidades.

«Encontrar la verdad. Eso es lo que quiero. Si Elsa murió, si lo que queda de ella está en ese ataúd, ¿quién era la mujer que se coló en la habitación de Rivas? ¿Y quién era la mujer que fingió ser una anciana para escapar del edificio donde vivía Úrsula?».

El trato de Levrero, aun entendiendo la presión a la que está sometido, y la nueva traición de Daniel, porque solo él ha podido filtrar información a la periodista, hacen que este día empiece de la peor de las maneras.

Mientras tanto, en comisaría

Begoña detiene la grabación de la cámara del hotel Atlántico Madrid a las 3.33 de la madrugada del pasado viernes, justo en el momento en que la supuesta Elsa sale de la habitación de Rivas y mira directamente al objetivo.

—Maquillaje de efectos especiales, también conocido como maquillaje FX —le dice Begoña a Samuel, señalando la pantalla—. Teniendo en cuenta esto, fíjate en la nariz. Aunque también podría ser por la calidad de la grabación, hay algo ahí, una sombra en el contorno de la aleta de la nariz que resulta sospechosa. Leiva usó ese truco en una de sus novelas, *El último giro*, que me he pasado este fin de semana releyendo y analizando. Es que es un área del maquillaje apasionante. Es mucho curro, pero los resultados quedan muy naturales, y hoy en día hay una cantidad de productos y avances que alucinas. Se usa en cine, en tele, en teatro... Transforman por completo el aspecto de los actores y de las actrices, son capaces de convertirlos en otras personas. Piel quemada, con heridas, cicatrices, envejecimiento... De mujer a hombre, de hombre a mujer... Hacen magia.

—A lo mejor el ataúd de Elsa está vacío.

—O a lo mejor no y Levrero y Vega vuelven a comisaría con un humor de perros y paso de aguantar a Vega cabreada, la verdad. Quiero facilitarle la vida y darle otra opción. Esta opción. El caso es que Leiva medía metro setenta y tres y era muy delgado. Muy delgado —recalca—. Encaja con el físico —añade, volviendo a señalar la pantalla—. Bastaría un buen maquillaje, lentillas de color y un estilismo como el que lleva, el mismo uniforme que usan las camareras de piso de ese hotel, con pañuelo incluido alrededor del cuello que cubre la nuez... y tenemos a la Elsa Barros de cincuenta años —expone, comparando el rostro de la pantalla con una foto antigua de Elsa.

—A ver, siguiendo las notas de Vega y suponiendo que la persona del hotel disfrazada de Elsa empujó a Úrsula por el ventanal de su ático y salió aparentando ser una anciana sobre las 20.30, es muy complicado que en menos de una hora tuviera tiempo de trasladarse desde la calle Lagasca a Gran Vía, 2,6 kilómetros de distancia, se cambiara de ropa, alguien se encargara del maquillaje y peinado, que para esa transformación tan exacta a lo mejor están dos o tres horas...

—Pongamos que fue en moto —lo corta Begoña—. Ocho, diez minutos... y no es que alguien se encargara del maquillaje y del peinado in situ, Samuel, lo más probable es que ya tuviera un molde de la cara de Elsa y una peluca. ¿Es que no has visto *La señora Doubtfire*? Sí le dio tiempo. Le dio tiempo a matar a Úrsula a las 20.30, recorrer los 2,6 kilómetros por la vía más rápida, que es en moto, y colarse en la habitación de Rivas a las 21.25 disfrazado de Elsa. Si se trata de Leiva, que a ver si le dan prioridad y nos dicen si el cadáver del anatómico es él o no, ha puesto en marcha algunos de los recursos que empleó en sus novelas: disfrazarse de otra persona. Es el truco de magia más viejo en novela negra —elucubra Begoña con entusiasmo—. A través de una cámara de seguridad da el pego, es una especie de ilusión óptica que igual en persona, cara a cara, se ve más falso y no funciona tan bien por muy bueno que sea el maquillaje. Hay que buscar a todos los especialistas de maquillaje FX en Madrid, especial atención a los que trabajan en tele, cine...

—Solo en Madrid habrá muchísimos, Begoña, la lista puede ser interminable. Es como buscar una aguja en un pajar y el tiempo apremia.

—No te creas que debe de haber tantos, eh. Es cuestión de dar con la mejor. O el mejor —resuelve Begoña, pensativa, para al rato soltar, con los ojos muy abiertos—: Joder, claro. Creo que lo tenemos.

Samuel mira a su compañera expectante.

—La película favorita de Leiva era *El laberinto del bosque*.

—¿Cómo lo sabes?

—Lo dijo en una entrevista. Además, recuerdo que alabó el maquillaje, la transformación de los actores, los efectos especiales...

—En esa peli hay mucho maquillaje y mucho efecto, sí —concuerda Samuel.

—Exacto. De hecho, ganaron varios Goya en 2006, uno de ellos al mejor maquillaje de efectos especiales y peluquería. Hay que hablar con la persona que se encargó del maquillaje de esa peli. Leiva tenía recursos de sobra para pagar al mejor.

CAPÍTULO 37

Moisés
Basta un segundo para enloquecer

La celda en la que se encuentra no es nada si la comparas con el infierno que Moisés ya ha visitado y conoce como la palma de su mano.

Él era un hombre normal, con sus días buenos y sus días malos, como todos, con pequeñas dosis de felicidad que encubren durante un ratito los problemas, y que no merecía que los monstruos se cruzasen en su camino. Nadie merece que le ocurra algo así.

En su otra vida, antes de su billete sin retorno al infierno, Moisés era, ante todo, padre. Padre de un niño maravilloso y querido al que diagnosticaron de autismo cuando cumplió tres años. David lo era todo para él y para Encarna, su mujer, a quien Moisés había conocido en el hospital. Una historia de amor como tantas otras. Ella era enfermera, él médico en urgencias, las sonrisas que se dedicaban por los pasillos los delataban, empezaron a salir, a conocerse, a quererse. A los tres años alquilaron un piso y se fueron a vivir juntos. Dos años más tarde, compraron una casa a las afueras, se casaron, y tuvieron que pasar dos años más para que naciera David. Encarna dejó su trabajo en el hospital para dedicarse plenamente a su hijo. No quería perderse ni un solo minuto de su infancia.

Basta un segundo para enloquecer, Moisés lo sabe bien, y un cúmulo de circunstancias y verdades monstruosas desenmascaradas.

¿Habría sido más fácil si nunca hubiera sabido qué le pasó a su hijo?

¿Habría podido seguir adelante tras el suicidio de su mujer?

¿Es feliz el Moisés del mundo alternativo que no pierde a su hijo por un trágico error? ¿Le alivió a Moisés saber que su hijo le salvó la vida a otro chico? No. La respuesta a esa última pregunta es no, no le alivia ni un poco, al contrario, lo convierte en mala persona al pensar que ojalá hubiera sido el otro, el chico sin padres al que la autora estrella Úrsula Vivier se tenía que llevar, y no a su hijo.

Moisés conocía a Leiva del centro privado donde acudían David y Alejandro, que tenían la misma edad y eran inseparables. A Moisés le caía bien Leiva, parecía un buen tipo, campechano pese a su gran fama, y eso que dicen que los autores son raros, muy suyos. Las escasas veces que en lugar de Esther era Leiva quien iba a buscar a Alejandro al centro, los otros padres lo rodeaban y empezaban a hacerle preguntas sobre sus libros y su inspiración. Moisés, a lo lejos, admiraba la paciencia de Leiva. A veces, sus miradas se entrelazaban y el autor le sonreía y se encogía de hombros, como si le sobrara todo el mundo, como si estuviera harto de tanta admiración. Quién iba a decirle a Moisés que ese hombre que parecía proceder de otro siglo por su manera de hablar, de comportarse y de vestir, sería su mayor apoyo cuando su hijo desapareció. Hasta ese momento, Moisés pensaba que eran cosas que les pasaba *a otros*, y eso que estaba acostumbrado a ver de todo en el hospital.

Encarna y Moisés, lejos de distanciarse, se unieron más que nunca en el dolor de perder a un hijo. Denunciaron al centro. ¿Cómo es posible que un chico pueda desaparecer así, sin más? ¿Nadie vio nada? ¡No puede ser que nadie viera nada! Que el chico pudiera salir sin ser visto o alguien colarse en el centro, y, aprovechando la hora en la que los chicos salían al patio, llevárselo con total impunidad.

Todo quedó en agua de borrajas. Pasaban los días, las semanas, los meses… y la policía no tenía nada, ni una sola pista sobre el paradero de su hijo al que imaginaban perdido, recorriendo a pie kilómetros y kilómetros sin que un alma caritativa se acercara a él para preguntarle si estaba bien, si podía ayudarle en algo… La posibilidad de que alguien le hubiera hecho daño o estuviera muerto, no les entraba en la cabeza. David era un buen chico, confiado pese a no mirar nunca a los ojos de sus interlocutores, alegre y feliz. Era feliz en su mundo. No era posible que alguien quisiera hacerle daño.

Sin embargo, Encarna no soportó la ausencia. Y un día, imitando una de sus novelas favoritas, *No volverás*, de Guillermo Cepeda, entró en la habitación de su hijo, se tumbó en la cama abrazada a su peluche favorito, y, con una jeringuilla, se inyectó aire en una arteria. Su corazón se detuvo. Se acabó el dolor. Empezó el infierno para Moisés. El verdadero infierno.

Semanas más tarde, Leiva se presentó en casa de Moisés, a quien le había dado por beber para olvidar, y apenas se tenía en pie. Tras el saludo inicial y una breve conversación, el autor inquirió con gesto sombrío:

—¿Estás preparado para conocer la verdad, Moisés? ¿Para saber qué le pasó a David?

Daba igual lo que Moisés respondiera. Leiva estaba dispuesto a mostrarle el horror, el sufrimiento que padeció David a manos de la autora Úrsula Vivier (algo surrealista, impensable), hasta que su cuerpo se rindió. Y Leiva, con la culpabilidad devorándolo y la necesidad de compartir lo que creía que él había iniciado por hacerle saber al monstruo que existían más seres como él dispuestos a todo para satisfacerle y ganar con ello privilegios negados a la mayoría de mortales, le contó una historia a Moisés…: la del oscuro mundillo literario. La de un grupo selecto de autores codiciosos cegados por el poder, el dinero y la fama, que satisfacían la adicción enfermiza del todopoderoso Álvaro Torres, fundador de la editorial Astro, sí, esa de ahí, tienes un montón de libros de esa editorial, Moisés.

Leiva no le ocultó nada de esa historia tan macabra que parecía sacada de una novela. Tampoco le ocultó que él mismo también había cometido atrocidades para llegar a lo más alto, pensando que, quizá, Moisés no recordaría nada de eso al día siguiente, pues estaba muy muy borracho.

—Tú… ¿Tú también has hecho eso? —balbuceó Moisés, asustado, con la voz temblorosa y los ojos muy abiertos.

—Muchas veces. A prostitutas. Era lo que Álvaro me pedía.

—Pero mi hijo…

—David fue un error. Tenían que llevarse al huérfano. Toni. ¿Conoces a Toni?

Moisés negó con la cabeza, incapaz de decir una sola palabra más.

Enloquecido como estaba, Moisés inició un camino de no retorno al decidir tomarse la justicia por su mano. Y llegaría un momento en el que él mismo bajaría hasta esos túneles y buscaría a su hijo para darle sepultura en el cementerio, al lado de su madre, pero mientras tanto…

tenía que trazar un buen plan.

El propio Leiva le había dicho dónde tenía las cintas de todos los autores malditos con sus iniciales escritas. Le había costado una pequeña fortuna conseguirlas, pero para Leiva era una necesidad, un seguro de vida. Era la prueba visible del horror, de las torturas y los asesinatos que ellos mismos habían cometido, y era también la prueba con la que Álvaro Torres los tenía pillados y los amenazaba si contaban lo que hacían en el subsuelo de la editorial.

Moisés, que tenía a Alejandro ganado y era como el hijo que había perdido de una manera brutal e injusta, entró en casa de Leiva una tarde en la que este tenía una presentación e iba acompañado de Esther, su mujer y editora. Azucena, la empleada del hogar, era reacia a dejarlo entrar, pero se apiadó de ese padre que había perdido a su hijo y a su esposa y que veía en Alejandro un cachito de lo que él ya no tenía, sin sospechar que sería el principio del fin.

Alejandro ayudó a Moisés a colarse en el despacho de Leiva mientras Azucena se encontraba atareada en la cocina, en la otra punta del enorme chalet. Ahí estaban las cintas, en una caja fuerte, cuya combinación Alejandro conocía.

—Soy más listo de lo que todos creen —le dijo Alejandro con orgullo y la mirada dirigida al suelo.

—Lo sé, Alejandro, eres muy listo —sonrió Moisés, eligiendo, de entre todas esas cintas VHS, la de las siglas

S.L.

Durante una tarde en la que habían bebido de más, Leiva le confesó que había tenido que dejar a Elsa, su verdadero amor, a causa de las amenazas de Álvaro cuando decidió dejar de bajar a los túneles para complacer sus terribles caprichos. De entre todo lo que aún le costaba asimilar a Moisés, lo que más claro tenía era que Leiva había abierto un camino macabro al resto de autores. Si Leiva no hubiera aceptado la locura de propuesta de Álvaro, Úrsula jamás se habría llevado a su hijo para torturarlo hasta la muerte. Así que robó la cinta. Salió de casa de Leiva y averiguó dónde vivía Elsa, en el barrio de Villaverde. Al día siguiente, con un bigote postizo y unas gafas de pega, fue hasta allí haciéndose pasar por un repartidor que le entregó el paquete en mano, mirándola a los ojos, unos ojos tristes del mismo color que el cielo azul que brillaba ese día.

Ya en el interior de piso, Elsa miró con curiosidad esa cinta VHS con las siglas S.L. ¿Sebastián le había grabado una cinta? ¿Acaso era su manera de pedirle perdón por haberla dejado de la manera en la que lo había hecho?

—He dejado de quererte.

Cuatro palabras fueron capaces de romperle el corazón a Elsa, que no entendió qué pasaba, si estaban mejor que nunca, viviendo la vida con la que siempre habían soñado.

—Me he enamorado de otra mujer —añadió Leiva, con una frialdad que a Elsa le costó reconocer en el hombre del que se había enamorado tantos años atrás.

Había otra. Esther Vázquez, la editora que había ocupado el puesto del anterior editor de Leiva, era la mujer de la que se había enamorado. Eso pensó Elsa, porque, ¿cómo sospechar que Leiva la estaba dejando para protegerla del mal, sintiendo que, después de todo lo que había hecho, no la merecía? Ese mismo mal, inundó el pequeño y humilde piso de Villaverde de Elsa, cuando introdujo la cinta de vídeo en el reproductor y vio a Sebastián, el hombre del que, muy a su pesar, seguía enamorada, arrancándole los ojos a una mujer y torturándola hasta la muerte como una bestia inhumana. De fondo, una voz dando órdenes y riendo cual hiena despiadada. Era Álvaro Torres, Elsa lo reconoció en el acto.

¿Era eso lo que había tenido que hacer Leiva para llegar a lo más alto? ¿Asesinar? ¿Por eso Álvaro le pagaba tanto dinero, transferencias millonarias, no por el talento de Leiva o por sus novelas, si no por lo que hacía para él? ¿Qué era Leiva? ¿Un asesino a sueldo? ¿Un bufón? Elsa no entendía nada. Parecía que Álvaro se lo estaba pasando en grande mientras Leiva mataba a esa pobre mujer; su risa de fondo lo llenaba todo, se escuchaba más que los gritos.

Dicen que el corazón solo se puede romper una vez, que el resto de golpes son *solo* rasguños. Mienten.

Esa misma noche, Elsa, que era incapaz de arrancarse de la cabeza las imágenes que había visto, fue hasta el cuarto de baño como una autómata y cogió los ansiolíticos que le había recetado su médico de cabecera por la ansiedad que le había provocado la ruptura con Leiva y la rapidez con la que Esther y su hijo se habían ido a vivir con él.

Leiva era un asesino. Había asesinado a una mujer. A saber a cuántas más. ¿Por qué? ¿Para qué? ¿Por dinero? ¿Por el Premio Astro? ¿Para ser publicado por la mejor editorial del país, reconocido, exitoso y admirado? Todos sus sueños hechos realidad a cambio de convertirse en un asesino, cuando en el recuerdo de Elsa, pese a todo, Leiva era un hombre bueno. Un hombre bueno que la quería por encima de todo. Un corazón noble y generoso. Un alma echada a perder por la codicia, por aspirar a más, siempre a más, a cambio de pactar con el diablo.

Elsa se sirvió una copa de vino tinto. Bebió. No podía parar de llorar. Entró en su dormitorio, se sentó a los pies de la cama y empezó a tragar una a una las pastillas que la harían dormir para siempre.

CAPÍTULO 38

En la academia de maquillaje de Quique Herranz
Tarde del lunes, 1 de julio de 2024

Las únicas palabras que han podido arrancarle a Moisés han vuelto a ser:

—No necesito un abogado.

No ha soltado prenda ni delante del juez de instrucción, un desacato en toda regla a la autoridad, por lo que Moisés sigue en los calabozos, pero parece importarle poco.

El forense al que atacó en Rascafría para luego hacerse pasar por él en la escena del crimen, lo ha denunciado. Sin embargo, no pueden ubicar al médico en el ático de Úrsula, en el hotel donde mataron a Rivas ni en los chalets donde se organizó todo con anterioridad para que Carrillo y Cepeda también cayeran de la misma forma que los personajes de sus novelas.

Levrero, molesto tras la exhumación de la tumba de Elsa donde reposan sus restos, se ha encerrado en el despacho sin querer hablar con nadie. Va a aprovechar para acelerar la obtención de los permisos necesarios, y así, influenciados por la novela de Leiva que aún no ha visto la luz, y la cinta de vídeo que dejaron en el despacho de Cepeda, acceder a los túneles subterráneos, con la seguridad de que existen, y se encuentran debajo de la sede de la editorial Astro.

Vega, por su parte, está a la espera de que le lleguen los informes de las autopsias de Carrillo y Cepeda y de que le confirmen si es Leiva quien está en el anatómico o es otro pobre diablo.

Begoña y Samuel están a punto de entrar en la academia de maquillaje de Quique Herranz, flamante ganador del Goya 2006 por su maquillaje con efectos especiales en la película favorita de Leiva, *El laberinto del bosque*.

Saludan a la recepcionista y preguntan por Herranz.

—Ha salido un momento. ¿Qué desean?

Begoña y Samuel se presentan, a lo que la recepcionista, asustada porque es la primera vez que reciben la visita de dos agentes de la policía en la academia, opta por llamar al jefe para que se dé prisa en regresar.

—Vuelve en cinco minutos. Pueden esperar en la sala.

Los cinco minutos son solo tres; Quique no se había ido muy lejos. Llega a la academia empapado en sudor y agobiado, y es que…

—Menudo calor hace en Madrid, no se puede ni salir a la calle, con lo bien que se está aquí con el aire acondicionado, ¿verdad, agentes? —los saluda, campechano, tendiéndoles la mano.

—Verdad —le da la razón Begoña, mientras siguen a Quique por un pasillo que conduce a su despacho.

—Bueno, ustedes dirán —les dice, solícito, cruzando las manos encima de la mesa de cristal.

Detrás del maquillador, en un puesto privilegiado en la estantería metálica, se encuentra el flamante Goya que ganó en 2006. Los agentes saben que, probablemente, esta es la primera y última vez que van a ver de cerca una de las estatuillas más importantes del cine español, lo que les recuerda toda la mierda que rodea al Premio Astro, que viene a ser el Goya de la literatura.

Sin más preámbulos, Begoña le muestra en la Tablet una captura del momento en que la posible falsa Elsa mira al objetivo de una de las cámaras del hotel Atlántico Madrid. Quique, con la mirada fija en la pantalla, se retira el sudor de la frente y asiente repetidas veces con los labios comprimidos.

—Fue un encargo bastante especial —admite Quique, incómodo, provocando en Begoña una sonrisa triunfal—. Nos pagaron una cantidad desorbitada por adelantado.

—¿Podemos saber de qué cantidad estamos hablando? —pregunta Samuel.

—Cuarenta mil euros.

—Nada mal —dice Begoña.

—Tardamos cuatro meses en crear el molde... una máscara con cejas, pestañas y maquillaje incluido, fácil de colocar y tan exacta y tan real, que es prácticamente imposible saber dónde empieza y dónde acaba, calcando la fotografía de una mujer de unos cuarenta y tantos años.

Begoña vuelve a hacer uso de la Tablet para mostrarle a Quique una fotografía de Moisés y otra de Leiva.

—¿Reconoce a alguno de estos dos hombres?

—A este. Este es el hombre que nos pagó en negro, una cantidad indecente de billetes metidos en un sobre que me dejaron impresionado. No quería factura ni nada, aunque yo he declarado a Hacienda esa cantidad, que conste. No quiero problemas. Y hará cosa de un mes, vino a buscar el encargo —confirma Quique, señalando la foto que le hicieron a Moisés para la ficha policial—. Habló poco. Se probó la máscara, por si teníamos que hacer algún arreglo, y solo dijo que era perfecta y muy real, que se acoplaba perfectamente. De hecho, se acoplaba a la forma de cualquier cara. Y también dijo que agradecía que fuera tan fácil de poner. —Quique chasquea la lengua contra el paladar y añade, señalando el Goya que, imponente, luce a su espalda—: No quiero parecer engreído, pero somos los mejores.

—¿Y no le pareció raro? —vuelve a la carga Begoña.

—Sí, claro, pero no por el encargo en sí, sino por las formas. Bueno, qué les puedo decir... nos piden de todo. Solo era un cliente más con sus rarezas. Un buen cliente que no preguntó precios, simplemente nos ofreció esa cantidad, tenía que ser con sus condiciones y...

—Entiendo —lo corta Begoña.

—Oigan, ¿pero hay algún problema? —se preocupa Quique.

—Gracias por su colaboración —elude la pregunta Samuel, el primero en levantarse de la silla.

—Volveremos a llamarle —se adelanta Begoña a lo que seguramente ocurrirá, ya que el maquillador es un testigo clave en el caso que la prensa ha empezado a llamar: «Los crímenes de los autores malditos».

Horas más tarde, en el anatómico forense

—No es Sebastián Leiva —corrobora el forense tras horas de espera, con el cadáver sin rostro encima de la camilla metálica, delante de Vega y Levrero, a quienes les tiende el informe—. Se trata de Marcial Gómez Rodríguez, de cincuenta y ocho años, igual que Leiva, y de parecida constitución. Estaba enfermo de un cáncer que, como les dije, se lo hubiera llevado en cuestión de días, semanas... La víctima perfecta para dar el cambiazo.

—No es Leiva —repite Vega en una exhalación, mirando con el rabillo del ojo a Levrero, que, tras un breve resoplido, fuerza una media sonrisa.

—Nos la ha querido jugar —expresa el comisario.

—Y casi lo consigue —conviene Vega.

—¿Qué le debieron de prometer a este hombre para permitir que lo asesinaran a sangre fría? ¿Por qué no hay nadie que reclame su cuerpo ni hay ninguna denuncia de desaparición? —pregunta Levrero, más para sí mismo que para Vega o el forense.

—Dinero, comisario, y este hombre estaba en las últimas, no tenía nada que perder. Todo se reduce al dinero que, con total probabilidad, le han dado a su familia. Lo hizo por su familia —contesta Vega, con la seguridad de que está en lo cierto.

CAPÍTULO 39

Leiva
El arte de trasladar la ficción a la realidad

A Leiva no solo se le daba bien el arte de engañar al lector a través de sus ficciones retorcidas e inquietantes en las que hasta un muerto podía ser el asesino. A Leiva también se le daba bien engañar en la vida, la real, esa que tan mal se le daba. Pero hay varios factores que no tuvo en cuenta a la hora de trazar el plan que destruiría lo que él empezó, empujado por el fundador de Astro y su maligno juego.

Imposible que Leiva supiera que una ávida lectora de novela negra como lo es la agente Begoña Palacios, fuera a desenmascarar una a una sus artimañas (todas ellas sacadas de sus libros), en poco menos de una semana. Ni en mil vidas Leiva habría relacionado a Begoña con aquella joven que una mañana, en la Feria del Libro de Madrid, le pidió entre lágrimas que le dedicara *Muerte en*

París a su difunto padre.

Moisés se la había jugado. Leiva sabía que había sido él quien, aprovechando su ausencia y la de Esther, engatusó a Alejandro para entrar en su despacho y robarle una de las cintas VHS de Álvaro, la suya, que acabó en manos de Elsa.

Fue Leiva quien encontró el cuerpo sin vida de Elsa, cuyo certificado de defunción, qué ironía, firmó Moisés, el mismo que la había empujado a desaparecer.

Llámalo corazonada, llámalo preocupación, pero la noche en la que Elsa murió, Leiva se sintió raro, como si le faltara alguna extremidad de su cuerpo, como si el mundo hubiera cambiado.

Junto a los frascos de ansiolíticos vacíos, Leiva descubrió la cinta de vídeo que Elsa había visto. Y, al darse cuenta de que el hombre al que aún amaba era un monstruo despreciable, tomó la decisión de acabar con todo y quitarse la vida. Pese a todo, Leiva no culpaba a Moisés, aun sabiendo que si Elsa estaba muerta, era por su culpa, por abrirle los ojos, por robar una cinta de su despacho, cuyo contenido nadie merece ver. Moisés solo había sido el mensajero. La culpa era suya por hacer lo que hizo, por convertirse en uno de los monstruos.

En el primer monstruo de Álvaro.

¿Cuántas veces Elsa lo había llamado llorando y suplicando que volviera con ella? ¿Y qué le había dicho él?

—No te arrastres, Elsa.

¿Cómo podía seguir Leiva en este mundo, sabiendo que Elsa se había matado por su culpa? ¿Cómo?

No podía. Leiva no podía seguir viviendo. Cada respiración era un suplicio. El odio invadió su cuerpo desde que había enterrado a Elsa con todo el dolor de su corazón, que sentía roto, latiendo como por inercia. Empezó a tratar con crueldad a Esther y a Alejandro. Quería que se largaran, que no volvieran a pisar el chalet que Elsa eligió, pero no sirvió de nada. Esther prefería el maltrato psicológico al que Leiva empezó a someterlos, priorizando un lujoso estilo de vida a la salud mental de su propio hijo.

Y la vida siguió.

La primavera en la que Elsa había dejado de existir en un mundo que no merecía a un ser tan bueno como ella, dio paso al verano. Leiva visitaba la tumba de Elsa cada día. Se sentaba frente a la lápida una hora, dos, tres... Le hablaba. Le pedía perdón, con la necesidad que tenemos todos de creer que los que se van siguen cerca, en la habitación de al lado. Lloraba arrodillado ante su tumba, besaba las letras doradas incrustadas, y siempre llevaba en el bolsillo una foto de ellos dos cuando eran jóvenes, pobres y felices. Ahora lo entendía. No tenían nada. Pero se tenían el uno al otro y eso lo era todo.

Leiva no había vuelto al centro a llevar o a buscar a Alejandro desde que le había mostrado a Moisés el horror de lo que le había pasado a su hijo. Un día en el que Leiva estaba solo en casa (Alejandro estaba en el centro, Esther en la editorial y Azucena había salido a hacer la compra semanal), llamaron a la puerta. Era Moisés. Tenía muy mala cara.

—Sé lo que hiciste —le dijo Leiva.

—No pensé que llegara tan lejos. Te juro que, cuando firmé su certificado de defunción, lloré.

Como si eso fuera a ablandar a Leiva.

—¿Y qué pensabas? —preguntó el autor con aire amenazante.

—Que te denunciaría. Que os denunciaría a todos, que movería cielo y tierra para encerraros, pero supongo que no pasaba por un buen momento y ver eso... ver lo que hiciste, ver lo mismo que Úrsula le hizo a mi hijo, la destruyó. Debería haberlo pensado, ahora lo sé... —contestó Moisés, encogiéndose de hombros.

—Ahora, claro, cuando ya es demasiado tarde.

—Sebastián, he venido para decirte que, después de esto, voy a ir más allá. Que sé dónde vive Álvaro. Y que voy a acabar con él —cambió de tema Moisés.

Leiva se rio, una risa áspera nacida del dolor.

—Imposible. Como mínimo tiene tres guardaespaldas que son su sombra.

—En casa no los tiene. Supongo que prefiere la privacidad a la seguridad, aunque deduzco que, después de todo, es un tío con muchos enemigos. No somos los únicos que querríamos verlo muerto. Vive solo. Ni siquiera tiene perro. Lo sé porque llevo días siguiéndolo.

A Leiva le extrañó, pero Moisés tenía razón. Cayó

en la cuenta de que Álvaro solo tenía seguridad cuando bajaba a los túneles, cuando ordenaba secuestrar a alguien, cuando obligaba a los *agentes Men in Black* a hacer el trabajo sucio de amenazar, imponer, apuntar con un arma, grabar, limpiar la sangre, emparedar los cuerpos...

Por eso, cuando a finales de agosto Álvaro murió de un infarto, Leiva supo que había sido Moisés.

—Has tenido agallas —le dijo Leiva con admiración.

—No fue tan difícil.

—¿Te sientes mejor?

—Nada me va a devolver a mi hijo.

—Y a mí nada me va a devolver a Elsa —se lamentó entonces Leiva, aunque la muerte en apariencia natural del monstruo de Álvaro le hubiera quitado un gran peso de encima. Los dos hombres emitieron un profundo suspiro a la vez, como si ese gesto pudiera hacer desaparecer el dolor que los seguía corroyendo como el veneno—. Pero aún quedan los monstruos, Moisés.

—Tú eres uno de ellos.

—Lo sé. Sin Álvaro no volverán a actuar, pero... —balbuceó Leiva, maldiciéndolos a todos—. Empecemos a trazar un plan, Moisés. Yo te ayudaré a acabar con todos ellos.

—Sabes que quiero matarte, ¿no, Leiva? Que tú lo iniciaste todo. Que si tú no hubieras empezado esa locura o no hubieras obedecido a Álvaro para alcanzar esta vida de cuento, Úrsula no hubiera sabido que para triunfar iba a tener que matar y yo seguiría teniendo a mi mujer y a mi hijo conmigo.

—Y tú sabes que no vas a poder hacerlo solo —sentenció Leiva.

A Moisés le fastidiaba que Leiva tuviera razón. Que, contra Álvaro, a priori el más inaccesible, había podido hacerlo solo y no había sido tan difícil como Leiva había vaticinado. Sin embargo, acabar con cuatro personas (cinco incluyendo a Leiva), era más complicado. No, nada le devolvería a su hijo ni evitaría el dolor que sintió durante sus últimos instantes de la vida que Úrsula Vivier le había arrebatado, pero, con todos los monstruos muertos, Moisés, aun terminando encerrado de por vida si el plan se torcía, se sentiría en paz por haber hecho justicia, y no solo por la memoria de David, sino por todos los que habían padecido torturas inimaginables en los túneles.

El dolor por la muerte de las dos personas a las que más había querido en este mundo, había cegado y enloquecido a Moisés. Él nunca, hasta ahora, había entendido los casos de violencia, el *ojo por ojo*, la ley de Talión, que exige un castigo igual al crimen cometido. Se había saltado su código ético que, en medicina, consiste en comprometerse con el bienestar del paciente, ofrecerle atención, prevenir o minimizar daños y buscar un equilibrio positivo. Moisés quería prenderle fuego al mundo. Que ardieran todos. Porque a él ya no le quedaba nada por lo que seguir luchando.

—Dame tiempo, Moisés —le pidió Leiva, mirando los ojos muertos y sin alma de Moisés, quien por dentro estaba tan en ruinas como él—. Te prometo que merecerá la pena. Cuando bajen la guardia nos los llevaremos a todos por delante.

—¿Y tú? ¿Qué castigo tendrás tú? —lo retó Moisés.

—Todavía no lo entiendes, Moisés. Mi mayor castigo es seguir vivo.

CAPÍTULO 40

En el piso de Vega, Malasaña
Noche del lunes, 1 de julio de 2024

A medida que Vega se acerca a su portal, reconoce a Daniel en el hombre que espera con la espalda apoyada en la pared. Tiene la piel pegajosa y la luna lechosa de esta noche calurosa arroja una luz fantasmal encima de él.

—Qué conveniente ponerte *enfermo* justo hoy —le echa en cara Vega con retintín y sin mirarlo, introduciendo la llave en la cerradura con la intención de cerrarle la puerta y no tener que enfrentarse a él. Ha sido un día duro, así que Vega no tiene ganas de discutir ni enfrentarse a más problemas, pero Daniel es más rápido y se cuela detrás de ella.

—¿Puedo subir?

—Lo que tengas que decir me lo dices aquí. Después

de lo que hablamos, ¿cómo se te ha ocurrido volver a filtrar información a la prensa? ¿Es que no aprendes? ¿Cuánto te han dado esta vez? Me prometiste que no volverías a hacerlo. Joder, Levrero está que trina.

—¿No has dicho que he sido yo? —se sorprende Daniel, que pensaba que, a estas alturas y después de ver lo que ha escrito Begoña, la periodista, media comisaría lo acusaría de chivato y habrían empezado a investigarlo. Es algo serio. Se la ha vuelto a jugar demasiado, y es posible que esta vez Vega no se muestre tan comprensiva por mucho afecto que le tenga. Podría acabar detenido por un delito de revelación de secretos.

—No, porque antes quería hablar contigo, darte el beneficio de la duda… pero se acabó, Daniel. No me va a quedar otra que…

—Sé que estás liada con Levrero.

BUM.

¿Qué pretende? ¿Chantajearla?

Yo no digo nada a cambio de que tú no me acuses de haber sido quien ha filtrado información a la prensa sobre «El caso de los autores malditos».

—¿Tienes pruebas? —lo reta Vega.

—El sábado por la noche vi a Levrero. En tu balcón.

Vega inspira con fuerza tratando de ignorar las ganas que tiene de emplear la violencia contra Daniel y romperle la cara. Ni siquiera le pregunta qué hacía él aquí un sábado por la noche, cómo es posible que lo viera, seguramente en el momento en que Levrero salió al balcón a fumarse un cigarrillo con la vista clavada en el interior, en la pantalla del televisor donde Cepeda cobraba vida de nuevo.

—Sube —se resigna Vega, dándole la espalda y emprendiendo el ascenso por las escaleras.

Dentro del piso, Vega deja sus cosas encima de la mesa, móvil incluido con la pantalla bocabajo al percatarse de que tiene un wasap de Levrero, permitiendo que sea Daniel quien inicie la conversación. A ver cómo sale de esta.

—Esta vez no lo hice por dinero —confiesa Daniel—. Esta vez filtré esa información por ti.

—Para qué.

—Levrero no es quien dice ser. Tiene secretos que los de arriba se han encargado de ocultar, y pondría la mano en el fuego a que tú no sabes nada. No sabes que ni siquiera se apellida Levrero, que es el segundo apellido de su madre. En realidad, el comisario, natural de Salamanca, donde ha trabajado todos estos años hasta que pidió el traslado a Madrid para sustituir a Gallardo, se llama Ignacio López Vila. Y también deberías saber que desde el principio tuvo una extraña fijación en ti, Vega. ¿Por qué crees que te resultó tan fácil volver a Madrid? Porque él lo agilizó todo.

—Pero eso no...

—Mira, lo que yo te diga no va a ser nada comparable con lo que voy a enviarte ahora mismo al email —la corta Daniel, centrando la mirada en la pantalla del móvil para reenviarle el mismo correo con los dos archivos adjuntos que le envió Begoña, la periodista—. Lo he hecho por ti, Vega. Te juro que esta vez no ha habido dinero de por medio, es solo que... bueno, presentía que Levrero ocultaba algo. Porque no es normal que ni siquiera Begoña encontrara nada sobre él. Historial limpio, como si desde que pasó lo que pasó, la vida de Levrero fuera una hoja en blanco.

El misterio que tanto le atraía a Vega del comisario, con quien ha compartido cama pero no confidencias, está a punto de llegar a su fin.

—Si no hubieras visto a Levrero en mi balcón, ¿habrías hecho todo esto? Darle información a esa periodista para que ella, por lo visto con más medios que nosotros juntos, lo cual me parece muy preocupante, indague en el pasado del comisario.

—No. Seguramente no, a mí el comisario me la suda. Pero tú me importas, Vega, me importas muchísimo, y quería... necesitaba saber que esta vez estabas con la persona correcta. Que no volverías a llevarte una... decepción. Ya has sufrido bastante.

—Lo de Marco no fue una decepción, Daniel, fue una putada, pero no para mí, sino para las mujeres a las que mató. ¿Crees que yo voy a estar con cualquiera? ¿Que por haber estado con un puto psicópata no voy a volver a saber elegir? Y, a no ser que Levrero sea también un asesino en serie, no deberías haber hurgado en lo que, claramente, él no quiere que se sepa. A eso se le llama derecho a la intimidad, Daniel.

—A ti no te lo pusieron tan fácil.

—¿Qué?

—Que a ti no te protegieron como lo han estado protegiendo a él. Que, al contrario que al comisario, vayas donde vayas la mierda que tanto te ha salpicado desde que se supo que Marco era el Descuartizador de Madrid, te perseguirá. Que haber estado casada con ese desgraciado, aunque, como te he dicho siempre, no fue culpa tuya, Vega, no lo fue, para el resto es una especie de… marca. Una marca muy jodida. Échale un vistazo al email que te he enviado, Vega.

Vega coge el móvil. Ignora el wasap de Levrero en el que le pide perdón por cómo la ha tratado en el cementerio. Abre su Gmail personal y, seguidamente, el correo electrónico que Daniel le acaba de mandar.

El corazón le da un vuelco al reconocer a la mujer de la foto, una foto que dio la vuelta al mundo hace diez años y que ni en mil vidas habría relacionado con Levrero. Levanta un par de segundos la mirada para dirigirla a Daniel con una mezcla de escepticismo y severidad, y se pone a leer.

Al rato, vuelve a dejar el móvil encima de la mesa.

—¿Creías que esto me iba a disuadir de estar con Levrero? —inquiere Vega, muy seria—. ¿Esa era tu intención, que no lo volviera a ver fuera de la comisaría? ¿Crees que somos responsables de lo que hicieron nuestras parejas?

—No. Solo quería que supieras la verdad.

—Verdad que, si Levrero no ha querido compartir conmigo, está en todo su derecho. Y ahora que ya la sé, ¿qué cambia? Nada. Tendría que ser muy retorcida y muy mala persona para darle la espalda a Levrero después de saber esto, y pobre de ti que te metas en lo que tenemos.

«Sea lo que sea lo que hayamos empezado a tener», se calla Vega.

—Hace diez años, Ingrid Santos, la mujer de Levrero, mató a veintiocho ancianos de entre ochenta y cinco y noventa y siete años en la residencia en la que trabajaba como enfermera, inyectándoles oxígeno en el torrente sanguíneo. Veintiocho ancianos solos, sin familia, sin sospechas hasta que se cargó a cinco en menos de cuarenta y ocho horas. No tiene remordimientos, aseveró el juez. No hay atenuantes. La apodaron, como debes recordar, *El ángel de la muerte*. Dio mucho de qué hablar, Vega. En la última sesión del juicio, el fiscal recalcó en el informe que Ingrid es una persona que cree que la eutanasia tiene que legalizarse, que la muerte es dulce y que esa era su motivación, que los ancianos dejaran de sufrir, que incluso algunos se lo suplicaron. A saber.

»Cumple condena aquí, en Madrid, en el Centro Penitenciario de mujeres Alcalá Meco. Begoña (la periodista) me mandó la captura de esta noticia que desapareció hace años de internet. Aunque hay otros artículos en los que se dice que el marido de la enfermera era inspector de policía, este diario es el único que lo mencionó con nombres y apellidos, Ignacio López Vila. Después de esto, Levrero fue al registro para cambiar legalmente su primer apellido por el segundo apellido de su madre, y, aunque sus compañeros de comisaría debieron de saber lo que había pasado, porque digo yo que conocían a su mujer, todo rastro del comisario se borró de internet, de los archivos... Por eso no sabíamos nada de él, ni de dónde venía, ni de...

—Ya, Daniel. Para.

—Ahora que sabes esto, ¿qué vas a hacer?

—Debería denunciarte por filtrar información a la prensa. Otra vez —le echa en cara Vega.

—Pero no lo vas a hacer. Porque, si lo haces, Vega, si lo haces...

—Qué. Si lo hago, qué —lo reta Vega, con la rara sensación de que Daniel se ha convertido en un completo desconocido, como tres años atrás le ocurrió con su propio marido.

—Nada. Nada, lo siento, joder, no quería parecer amenazante ni nada, yo solo...

—Vete —le pide Vega.

—Vega...

—¡Que te vayas, que ahora mismo no te quiero ni ver! —le grita, empujándolo hasta la salida, donde abre la puerta para, inmediatamente, cerrársela en las narices.

Cuando Vega se queda sola en su piso, se sienta en el sofá y vuelve a leer la noticia sobre los crímenes cometidos por la exmujer de Levrero. No tiene ni idea de cómo va a utilizar esta información que ahora tiene en su poder, si lo mejor será seguir como si no supiera nada o intentar hablar con él, ser franca, confesarle que lo sabe todo. Daniel tiene razón en algo: a Levrero lo han protegido, a ella no. Su nombre y su cargo siguen apareciendo en cientos de artículos que hablan del despiadado Descuartizador y de ella misma, de la inspectora Vega Martín que nunca sospechó nada, que no supo o no quiso ver que su marido era un asesino en serie…

Vega empatiza, no solo con el dolor, sino con la culpa que Levrero debió de sentir. Es la misma culpa que a ella sigue atormentándola, porque, de haberse dado cuenta de que su marido era el Descuartizador, ¿a cuántas de las últimas mujeres a las que mató sin piedad podría haber salvado?

Coge su móvil para leer el mensaje cargado de preocupación que le ha enviado Levrero. Y le contesta:

No hay nada que perdonar.
Ha sido un día duro para todos.
Nos vemos mañana. Un beso.

CAPÍTULO 41

En comisaría
Mañana del martes, 2 de julio de 2024

En la reunión de equipo en la que Daniel sigue *indispuesto* y ha vuelto a faltar a comisaria, Begoña y Samuel le cuentan a Vega que la tarde anterior estuvieron en la academia de Quique Herranz, el maquillador ganador de un Goya en 2006 por su trabajo en la película *El laberinto del bosque*. De entre todos los especialistas de maquillaje FX que hay en Madrid, arriesgaron y priorizaron a Quique, gracias a una entrevista que Leiva concedió, desvelando cuál era su película favorita en aquel momento. Este acierto les ha hecho ganar tiempo para verificar que, efectivamente, se utilizó un molde con la cara de Elsa y que ella verdaderamente murió en 2021, aunque el hecho de que su certificado de defunción lo firmara Moisés, que podría ser mera coincidencia, no deja de resultar sospechoso.

—Quique admitió que, por una cantidad desorbitada pagada en efectivo, aceptó el encargo de crear un molde idéntico al rostro de Elsa. Quique reconoció a Moisés como la persona que le pagó, que fue a la academia a buscar el molde y que hasta se lo probó, aunque descartamos que fuera él quien entró en la habitación de hotel de Rivas. La altura y la complexión delgada coinciden con Leiva, aunque está claro que los dos orquestaron los asesinatos de todos los autores —le cuenta Begoña a Vega.

—Incluido su propio asesinato. Lo planearon todo al milímetro, quizá sin sospechar que llegaríamos a saber que el cadáver con la cara desfigurada no era Leiva, y que el molde le daría al menos tiempo para que desconfiáramos de Elsa, aun estando muerta. Por eso se nos mostró tan alegremente ante las cámaras del hotel —resume Vega—. Para hacernos perder el tiempo. Pero ahora Leiva podría estar en cualquier parte bajo una identidad falsa, a miles de kilómetros… y Moisés sigue sin hablar.

—A ver, yo creo que fue como… —titubea Begoña—. Como si Leiva quisiera devolver a Elsa a la vida.

—¿Haciéndola pasar por una asesina? —recela Samuel.

—Bueno, id a visitar a la mujer de Marcial Gómez, el falso Leiva. Con el dinero que ya debe de tener, no creo que vaya a negar nada, y, al contrario de lo que le ordenaron, es posible que a Marcial le puedan dar una sepultura digna en lugar de enterrarlo con el nombre de otro.

—Cinco hijos, familia humilde... —asiente Begoña—. Qué triste.

—Ese hombre solo quiso que su familia pudiera seguir adelante sin él, y deduzco que muy desahogadamente gracias a Leiva —se lamenta Vega, dirigiendo la mirada a la puerta que Levrero acaba de abrir.

—Inspectora Martín, ¿está lista?

—Lo estoy.

Vega sonríe a Begoña y a Samuel a modo de despedida, y sale con Levrero. El comisario no se percata de que Begoña está ojo avizor y, como por inercia y creyendo que nadie lo ve, acaricia la espalda de Vega cuando ella avanza un paso por delante de él.

—Te apuesto veinte euros a que esos dos están liados —le dice Begoña a Samuel, que la mira como si se hubiera vuelto loca.

—Pero qué dices.

En el subsuelo del edificio de la editorial Astro
A media mañana

Directivos y empleados de la editorial Astro desconocían por completo que ese botón sin número en el ascensor que han tenido que trucar para que funcionara, pudiera hacerte descender a los infiernos. Y nunca mejor dicho.

Da la sensación de que, en lugar de estar barriendo

la escena de un crimen (varios, en realidad, muchos más de los que en un principio imaginan que se cometieron aquí abajo), estén a punto de descubrir la tumba de Tutankamón. Más que policías, parecen arqueólogos.

Un extenso equipo (compañeros de la científica, forenses...), se ha desplegado ante los ojos atónitos del juez, Levrero y Vega, que ha intentado ponerse en la piel de Leiva y del resto de autores para imaginar cómo debió de ser la primera vez que descubrieron los túneles y lo que venían a hacer. Sabe cómo fue para Leiva. Horrible. ¿Pero para el resto fue igual de insoportable la primera vez que acabaron con una vida, o, tal y como Leiva escribió, disfrutaban de lo que Álvaro les pedía?

Un total de cincuenta y dos víctimas, escribió Leiva en la novela, aun reconociendo que podía errar en la cantidad de muertos que ocultan las paredes del subsuelo, pues desde que Carrillo entró en el juego de Álvaro, él pudo desentenderse y alejarse un poco de esa locura sectaria.

Conocedores de que en Madrid existe una red subterránea oculta como las catacumbas de París, aunque la mayoría de cavidades están sin conservar o derruidas, no les entra en la cabeza que alguien las empleara para cometer asesinatos y emparedar a sus víctimas.

—El edificio data de 1828 —les informa el juez a Levrero y a Vega, que recorren los túneles con la impresión de que aquí siempre es invierno—. Los propietarios originarios era una familia perteneciente a la nobleza.

Entre la variada rumorología, destaca que mandaron construir estos túneles para actividades lúdicas, aunque también para otras cuestiones de dudosa reputación. Masonería, rituales, temas esotéricos... Los padres de Álvaro Torres compraron el edificio en 1952. Se rehabilitó en 1983 y, en 1995, Torres se lo apropió para abrir la editorial.

Cuando llegan al lugar donde los compañeros están trabajando y Vega y Levrero lo reconocen como si ya hubieran estado aquí, pues de alguna manera estuvieron a través de la cinta de vídeo que dejaron en casa de Cepeda, ya hay cinco esqueletos en el suelo pringoso de cemento.

Parece un escenario sacado de una película de terror.

¿Cuántos restos más encontrarán? ¿Cuántos días necesitarán hasta asegurarse de que no queda ningún cadáver más encerrado en este infierno? ¿Cuántas semanas, meses, años..., tendrán que pasar hasta identificarlos a todos? ¿Aparte de Moisés con su hijo David, quedará alguien que llore y recuerde al resto?

En una esquina está la vieja silla llena de sangre y mugre donde saben que los secuaces de Álvaro amordazaban y torturaban a las víctimas. Leiva escribió en *Todos los monstruos* que eran prostitutas y vagabundos a los que nadie buscó nunca, hasta que Úrsula secuestró al hijo de Moisés *por error*, pues a quien tenían en el punto de mira era a un chico huérfano, y se desató la venganza.

Al lado de la silla, hay un sillón victoriano del mismo terciopelo rojo que lucía Cepeda en la túnica. Deducen que era desde donde el fundador de Astro daba las órdenes y se divertía contemplando las atrocidades cometidas por *sus* autores, los elegidos, los que se hicieron multimillonarios y famosos a costa de todos los cadáveres que ahora están desenterrando.

Tirado de cualquier manera y casi imperceptible, hay un trípode polvoriento que debía de sujetar la cámara de vídeo VHS que grabó los crímenes. Era la manera que tenía Álvaro de amenazar a los autores, aunque, según escribió Leiva, también usaba esas cintas para venderlas a otros enfermos sádicos necesitados de imágenes violentas y reales.

Pasaron los años, las cámaras de vídeo VHS quedaron obsoletas, llegaron las digitales, pero Álvaro siempre utilizó la misma cámara.

Vega rememora un fragmento que escribió Leiva y que viene a decir que Carrillo, Rivas, Cepeda y Úrsula disfrutaban de los crímenes cometidos por muy atroces o sanguinarios que fueran. Los comparaba con la famosa fotografía en blanco y negro del personal de Auschwitz disfrutando de un día libre, uno de ellos sosteniendo un acordeón, sonrientes y alegres posando para la cámara que los inmortalizó como si fueran monitores de campamento, cuando la realidad era que su trabajo consistía en matar a inocentes de forma horrible por el sadismo de un dictador.

Levrero le da una mascarilla a Vega.

—Póntela, el olor es insoportable —le susurra Levrero

al oído, tendiéndole la máscara, en el momento en que acaban de picar otro trozo de pared, dejando las ruinas a un lado del espacio y topándose con otro esqueleto.

Vega quiere llorar. Gritar hasta quedarse sin voz por todos los que la perdieron en este espacio asfixiante y tétrico por los caprichos de un adinerado demente, cuya repentina muerte provocó que sus actos quedaran impunes.

Necesita, ahora más que nunca, pillar al cabronazo de Leiva y preguntarle por qué obedeció. Por qué arrastró a los otros, según escribió en el libro que saldrá a la venta en trece días. Por qué tanta maldad. Por qué cargárselos a todos, a Úrsula, a Rivas, a Carrillo, a Cepeda, y por qué ahora y de una manera tan retorcida, aun deduciendo que Leiva lo ha hecho para que se supiera la verdad. Para que ahora estén todos ellos aquí, dispuestos a honrar la memoria de quienes tanto sufrieron antes de cerrar los ojos para siempre. Y para hacer, a su manera y junto a Moisés, justicia.

En ese mismo momento, en el barrio de Carabanchel

—No, ellos ya no viven aquí desde hace unos meses, qué raro que todavía les salga esta dirección. Yo creo que les tocó la lotería o recibieron una herencia importante, porque se han comprado un chalecito en... —La vecina de Manuela, la mujer de Marcial, intenta hacer memoria—...

esperen, que me dio la dirección, la tengo que tener en algún sitio que yo lo guardo todo.

Begoña y Samuel ven a la mujer entrando en su piso, el que queda enfrente del que Marcial y su mujer tenían alquilado, y sale a los dos minutos con un papelito arrugado en la mano.

—Esta es —les dice, orgullosa—. Calle de la Fuente de la Salud, número 4 —les lee—. Eso está en Pozuelo, creo.

Pozuelo de Alarcón
Cuarenta minutos más tarde

Samuel suelta un silbido cuando llegan al número 4 de la calle de la Fuente de la Salud, en Pozuelo de Alarcón.

—Diría que esta casa ronda el medio millón —elucubra Samuel.

—¿Quinientos mil? ¿Solo? —ironiza Begoña, tocando el timbre del moderno chalet, de donde emerge una voz temblorosa. Manuela debe de estar viéndolos a través del videportero. De fondo, se oye barullo, los agentes deducen que son los cinco hijos de Marcial y Manuela, de entre doce y dieciocho años.

—¿Qué quieren?

—Buenos días, ¿Manuela Moreno?

—¿Quiénes son?

—Policía. Ábranos la puerta, por favor, queremos

hablar con usted.

Parece que Manuela se lo piensa dos veces antes de abrirles y plantarse frente a los agentes en mitad del camino de baldosas que conduce a la puerta de entrada que ha dejado entreabierta. No quiere que los agentes entren en casa por los chicos.

—Disculpen, los chicos están de vacaciones y… hay mucho follón dentro. ¿Les importa que hablemos aquí fuera? —dice Manuela, que ha cambiado de barrio y de casa, pero su aspecto dista mucho del de alguien que posee una boyante cuenta bancaria y una vida acomodada.

—Hemos venido para hablar con usted sobre su marido.

Manuela se retuerce las manos por encima del mandil y se echa a llorar desconsolada. El impresionante chalet y el dinero, aunque parece haberles facilitado la vida, no disipa el dolor que Begoña y Samuel perciben en ella.

—Sabía que no era buena idea. Yo lo sabía, pero Marcial no atendía a razones.

Manuela agacha la cabeza y es gracias a la empatía de Begoña, que coloca una mano sobre su hombro y le susurra que esté tranquila, que ellos solo han venido buscando respuestas, que decide abrirse a ellos:

—Marcial estaba muy enfermo. Nos sacó adelante trabajando como camarero de sol a sol, el pobre salía de casa a las seis de la mañana y no volvía hasta las once de la noche. Yo limpiaba casas, y él siempre me decía que, algún día, no tendría la necesidad de limpiar la mierda de los demás y podría... podría estudiar, yo siempre he querido estudiar... Pero llegó el cáncer. Ni quimioterapia ni radioterapia, nada... nada funcionaba, Marcial se iba apagando poco a poco. Lo despidieron del bar, despido improcedente, pero él no quería líos y... Bueno, hace medio año, un médico le propuso algo que a mí me pareció terrible, una muy mala idea, pero a él... Marcial dijo que al fin nos lo iba a poder dar todo.

Marcial
Seis meses antes

Marcial percibió en los ojos tristes del doctor Garriga que cumpliría su promesa, aunque fuera demasiado buena para ser verdad. Sentía que podía confiar en ese hombre que parecía haber librado mil batallas y, pese a todo, seguía en pie, y la intuición no solía fallarle a Marcial, que de tanto trabajar de cara al público, sabía de qué pie cojeaba cualquiera.

—He estado estudiando su caso, Marcial. Pese al tratamiento, el cáncer no para de extenderse y está demasiado débil para combatirlo. No hay nada que hacer. No existe ningún otro tratamiento que lo vaya a curar y solo alargaría la agonía, sus estancias en el hospital... Lo lamento mucho, de verdad, pero aún puede vivir tranquilo un tiempo en el que iremos ingresando en la cuenta que comparte con su mujer cinco mil euros cada mes. Le compraremos un chalet que irá a nombre de su mujer, sus hijos podrán estudiar en una buena escuela privada, la mejor, y cuando... —Moisés comprimió los labios, le dolió el pecho al decir—: Cuando llegue el momento, le diré lo que tiene que hacer, Marcial. No será fácil. Le advierto que no morirá pacíficamente en una cama de hospital o en su casa, rodeado de sus seres queridos, sino que... tengo que serle sincero para que tome la decisión de aceptar o no. Tendrá una muerte violenta. Es posible que en su lápida no aparezca su nombre, sino el de otra persona, y le ruego que no me haga preguntas, porque ahora mismo no puedo responderlas.

—Me da igual, doctor. Me voy a morir igualmente, así que me da lo mismo no morir en una cama o que me disparen a bocajarro acabando con este sufrimiento. Me es indiferente que me entierren y que sea otro nombre el que aparezca en la lápida, porque soy solo un cuerpo, esto que tenemos es solo un cuerpo que vive, envejece y muere... Cómo, dónde y por qué, qué más me da, solo quiero que mi mujer y mis hijos vivan mejor que yo. Que no tengan que matarse a trabajar por cuatro duros, que mis niños tengan una buena educación, buenos empleos, una buena vida...

—Cuando usted desaparezca de este mundo, Marcial, le juro por lo más sagrado que su mujer y sus hijos serán multimillonarios. No les va a faltar de nada lo que les quede de vida.

Los cinco mil euros al mes que Moisés prometió

ingresar en la cuenta de Marcial y Manuela, se convirtieron en diez mil. Les compraron el chalet en Pozuelo, matricularon a los dos niños pequeños en un buen colegio privado, a los otros dos en uno de los mejores institutos de Madrid y al mayor en una buena universidad... Marcial no necesitaba más para tener la seguridad de que el doctor Garriga y el gestor y el abogado con los que más adelante se reunió, cumplirían con su palabra cuando él, fuera de la manera que fuera, ya no estuviera en este mundo.

Pozuelo de Alarcón
Ahora

—Ochenta y cinco millones de euros —confiesa Manuela entre lágrimas, como si le avergonzara poseer tal cantidad—. Ingresados en la cuenta que comparto con Marcial, que para el estado sigue vivo porque no hay nada que certifique que está muerto, pero yo sé... —añade, llevándose la mano al corazón—... que está muerto. Lo supe el miércoles pasado, cuando se despidió de mí. Me miró de una manera que no se me ha ido de la cabeza, ¿saben? Era como si... como si él supiera que era la última vez que me iba a ver. Lo vino a buscar ese doctor que a veces vino a casa...

—Moisés Garriga —la ayuda Begoña.

—Sí, Marcial se fue con él, con Moisés. Así se

llamaba. Moisés. —repite, asintiendo repetidas veces con la mirada perdida—. Y todo ese dinero entró a los dos días, el viernes por la tarde, deduzco que fue cuando él... cuando mi marido ya... ya estaba muerto. Ese mismo día, el viernes por la tarde, vinieron dos hombres, un gestor y un abogado. Estoy en sus manos para declarar esa cantidad que jamás, ni en mil vidas, imaginé que llegaría a tener, aunque debo fingir que Marcial sigue vivo y es un follón, ¿entienden? Dios mío, no sé cómo se metió en algo así —vuelve a derrumbarse Manuela.

Begoña y Samuel se miran con gravedad.

—Llama a Vega —le pide Begoña a Samuel—. Debe de estar con el juez en los túneles. Dile que tienen que volver a comprobar las cuentas de Leiva.

Samuel asiente y se aleja para realizar la llamada.

—Manuela, su marido falleció en una habitación del hotel Los Rosales de Rascafría el miércoles por la noche. Encontraron su cuerpo el jueves por la mañana, está en el anatómico forense —le dice con suavidad, evitando hablar de lo irreconocible que quedó su rostro machacado con el pisapapeles cortesía del festival *Rascafría Negra*—. En un principio, creímos que era otra persona. ¿Le suena el nombre de Sebastián Leiva?

—El escritor —cae en la cuenta Manuela—. Que dicen que lo asesinaron en ese festival, en el de Rascafría... Pero la cara... ¿Cómo no reconocieron que era otra persona? ¿Que era mi marido? O es que... —La mujer, abatida, ahoga un grito llevándose las manos a la boca—. ¿Le desfiguraron la cara?

—Lo siento —se lamenta Begoña, confirmando las sospechas de la mujer sin entrar en detalles escabrosos, y lo siente de corazón, sobre todo cuando ve a un niño de unos doce años asomado a la puerta y reclamando la atención de su madre con timidez.

—Mamá... mamá, entra, que quiero enseñarte algo...

—Ahora voy, cariño —sisea Manuela autoritaria pero con la voz rota, sin mirar a su hijo para que no la vea llorar—. ¿Podré enterrar a mi marido? —añade, cuando consigue recomponerse un poco.

—Sí —confirma Begoña con el corazón encogido—. Certificarán su defunción, podrá celebrar un funeral en su honor y tener un lugar donde visitarlo. Él solo... —la agente Palacios mira a su alrededor. Desde aquí fuera alcanza a escuchar la risa de alguno de los hijos de Manuela—: Marcial hizo lo que hizo por ustedes, Manuela, por su familia, para darles una buena vida. Les quería muchísimo.

CAPÍTULO 42

Tarde del martes, 2 de julio de 2024

Las cuentas de Leiva están vacías desde el viernes 28 de junio por la tarde, por lo que, cuando el juez de instrucción las investigó el jueves 27 por la noche, sacando a la luz las sospechosas transferencias millonarias a lo largo de los años por parte de Álvaro Torres, no reparó en que el autor se había quedado sin un solo euro. Se lo ha dado todo a la familia de Marcial, tal y como Moisés le prometió. En las cuentas de Leiva, también se reflejan los treinta mil euros que sacó para dárselos a Carlos Peral y los cuarenta mil a Quique Herranz por el molde con la cara de Elsa. No es ningún delito y cada uno de los movimientos se han efectuado legalmente, pero que Leiva se haya quedado a cero, solo puede significar una cosa:

—Está muerto, ¿verdad, Moisés? —intuye Vega, sentada frente a Moisés que, aun mirándola fijamente como si le estuviera prestando atención, da la sensación de que en realidad no la ve—. Siguen trabajando en el subsuelo del edificio de la editorial Astro, cerrada hasta nuevo aviso. Por el momento han sacado… —Vega sacude la cabeza, el número impone, la incita a prender fuego a ese edificio maldito—… noventa y dos cuerpos. Lo que queda de ellos. Pero hay algo que no me cuadra, porque Leiva escribió una novela que se publicará el quince de julio titulada…

—*Todos los monstruos* —cita Moisés, esbozando una media sonrisa. Al fin y al cabo, él ha tenido mucho que ver con que la novela logre ver la luz, si algo no se tuerce en el último momento, que todo puede pasar. De él dependió que el manuscrito llegara a manos de Ramiro de la Rosa, que sigue ingresado tras el infarto que padeció en comisaría, y que este, a su vez, lo entregara a la editorial con la que habían pactado la publicación. Lo ayudó Alejandro aprovechado la ausencia de Esther, y ahora Moisés tiene que hacer un esfuerzo para no echarse a llorar por su muerte. No ha pasado ni una semana y al doctor le da la sensación de que ocurrió hace un mes.

—La he leído. Leiva escribió que mataron a cincuenta y dos personas bajo las órdenes de Álvaro, así que no encaja. ¿Hubo más? —Moisés niega con la cabeza sin tener ni idea de cómo ha llegado el manuscrito de *Todos los monstruos* a manos de la inspectora antes de su publicación. Tampoco pregunta, qué más le da—. Entiendo. Entonces, es posible que esa familia burguesa del siglo XIX de la que se rumorea que mandó construir los túneles para rituales, masonería y temas esotéricos que no vienen a cuento, tenga algo que ver con que haya restos que deben de llevar ahí doscientos años. ¿Es posible que se dedicaran a hacer sacrificios humanos? —Moisés trata de confirmarlo con un leve asentimiento, al tiempo que Vega inspira hondo como si así pudiera olvidar todo el sufrimiento que ha albergado ese espacio oculto durante siglos—. Encontraré a su hijo, Moisés. Puede que nos lleve un tiempo, pero...

—Cuando encuentre a mi hijo y pueda enterrarlo junto a su madre, se lo contaré todo, inspectora Martín, pero hasta entonces... no creo que puedan retenerme durante más tiempo pese a la denuncia del forense. Tampoco le di tan fuerte —la interrumpe Moisés con determinación—. Y después de contárselo todo, que será cuando mi hijo tenga una sepultura digna, si tengo que pasar lo que me quede de vida entre rejas, que así sea.

En el bar Casa Maravillas, Malasaña

—Que así sea, me ha dicho —le cuenta Vega a Levrero. Hoy, al salir de comisaría con veinte minutos de diferencia para *disimular*, han quedado en el bar Casa Maravillas donde Vega solía tomarse unas cervezas con Daniel después del trabajo.

—Bueno, algo es algo, por lo menos Moisés te

ha hablado, porque lo que es conmigo o con el juez... nada, no ha abierto la boca —se resigna el comisario, dándole un sorbo a la cerveza—. Por cierto, ¿sabes algo de Daniel? —Vega niega con la cabeza, se encoge de hombros y mira hacia la barra. Odia mentir, pero ¿Daniel sigue mereciendo que dé la cara por él? ¿Merece la pena seguir encubriendo sus infracciones?—. Es curioso que se pusiera enfermo justo el día en el que se filtró toda esa información a la prensa. Os pasó lo mismo con el caso del Asesino del Guante. Alguien filtró información que estaba bajo secreto de sumario, lo cual es delito, como bien sabes. Además, también fue esa tal Begoña Carrasco, que es quien siempre parece tener los titulares más jugosos. Escribió que el Asesino del Guante rociaba los cuerpos desnudos de sus víctimas con lejía. Ayer destapó que Rivas, Carrillo y Cepeda también están muertos, que forman parte de una especie de club, el de los autores malditos, que el asesino en serie los ha matado de la misma manera en la que murieron sus personajes y...

—¿Qué me estás queriendo decir?

—Que estás encubriendo a Daniel, Vega. Que sabes que ha sido él quien ha vuelto a filtrar información a la prensa. ¿Cuánto le han pagado?

«Esta vez no lo hice por dinero. Esta vez filtré esa información por ti», le dijo Daniel a Vega, y aunque en un principio parecía que iba a amenazarla con contar que estaba liada con el comisario, recapituló a tiempo. Qué más da que esta vez no haya dinero de por medio, medita Vega. Qué más da que lo haya hecho por ella. Sin embargo, y es posible que lamente lo que está a punto de decir...:

—No sé quién ha sido, pero Daniel seguro que no —miente Vega sin que le tiemble la voz, maldiciéndose a sí misma por estar protegiendo a Daniel una vez más—. Tiene el estómago muy delicado. Recuerdo que hace un par de años fuimos a un restaurante indio y estuvo dos semanas malísimo por culpa del picante. No quiero entrar en detalles, pero...

—Ya.

Vega sabe que Levrero no la cree. Después de un par de minutos en los que le ha dedicado una mirada sombría cargada de desconfianza, cambia de tema, lo cual la alivia. Pero no es en Daniel en quien piensa cuando el comisario le cuenta que se le ha estropeado el aire acondicionado, sino en Ingrid, la asesina de ancianos. La exmujer de Levrero que cumple condena a unos pocos kilómetros de distancia. Levrero le lleva unos cuantos años de ventaja en cuanto a superar el trauma se refiere, pero ella sabe mejor que nadie que algo así nunca se olvida. Internamente, Vega se pregunta si algún día Levrero se lo contará o si ella tendrá que seguir fingiendo que no sabe nada. Ahora entiende por qué le dijo que ambos tenían mucho en común, más de lo que ella podía imaginar, pero ¿cómo se le iba a pasar por la cabeza que él también había estado casado con una asesina en serie, por muy buenas intenciones que dijera tener con los ancianos?

CAPÍTULO 43

En la Costa Brava, Gerona
Mañana del miércoles, 3 de julio de 2024

Alan[1] compagina su trabajo como camarero en el chiringuito de la cala en la que vive, con el de cuidar los jardines de las imponentes mansiones de la colina. Si Alan no estuviera tan fuera del mundo y de todo lo que acontece en él, tuviera un móvil último modelo, redes sociales, o televisor en la casa de pescadores que heredó de su abuelo, la llamada de Leiva dos días atrás lo habría inquietado. Porque, para el mundo entero, Leiva fue asesinado hace una semana en Rascafría, un pueblo del norte de Madrid, y ni siquiera la periodista a la que Daniel ha filtrado información, conoce los últimos avances de la policía.

—Alan, cuánto tiempo, ¿cómo estás? Oye, ¿te va

1. Descubre la historia de Alan en la novela *La mentira de Vera Ros*.

bien pasarte el miércoles a primera hora a darle un repaso al jardín? —le dijo Leiva por el manos libres, cuando le faltaban veinte minutos para llegar a su casa de la colina en uno de los enclaves más privados y tranquilos de la Costa Brava, el lugar favorito de Elsa.

—Sí, claro. ¿Sobre las nueve? —propuso Alan.

Hacía años que Leiva no pisaba la Costa Brava, concretamente desde que Elsa se suicidó. Alan previó que tendría que dedicarle el día entero. El jardín debía de asemejarse a una selva, después de tanto tiempo sin cuidados.

—Perfecto, te espero a las nueve. Dejaré la puerta abierta, así que entra y nos tomamos un café —dijo Leiva antes de cortar la llamada.

Leiva siempre fue amable con Alan, que también conoció a Elsa, su primera mujer, por lo que al jardinero no le pareció raro que le propusiera un café antes de ponerse a trabajar en el jardín. Lo cierto es que Leiva y Elsa formaban una bonita pareja. Además, era un matrimonio agradable y sencillo pese a la opulencia de la mansión que habían adquirido hacía quince años. Alan no tiene ni idea qué pasó entre ellos para que se separaran de la noche a la mañana, dejaran de venir a este precioso rincón de la Costa Brava, y que ella se quitara la vida tras la ruptura, lo cual lo apenó.

La propiedad quedó abandonada. Alan deduce que los recuerdos y las asociaciones deben de ser un trauma para Leiva, y, aunque no ha preguntado, se le ha pasado por la cabeza que, quizá, haya regresado para poner la casa a la venta.

Alan mete primera forzando a su viejo Jeep para subir la empinada cuesta que conduce a la casa de Leiva, desde donde las vistas son impresionantes, sobre todo en una mañana cálida y soleada como la de hoy.

La verja, como Alan esperaba, está abierta. Sigue adelante unos metros hasta detenerse detrás de un flamante Aston Martin que Leiva alquiló la semana pasada bajo la misma identidad falsa con la que también alquiló una moto con la que se desplazó en tiempo récord del barrio donde vivía Úrsula hasta el hotel Atlántico Madrid. Ahí, disfrazado de Elsa, Leiva entró por la puerta de atrás con una tarjeta maestra, retando a las cámaras de videovigilancia. Logró colarse en la habitación de Rivas con facilidad. Rivas siempre se alojaba en la misma habitación, qué previsible. Se escondió en el armario. Por suerte, era enorme, así que no supuso demasiada incomodidad pese a la cantidad de horas que estuvo ahí dentro. A Leiva no le sorprendió que, al cabo de un rato, entrara Esther. No fue ningún trauma oírlos follar; Leiva nunca sintió nada especial por la editora. Leiva sabía que Rivas y su mujer llevaban un tiempo liados. Que ella se hubiera aprovechado de él, casándose solo por su dinero y su privilegiado estatus social, lo empujó a pedirle a Moisés que, cuando se colara en su casa para robar su ordenador y así mover el manuscrito *Todos los monstruos*, manipulara los frenos del coche.

Moisés también le tenía ganas a Esther. Porque una tarde en la que Leiva estaba de promoción en Santiago de Compostela, Encarna llevó a David a su casa para que pasara la tarde con Alejandro. Esther, harta de su presencia, lo echó de malas maneras, así que Encarna volvió al poco rato a buscar a su hijo. Cuando Encarna le contó a Moisés lo que había ocurrido, a este se lo llevaron los demonios. David llegó a casa llorando y repitiendo en bucle que la madre de Alejandro era mala y no lo quería.

Sin embargo, no todo salió como Leiva esperaba. Enterarse de que Alejandro también iba en el coche en el momento del accidente, lo destrozó.

Antes de cruzar el caminito de baldosas y entrar en la casa, Alan emite un quejido al ver el estado del jardín. Está hecho un desastre. La mayoría de flores están muertas, incluidas las preciosas buganvillas que él mismo plantó hace años para que fueran tapizando la fachada de piedra. Las malas hierbas han arrasado con todo. Los arbustos han dejado atrás su bonito verde, ahora son marrones como la tierra seca de los parterres, y los árboles frutales están tan raquíticos que a duras penas soportan el peso de sus ramas.

La puerta de la entrada, cuyo esmalte azul cobalto se está empezando a descascarillar, está entreabierta; no obstante, Alan prefiere avisar a Leiva de que ya está aquí, puntual a las nueve de la mañana como quedaron.

—¿Señor Leiva? —lo llama, con un pie dentro del vestíbulo—. Señor Leiva, soy Alan. Voy a entrar.

Si el jardín da pena, el interior de la casa necesita una buena limpieza, hasta puede que una reforma. Huele a humedad y a comida podrida. Hay manchas de humedad en las paredes y en los techos, moho y pintura desconchada. Los lujosos suelos de mármol de Calacatta están sucísimos y sin brillo, algunas piezas rotas, como si durante la ausencia de los propietarios se hubieran colado unos vándalos. Es desolador. Alan desconocía que la casa, una de las mejores de la colina, estuviera en tan mal estado. Se necesitarán varias semanas para devolverle todo su esplendor.

—¿Señor Leiva? —insiste Alan, con algo de rechazo a seguir avanzando por el inmenso vestíbulo sin haber obtenido una respuesta de Leiva, hasta que se detiene frente al arco que conduce al salón—. Leiva, soy Alan, ¿está aquí? —vuelve a preguntar, asomándose y avanzando en dirección al sofá donde atisba a Leiva medio recostado, como si se hubiera quedado dormido.

Pero a Alan no le hace falta acercarse y tomarle el pulso para saber que el tono cerúleo que ha adquirido la piel del autor, no es la misma que la de los vivos. En la mesita de centro hay una botella de vino tinto, cinco recipientes vacíos de ansiolíticos, y un folio en el que Leiva ha escrito la palabra con la que todo autor sueña cuando se vuelca en cuerpo y alma en una nueva ficción:

Fin

Cuarenta minutos más tarde

Los primeros en acudir a la mansión de Leiva son dos agentes de los Mossos d'Esquadra que miran el cadáver y, seguidamente, a Alan, como si este les estuviera gastando una broma pesada.

—¿Ha tocado algo? —le pregunta Andreu, uno de los agentes.

—No, nada, ni siquiera le he tomado el pulso, no ha hecho falta porque... bueno, se ve que está muerto —balbucea Alan—. Claramente ha sido un suicidio —se apresura a decir, no vaya a ser que sospechen de él, algo bastante improbable, pero nunca se sabe.

—Es que... —Gisela, una agente joven de mirada severa, niega con la cabeza como si lo que estuviera viendo no pudiera ser posible, y, dándole la espalda a Alan, se dirige a su compañero—. ¿Pero Sebastián Leiva no estaba muerto?

—Sí, sí, claro, lo mataron en un pueblo de Madrid la semana pasada durante un festival de novela negra. No se habla de otra cosa —contesta Andreu.

—¿Cómo ha dicho? —inquiere Alan, desconcertado, metiéndose en la conversación.

—Que este hombre es el escritor Sebastián Leiva, no hay lugar a dudas, pero ¿usted en qué mundo vive? Han matado a algunos escritores en cuestión de... ¿dos días?

—le pregunta Andreu a Gisela, que se encoge de hombros y acaba confirmándolo con un asentimiento de cabeza—. Todos ganaron el Premio Astro, y Leiva era uno de ellos.

—De hecho, fue el ganador de la primera edición del Premio Astro y también fue la primera víctima de un asesino en serie al que están buscando —apunta Gisela—. Pero nadie puede morir dos veces, así que todo indica que...

—Pero... pero Leiva está aquí —razona Alan, mirando el cuerpo sin vida del autor.

—Sí, pero resulta que también lo asesinaron en Madrid la semana pasada —recalca Andreu, mirando a su compañera. Los agentes están decididos a llegar al fondo del asunto y aclarar todo este malentendido.

CAPÍTULO 44

En comisaría
Tarde del miércoles, 3 de julio de 2024

La alerta procedente de Gerona ha caído como un jarro de agua fría en la comisaría de Madrid. Estaban preparados, pues que Leiva vaciara sus cuentas horas después de que el juez de instrucción las revisara, dándole toda su fortuna a la familia de Marcial por el *intercambio*, ya les había hecho pensar que estaba muerto.

La pregunta, ahora resuelta, era cuándo, dónde y cómo. Leiva los ha burlado alquilando el coche con el que viajó a la Costa Brava bajo una identidad falsa. Pese a todo, les ha dejado noqueados tener la seguridad de que Leiva ya descansa, y que ahora es de verdad, sin ningún intercambio de por medio ni más víctimas. Decidió quitarse la vida en su casa de la Costa Brava de la misma forma que Elsa tres años atrás.

Begoña, que no ha podido quitarse de la cabeza las

palabras amables que Leiva le brindó en la Feria del Libro de Madrid antes de dedicarle a su difunto padre su ejemplar de *Muerte en París*, se ha encerrado en el baño a llorar un poco. Es curioso, porque no le afectó del mismo modo cuando creían que el cuerpo sin vida que hallaron en la habitación del hotel de Rascafría era el de Leiva, como si en el fondo Begoña supiera que no era él, el autor favorito de su padre.

Mientras tanto, Vega sigue presionando para que den con los restos del hijo de Moisés.

—¡No debe de ser tan difícil! ¡No puede haber muchos huesos de adolescente, joder! —les ha gritado, aunque sí, es difícil. Va a ser muy difícil.

A estas horas y después de muchísimo trabajo, creen haber desenterrado todos los restos, y la cifra no ha parado de aumentar hasta contabilizar un total de ciento diez. Ciento diez personas emparedadas a lo largo de los años.

—Muchos de ellos tienen más de veinte años —le ha dicho uno de los forenses a Vega.

—¿Cuántos años más?

—Cien, doscientos... no solo lo sabemos por el estado de los huesos, sino por la vestimenta. Lo curioso es que iban vestidos de gala, como si fueran de la alta sociedad.

A las víctimas de Álvaro Torres, un total de cincuenta y dos según Leiva, se les suma cincuenta y ocho más de las que el fundador de Astro y los autores no eran responsables. Aunque deducen que Álvaro conocía el secreto de los túneles subterráneos (ritos satánicos, ofrendas humanas, masonería...), todas esas desapariciones ocurrieron entre finales del siglo XIX y principios del siglo XX. ¿Quién va a reclamar esos restos, si ya no queda nadie que los recuerda? ¿Qué van a hacer con ellos?

—Lo que yo decía —ha intervenido el juez—. Esa familia burguesa... construyeron el subsuelo para sus fechorías. Deben de criar malvas desde hace años, desde mucho antes de que la familia Torres adquiriera el edificio. No habrá justicia para esa pobre gente.

Ni para las víctimas del fundador de la editorial Astro y de todos sus autores convertidos en esbirros. Ahora todos están muertos.

Leiva también.

—Fue un juego. Desde el principio fue un juego —elucubra ahora Begoña, a solas con Vega—. El juego de Leiva. La palabra FIN que dicen que escribió en un papel... Simular que estaba muerto, que había sido la primera víctima como en el 99 fue el primer ganador de la historia del Premio Astro, para poder matar libremente a Úrsula y a Rivas sin que nadie sospechara de él. Y lo de Carrillo y Cepeda... bueno, ahora sabemos que Leiva llegó a Rascafría a las ocho de la tarde. Fue el último en llegar. Cepeda y Carrillo llegaron a la hora de comer, así que Leiva debió de colarse en sus casas conociéndolas al dedillo, volcó el veneno en la botella de whisky de Carrillo y le dejó esa nota a Cepeda escrita de su puño y letra cuando ya debía de darle igual que supiéramos que había sido él… y la cinta de vídeo y las fotos que quería que viéramos. Aunque sabemos que Moisés era su cómplice por el testimonio de Quique Herranz, no tenemos nada contra él. Sus huellas no están por ningún sitio. Si sigue sin hablar, no podrá ser juzgado más que por atacar al forense y suplantar su identidad durante un breve momento y en el escenario de un crimen, porque no olvidemos que esa noche, quien murió violentamente fue Marcial.

—Marcial, a quien le daba igual con tal de que a su familia no le faltara de nada tras su muerte, y al menos Leiva cumplió con su palabra. El suicidio de Cepeda imitando su propia novela fue clave. Leiva dejó esa cinta y esas fotos en su casa para que supiéramos la verdad. Para desenterrar todos esos cuerpos… y descubrir el infierno del subsuelo de la editorial —repasa Vega—. Leiva se adelantó a todo. Y a todos.

—Y murió como quiso en el lugar que quiso —añade Begoña, abstraída, con la sensación de que, a lo lejos, puede escuchar el rumor de las olas rompiendo en la orilla, el último sonido que llegó a los oídos de Leiva antes de que su corazón se detuviera para siempre poniendo fin al dolor—. Su muerte ha sido un homenaje a la mujer que nunca pudo olvidar.

En ese mismo momento, en el despacho del comisario Levrero

—¿Se encuentra mejor, inspector Haro? —le pregunta Levrero a Daniel, que al fin ha hecho acto de presencia en comisaría.

Levrero se ha percatado de que Vega lleva todo el día ignorando a su compañero. La relación entre ambos es tensa. Por algo será. Al comisario le fastidia que sea Vega quien esté encubriendo las filtraciones a la prensa de Daniel.

—Sí. El sábado comí en un restaurante indio olvidando lo mal que me sienta la comida picante y…

—Déjese de excusas —lo corta Levrero, adoptando un gesto cargado de severidad—. Sé que ha sido quien ha filtrado información sobre el caso Leiva y compañía a esa tal Begoña Carrasco. Y no ha sido la primera vez. También filtró información que estaba bajo secreto de sumario a esa misma periodista, sobre los crímenes del Asesino del Guante. El año pasado se libró, pero yo no soy Gallardo, inspector, y en mi comisaría no permito que haya chivatos que pongan en riesgo una investigación.

Daniel inspira con fuerza. No quería llegar a esto, pero no le va a quedar otro remedio que el de emplear el viejo truco del chantaje. En otras circunstancias, se odiaría a sí mismo, él no es un mal tipo, de verdad que no, pero tiene que librarse de esta como sea.

—Por su bien, comisario, espero que no haya revelado nada de esto a Asuntos Internos. —Levrero lo mira interrogante—. Si no, airearé que tiene una relación íntima con la inspectora Martín y que su exmujer es Ingrid Santos, más conocida como *El ángel de la muerte*.

—Pero cómo…

—Tengo mis contactos —resuelve Daniel, esbozando una sonrisa y callándose que Vega tiene esa información en su poder, aunque desconoce si ha hablado del tema con Levrero o todavía no.

Por la cara que el comisario compone, Daniel deduce que no, que Vega no le ha dicho que lo sabe, que conoce su pasado, que sí, que era cierto, que ambos tienen mucho en común: sus exparejas, actualmente cumpliendo condena, acabaron con la vida de mucha gente. ¿Cuántas probabilidades hay que dos miembros de los cuerpos de seguridad hayan convivido con asesinos en serie? Pocas, por no decir ninguna, pero ahí está Levrero, con la mandíbula desencajada y la mirada perdida, incapaz de encajar el golpe, lo que provoca que Daniel se envalentone:

—¿Quién lleva años cubriéndole las espaldas, comisario? Porque que su historial se haya borrado por completo y la mancha de la inspectora Martín siga intacta por culpa de su exmarido el Descuartizador, me parece poco equitativo, la verdad. Por otra parte, puede que a usted le dé igual que se sepa que tiene algo con Vega, pero a ella no le conviene. Hay gente en esta comisaría que le tiene muchas ganas desde que metió a Gallardo entre rejas, y por pensar que estaba al tanto de los crímenes de su exmarido antes de que lo detuvieran. Irían a por ella, ¿entiende? Volverían a hablar de Vega a sus espaldas, a hacerle el día a día más jodido de lo que ya lo es, y no le quedaría otra que volver a pedir un traslado a la comisaría de otra ciudad. ¿Es eso lo que quiere, comisario?

Levrero, que parece estar librando una batalla interior, desvía la mirada en dirección al cristal del despacho, desde donde ve a Vega hablando con Begoña.

¿Así es cómo va a funcionar su relación profesional con el inspector Haro?

Levrero lo mira y se da cuenta de lo falso que es. Hablando mal y en plata, Daniel es un mierda, es lo que Levrero piensa al ver su sonrisilla de satisfacción por usar a su favor todo lo que sabe.

Levrero ha luchado tanto por dejar atrás su pasado con Ingrid, para que no lo relacionen con ella, una asesina despiadada sin corazón, tan enferma que creía que les estaba haciendo un favor a los ancianos a los que mató, que ahora Daniel lo ha pillado con la guardia baja. Pese a todas las consecuencias que puede acarrear lo que está a punto de decir (y permitir), acaba cediendo al chantaje como si no tuviera otra opción, y puede que lo haga por Vega, para que no vuelva a convertirse en carne de cañón:

—Se lo voy a pasar por esta vez, inspector, pero más le vale que no vuelva a ocurrir y que no se meta en mi vida privada ni ande con cuchicheos por ahí.

Daniel asiente, conforme pero a la vez preocupado

por haberle contado a Vega quién era la pareja de Levrero. Eso puede traerle problemas, quizá no ahora, pero sí a la larga, en el caso de que Vega y Levrero sigan adelante con lo que sea que tengan, y cojan más confianza. ¿Y qué podría hacer él para que eso no ocurra, para que lo que tienen no llegue a nada?

—Ella no se lo va a perdonar —añade Levrero, señalando a Vega con un gesto de cabeza.

Daniel, provocador, sonríe como el malo de un cuento antes de decir:

—Vega siempre acaba perdonándome, comisario.

DOCE DÍAS MÁS TARDE

CAPÍTULO 45

En el cementerio de la Almudena
Lunes, 15 de julio de 2024

Moisés, con la serenidad que solo el tiempo transcurrido otorga, observa a los dos operarios introduciendo el ataúd donde reposan los restos de su hijo David al lado de la tumba de su madre.

Tenía que ser hoy, precisamente hoy, cuando la novela póstuma de Sebastián Leiva, *Todos los monstruos*, está volando (literalmente) de las librerías de todo el país.

En unas horas, el mundo, incrédulo y en shock por la maldad que puede habitar entre nosotros, sabrá la verdad sobre Álvaro Torres. También se alegrarán de las muertes recientes de todos los autores a los que, hasta hoy, admiraban. Sus libros, esos que los hicieron conocidos y ricos gracias al poder de Álvaro, desaparecerán del mercado. Un gran golpe para el agente literario Ramiro de la Rosa, que en ningún momento vio venir esta posibilidad.

Astro, una de las editoriales más importantes e influyentes del país, está destinada a cerrar sus puertas dejando a miles de autores huérfanos. Ni siquiera tendrán recursos ni fuerzas para demandar a la editorial que ha publicado *Todos los monstruos*.

El relato de Leiva será recordado durante años. Hay quien lo alabará por haber tenido la valentía de reconocer incluso sus propios crímenes, y otros, la mayoría, lo repudiarán. La tumba de Leiva acabará con escupitajos y maldiciones, porque hay muertos que no merecen descansar en paz.

Se hablará también de los túneles subterráneos existentes bajo la sede de la editorial Astro, hoy sellados tras la exhumación de todas las tumbas. El edificio que la familia de Álvaro adquirió en 1952 acabará albergando pisos turísticos.

Surgirán leyendas. Se escribirán novelas. Se grabarán películas y series. Un nuevo edificio maldito en Madrid, más maldito que el del número 3 de la calle Antonio Grilo. La gente sentirá curiosidad por esa familia de la nobleza que vivió en el edificio desde 1828 hasta 1910. Ochenta y dos años en los que la maldad fue pasando de generación en generación, y cuyos ritos satánicos u ofrendas humanas o a saber qué, porque no hay nada claro y Leiva no desvela nada al respecto en su novela, pusieron fin a cincuenta y ocho vidas, seis más que Álvaro y los autores estrella de Astro.

Vega se detiene a unos metros de distancia de Moisés, respetando la intimidad del momento.

Cuando al cabo de un rato los operarios se retiran y Moisés se queda solo frente a la tumba de su hijo, Vega se acerca y se sitúa al lado de él.

—¿Me va a detener aquí, delante de mi hijo? —pregunta Moisés sin mirar a la inspectora.

—Aunque encubrió los crímenes de Leiva y podría decirse que fue su cómplice, no hay pruebas incriminatorias contra usted. Además, en el último capítulo de *Todos los monstruos*, Leiva se atribuye los crímenes de Úrsula, Rivas, Carrillo y Cepeda e insiste, aunque usted y yo sepamos que no es del todo verdad, que lo hizo solo. Pero, hasta donde yo sé, no ha matado a nadie, Moisés —contesta Vega con calma, pasando por alto la merecida muerte de Álvaro Torres que el hombre que tiene delante provocó, aunque no son más que conjeturas que, a estas alturas, Moisés no va a admitir—. No tiene antecedentes penales y, si colabora con nosotros, no creo que llegue a pisar la cárcel —lo alienta.

«Manipulé los frenos del coche de Esther. La maté. Maté a Esther y a Alejandro, a quien quería como al hijo que perdí. A ellos sí los maté y la muerte de Alejandro es algo que me pesa y que no me voy a perdonar nunca. Será mi penitencia mientras viva», se calla Moisés.

Aunque no lo lamenta, también mató a Álvaro

Torres. Disfrutó del instante en que la vida se le escapó. Le daría por echarse a reír si no estuviera tan triste, al recordar cómo los ojos se le abrieron tanto que parecía que se le iban a salir de las órbitas. Álvaro sintió terror antes de morir, el mismo terror que sintieron sus víctimas. También se siente responsable del suicidio de Elsa. Ella no tenía ninguna culpa de los crímenes de Leiva. Solo tuvo la desgracia de que Moisés volcara su ira contra ella y le entregara una cinta que nunca debió ver.

Moisés levanta la cabeza para dirigir sus ojos vidriosos al cielo, el lugar desde donde las almas que nos abandonan siguen observándonos. Ojalá Alejandro, esté donde esté, lo perdone.

—Cuénteme qué pasó en Rascafría la noche del miércoles 26 de junio.

—Fui a buscar a Marcial a su nueva casa. Al fin tenían la vida que siempre habían deseado... Aunque el deterioro era evidente en Marcial y no le quedaba mucho tiempo, pues el cáncer estaba extendido y no había remedio, parecía feliz. Cuando llegué, estaba dándose un baño en la piscina, jugando con dos de sus cinco hijos, los más pequeños, y recuerdo... lo recuerdo como si volviera a tenerlo delante, que lo primero que me preguntó cuando me vio llegar fue...

Tres semanas antes
Miércoles, 26 de junio de 2024

—¿Ya? ¿Ha llegado el momento?

—Sí, Marcial. Lo lamento —confirmó Moisés, reprimiendo las ganas de llorar por haber interrumpido un bonito momento familiar—. Te espero fuera. Tómate el tiempo que necesites para despedirte de tu familia.

Nadie está preparado para despedirse de las personas a las que más quiere, Moisés lo sabe mejor que nadie.

«Qué suerte haber compartido parte de mi vida con ellos», pensó Marcial, antes de acercarse a sus hijos y decirles, con una sonrisa que le dolió en el alma esbozar por todo el dolor que escondía:

—¡Chicos, que me voy! ¿No os vais a despedir de vuestro padre o qué?

Los chicos se despidieron de su padre como si fueran a verlo en unas horas. Marcial lo prefería así. Que no se dieran cuenta de nada pese a que el mayor ya había cumplido los dieciocho, y recordaran esa tarde estival como una más llena de juegos, confidencias y chapoteos en la piscina. ¡Piscina! Qué lujo. Qué privilegiados eran. Cómo les había cambiado la vida de la noche a la mañana, pensó Marcial, memorizando las caras de sus cinco hijos que algún día serían hombres de provecho y con estudios sin preocupaciones económicas. A lo largo de sus vidas, batallarían con otro tipo de problemas, el dinero no lo compra todo, claro, pero sí facilita las cosas. Ellos, al contrario que Marcial, no sabrán lo que es pasarse noches en vela por no llegar a fin de mes. Qué lástima no estar ahí para verlos crecer, formarse como personas, casarse, tener sus propias familias... Pero le consolaba pensar que algún día, ojalá más tarde que pronto, volverían a estar todos juntos. Se negaba a pensar que la muerte era el final.

Manuela, con lágrimas en los ojos, abrazó a su marido. Ella sí intuyó que esa iba a ser la despedida definitiva y apenas le pudo decir cuánto lo quería sin que se le rompiera la voz. Lo que Marcial le había contado no tenía mucho sentido, parecía formar parte de una película y no de la vida real, *sus vidas*, aunque alguien misterioso llevara meses ingresándoles diez mil euros al mes y les hubiera comprado esa casa en Pozuelo que tanto les gustaba.

—Sed felices, Manuela. Por los chicos. Sigue adelante por los chicos, te prometo que no os va a faltar de nada —le pidió Marcial, estrechándola entre sus brazos por última vez.

—Pero nos vas a faltar tú —musitó Manuela, que, al contrario que Marcial, no era capaz de aceptar que ese ínfimo instante que quedaría grabado en su memoria, supusiera el fin de toda una vida juntos—. ¿Qué les voy a decir a los chicos, Marcial? ¿Qué les voy a decir? —preguntó, derrumbándose, sin que Marcial supiera qué responder.

Manuela tenía tan poca información como Marcial. Ni siquiera él sabía adónde lo llevaría Moisés, que lo esperó dentro del coche con expresión meditabunda.

—¿Puedo hacer alguna pregunta?

—No, Marcial. Lo siento.

—¿Voy a morir hoy? No te voy a preguntar cómo ni dónde, solo quiero saber si va a ser hoy...

Moisés hizo un leve asentimiento de cabeza sin apartar los ojos de la carretera. Marcial, a su vez, tragó saliva, como si así pudiera deshacerse del nudo que le oprimía la garganta, mientras intentaba disfrutar de sus últimos instantes de vida. Un atardecer, aun contemplándolo desde la ventanilla de un coche, es más bello cuando sabes que no va a haber más atardeceres para ti. Anticiparte al final tiene sus ventajas.

Cuando estaban a veinte minutos de llegar a Rascafría, se detuvieron en un bar de carretera. Moisés le tendió a Marcial unos zapatos y un elegante y carísimo traje metido en una funda, y le pidió que fuera al cuarto de baño a cambiarse. Marcial obedeció, de nuevo sin hacer preguntas.

Vaya, qué bien le sentaba el traje. Moisés había acertado con la talla. Iba a morir hoy, sí, pero con qué elegancia, pensó Marcial, saliendo del cuarto de baño y presentándose ante Moisés, que lo miró de arriba abajo complacido. Marcial medía lo mismo que Leiva y ambos tenían la misma constitución delgada, aunque la del primero era por la enfermedad, que lo había convertido en un saco de huesos.

—¿Qué quieres tomar, Marcial? —le preguntó Moisés.

—Esto es como… ¿una especie de última cena?

—¿Algún antojo?

Marcial le echó un vistazo a la pizarra que había tras la barra del bar con algunos de los platos especiales de la casa escritos con tiza blanca. Y cayó en la cuenta de que, en sus cincuenta y ocho años de vida y pese a haber trabajado como camarero en un restaurante gallego, nunca había probado el pulpo a feira.

—Pulpo a feira. Me muero por una buena tapa de pulpo y un vasito de vino tinto de la casa.

Llegada a Rascafría
21.40 h

Moisés detuvo el coche en el camino de tierra que daba a la parte de atrás del hotel Los Rosales de Rascafría. Antes de bajar, cerró los ojos con fuerza, como si él fuera el condenado a muerte y no Marcial, que, irónicamente, tuvo que insuflarle ánimos para seguir adelante con el plan. Fuera cual fuera.

—Moisés, ¿qué pasa?

—Te lo voy a preguntar por última vez, Marcial. ¿Estás seguro de querer hacerlo? ¿De no querer morir pacíficamente y rodeado de tu mujer y tus hijos? ¿De no querer pasar lo que te quede de vida con ellos?

—Es que no me has dicho lo que voy a tener que hacer... —musitó Marcial—. Nada de preguntas, ¿recuerdas?

—Vas a entrar por esa ventana entreabierta, la que da a la habitación 4 de ese hotel —le contó Moisés, inclinándose hacia la guantera, de donde sacó unos guantes de piel negros que le tendió a Marcial, que por fin entendió por qué habían viajado con una escalera plegable que sobresalía del maletero y ocupaba espacio en los asientos de atrás—. Sobre las diez entrará un hombre. Ese hombre se pondrá estos guantes y te matará.

—¿Sabes cómo?

—Te matará de la misma forma en la que mató a su personaje en la novela que le dio la fama, de un golpe en la cabeza, y, una vez muerto, te desfigurará la cara, lo cual le va a venir muy bien, porque la intención es fingir su propia muerte. Esa novela vio la luz por unos actos de los que, a pesar de avergonzarse, va a volver a repetir. A su manera. Yo creo que hay personas que son capaces de matar a inocentes sin remordimientos de conciencia. Aunque se muestren arrepentidos, en el fondo sabes que no lamentan ni un poco lo que hicieron con tal de ver sus sueños hechos realidad —dijo Moisés con aversión, maldiciendo internamente a Leiva y el juego que estaba a punto de iniciar después de años preparándose para este momento, con la ególatra intención de ser recordado para siempre.

—Pero mi familia... ¿A mi familia le llegará todo ese dinero?

—El viernes. El gestor y el abogado le harán una visita a tu mujer. Serán infinitamente ricos, Marcial.

—Pues adelante. Te dije que no me importaba cómo morir, siempre y cuando ellos tuvieran la vida económicamente resuelta. Durante este tiempo, has cumplido con tu palabra. Los diez mil euros al mes cuando me propusiste cinco mil, la casa, el colegio y el instituto privado, la universidad del mayor... Confío plenamente en ti.

—El dinero y las posesiones materiales no lo son todo, Marcial. Hay cosas más importantes.

«Yo, sin ir más lejos, daría todo lo que tengo por pasar un minuto, solo un minuto más, con mi mujer y mi hijo. Por verlos una última vez. El tiempo. El tiempo con las personas a las que quieres es lo que realmente importa», se calló Moisés.

Marcial, con los ojos fijos en la ventana entreabierta de la habitación 4, ignoró a Moisés. Estaba dispuesto a seguir adelante:

—¿La escalera aguantará? Tengo un poco de vértigo.

—No hay mucha altura, tranquilo. Te estaré vigilando desde abajo.

Dicho y hecho. Moisés se aseguró de que no hubiera ni un alma en las inmediaciones, ningunos ojos acechando tras alguna ventana. Antes de que Marcial empezara a subir, Moisés, con lágrimas en los ojos, se despidió de él:

—Buen viaje, Marcial.

—Gracias por la oportunidad, Moisés.

Así empezó todo
Habitación 4 del hotel Los Rosales, Rascafría
22.00 h

Marcial esperó a oscuras la llegada del hombre misterioso que pondría fin a su vida. Se sentó en el sillón con los guantes de piel negros encima de sus rodillas. Esperó visualizando a su mujer y a sus hijos, imaginando la vida que a partir de ahora llevarían, felices aunque fuera sin él.

Le dio la sensación de que el tiempo se había ralentizado, hasta que la puerta se abrió y apareció un hombre alto y tan delgado como él, vestido con el mismo traje y zapatos. Cualquiera que los hubiera visto de espaldas, no habría sabido distinguir quién era quién.

El hombre clavó sus ojos en él y sonrió, mientras Marcial, sabedor de que su tiempo en este mundo se estaba agotando, no sabía qué hacer ni qué decirle. En el momento en que Marcial sintió un pinchazo agudo en el vientre, fruto de su enfermedad, el hombre dirigió una mirada al pisapapeles que había en el escritorio.

—¿Sabes quién soy? —Marcial negó con la cabeza. No tenía ni idea de quién era Sebastián Leiva—. Mejor. Así será más fácil. Yo tampoco quiero saber tu nombre.

El tema del dinero lo lleva mi gestor y mi abogado y yo prefiero no implicarme de una manera más... personal.

Era algo que había aprendido de Álvaro. El primer crimen que Leiva había cometido dolió como si a él también le hubieran arrancado los ojos. Pero, a pesar de lo que dejó escrito en *Todos los monstruos* con la ingenua intención de que sus lectores se apiadaran de él e incluso pudieran perdonar sus actos, lo cierto es que con el resto de víctimas no empatizó.

Leiva fue distanciándose de las personas a las que torturó y mató. Era cruel. Empezó a verlos como despojos, como seres sin alma ni sentimientos. Leiva se fue transformando en *algo* que estaba muy lejos de ser humano. Solo pensaba en los millones que entrarían en su cuenta bancaria tras cada matanza, y en las preciosas propiedades que podría adquirir, a costa de verse a sí mismo como un depredador despiadado hasta que otros ocuparon el podio que tanto le había agotado y pudo, a su manera, dejar atrás el dolor. El suyo y el ajeno.

Pero, en ese instante y sabiendo lo que estaba a punto de hacer, Leiva sintió que el depredador que Álvaro lo había obligado a ser, había regresado. Y le dio la sensación de que seguía cumpliendo órdenes para no sentirse tan mezquino. Aunque Álvaro estuviera muerto. Aunque no hubiera un robusto *agente Men in Black* grabando el asesinato que estaba a punto de cometer y el escenario fuera muy distinto al del subsuelo maldito.

—Levántate y dame los guantes.

Marcial se levantó, le dio los guantes a Leiva, que se los puso y, seguidamente, cogió el pisapapeles del festival *Rascafría Negra*.

—Colócate aquí. Te daré un golpe fuerte en la cabeza con esto. Pesa bastante... —murmuró Leiva—. ¿Qué te duele? —le preguntó, como si de verdad le importara, al percatarse de que el hombre había compuesto una mueca de dolor.

—El cáncer. El cáncer es un cabronazo y... duele.

—Pero el cáncer no te va a matar. El cabronazo que te va a matar soy yo.

—Hazlo.

—Intentaré que no te duela...

—Hazlo —repitió Marcial, cerrando los ojos con fuerza para no darse ni cuenta del momento en que Leiva levantó el brazo y, con violencia, le estampó el pisapapeles en la sien al más puro estilo Ripley —qué buena era la Highsmith, joder—, derribándolo en el acto.

Tras un breve balanceo, Marcial se desplomó en el suelo padeciendo unos espasmos incontrolables. Sintió una especie de fogonazo de luz, como si fuera posible que el cerebro pudiera estallar como una bomba, y luego nada. Absolutamente nada. El dolor había desaparecido. La vida se había apagado. Marcial era libre.

Leiva se quedó un rato mirando el cadáver, la sangre manando a borbotones. Envidiaba la paz que transmitía. Imaginaba el alma de ese hombre libre al fin del dolor y la enfermedad, feliz y en paz, mientras su cuerpo, como el de todos, estaba destinado a pudrirse, a convertirse en polvo o en alimento para gusanos.

—Y ahora, machácale la cara. Bórrale la identidad. Que no quede nada de ese pobre diablo —le susurró una voz a Leiva que parecía la de Álvaro, como si su alma negra hubiera descendido del infierno para volver a atormentarlo.

Si Leiva quería que pensaran que ese hombre muerto era él, no le quedaba más remedio que obedecer.

Se acercó al cadáver y, con saña y el alivio de saber que no podía provocarle ningún dolor, empezó a machacarle el rostro con el pisapapeles.

Un golpe, y otro, otro más… y más… hasta que el hombre que para Leiva no tenía nombre, quedó irreconocible. En la última estocada, no volvió a levantar el pisapapeles. Lo dejó ahí, en el centro del socavón de esa cara sin alma.

A quién quería engañar. Leiva disfrutaba matando. ¿Que le cansó que Álvaro lo manipulara? Sí, se cansó de que Álvaro lo manipulara, de que fuera él quien eligiera a las víctimas y de que le ordenara la manera en la que tenía que acabar con ellas. Pero lo que escribió en *Todos los monstruos* es falso. Leiva ha sido un mentiroso hasta el final. Por eso Elsa se mató. Porque lo vio. Vio lo que Leiva era de verdad. Un monstruo. Un asesino sin piedad.

Entreabrió la puerta de la habitación, con cuidado de que la cámara del pasillo no lo captara. Antes de apagar la luz, vio las salpicaduras de sangre en su traje.

Seguidamente, se asomó a la ventana. Moisés estaba abajo, esperándolo. Desde la habitación y pese a la oscuridad, Leiva podía intuir sus nervios, su inquietud.

El autor, que había viajado a Rascafría ligero de equipaje, se aseguró de llevar su móvil encima, el que utilizaba desde hacía años, uno de prepago que la policía no podría rastrear. Abrió la ventana maldiciendo no poder cerrarla desde fuera para imitar el famoso misterio de habitación cerrada, y se apresuró a bajar por las escaleras. Una vez abajo, Moisés, sin decir nada, cogió la escalera, caminó a paso rápido hasta el coche, y la guardó en el maletero.

Leiva se sentó en el asiento del copiloto.

—No ha sufrido —le dijo Leiva a Moisés.

—Y una mierda.

—Iba a morir igualmente, Moisés, qué más da. Su familia estará forrada, era lo único que le interesaba a ese tipo... el dinero. El poder. Como a todos. A todos nos ciega el puto dinero.

—Y hay quien cambiaría todo eso por pasar un minuto, solo un minuto más, con un ser querido —se lamentó Moisés, pensando en su mujer y en su hijo, de quienes no pudo despedirse ni estar con ellos en sus últimos instantes, ni darles un poco de aliento antes de que se marcharan de su lado para siempre—. ¿A quién le toca ahora?

—A Úrsula. Mañana. Lo tengo todo controlado.

En el cementerio de la Almudena
Ahora

—Y luego... no volví a ver a Leiva.

Acaba de relatar Moisés, aunque eso no es del todo cierto. El jueves por la tarde, después de dejarle el portátil con el manuscrito de *Todos los monstruos* a Ramiro de la Rosa, fue hasta la Gran Vía y se plantó en la acera de enfrente del hotel Atlántico Madrid.

Vio a Leiva llegar en moto. Ya había cometido el asesinato de Úrsula a ojos de todo el mundo e incluso le había dicho que tenía un disfraz buenísimo para huir por las escaleras en el caso de que se cruzara con alguien: se haría pasar por una anciana encorvada y quejicosa.

La última vez que Moisés vio a Leiva, este iba vestido de mujer, con el mismo uniforme que las camareras de piso del hotel y la máscara de Elsa usurpando su verdadero rostro. Él personalmente había ido a buscar el molde y sabía lo real que era, tan real que, a través de una cámara de videovigilancia, daría el pego. Pensarían que Elsa estaba viva. Que Leiva estaba muerto. Nadie sospecharía lo contrario. Nadie, salvo Vega y su equipo.

Poco después de que Leiva entrara por la puerta de atrás, Moisés vio a Rivas llegar en un taxi, y más tarde a Esther, que se lo quedó mirando con nervios y desconfianza, como si su cara le sonara pero no lo ubicara.

Qué mujer tan arrogante al no reconocer a Moisés del centro privado donde llevaban a sus hijos. Los años transcurridos y el dolor habían desmejorado a Moisés, el padre del mejor amigo de Alejandro, pero tanto como para que Esther no lo reconociera... Así de descentrada estaba la editora en ese momento que ahora pasa fugaz por la mente de Moisés.

—Quiero saber por qué atacó al forense y se hizo pasar por él. Por qué exponerse así delante de nosotros. ¿Se lo ordenó Leiva? —pregunta Vega al cabo de un rato, sacando a Moisés de su ensoñación.

—No, eso fue cosa mía. Leiva no sabía nada y dudo que llegara a saber que a la mañana siguiente me presenté en el escenario del crimen. A decir verdad, fue una tontería, una cagada que me ha involucrado en toda esta locura, pero sentía curiosidad por ver cara a cara a los inspectores que llevarían el rebuscado caso. Por verla a usted, de quien había oído hablar, y a su compañero. Y también... quería ver por última vez a Marcial. Necesitaba ver con mis propios ojos qué le había hecho Leiva —añade Moisés con pena, pues lo cierto es que le había cogido cariño a Marcial.

—¿Declarará ante un juez, Moisés?

—Le dije que si me devolvía a mi hijo, hablaría. Y me ha demostrado ser una mujer de palabra. Yo también soy un hombre de palabra, inspectora. Colaboraré en lo que me pidan.

«Aunque la mitad de lo que les cuente no sea cierto»,

esconde Moisés, apartando la mirada de Vega para volver a centrarla en las tumbas donde reposan los restos de las personas que vivirán por siempre en su corazón.

CAPÍTULO 46

En comisaría
Unas horas más tarde

Ahora que se ha resuelto el caso Leiva, el de los autores malditos o como quieran llamarlo, aunque el propio Leiva se haya encargado de que no quede nadie vivo para cumplir condena por los crímenes cometidos, Vega entra en comisaría con la intención de ir a buscar un café bien cargado y encerrarse en su cubículo para seguir estudiando la desaparición de Cristina Ferrer. Su intención es darle una respuesta a esa madre que se presentó hace un mes en comisaría hecha un mar de lágrimas.

—Vega. —Begoña la aborda en mitad del pasillo—. ¿Cómo ha ido? —pregunta, pero a Vega no le da tiempo a responder, pues Begoña lleva rato queriéndole decir que...—: Oye, Levrero lleva toda la mañana intentando localizarte. Ve a su despacho. Ya.

Por la impaciencia de Begoña, Vega cree que ha ocurrido algo grave.

A medida que se acerca al despacho de Levrero, distingue a través del cristal a la madre de Cristina. Y se teme lo peor, claro. Cristina ha aparecido. Muerta o...

Espera, inspectora, espera. La imaginación y las perspectivas nos juegan malas pasadas. No nos adelantemos a los acontecimientos.

Vega llama a la puerta del despacho de Levrero con extrañeza, porque a sus oídos no llega un llanto desconsolado como cabría esperar por la fatídica noticia, sino una risa feliz.

—Adelante, inspectora —dice Levrero.

Cuando Vega abre la puerta, no solo ve a la mujer, sentada frente a Levrero. La acompaña una chica de veintipocos años con las mejillas sonrosadas llenas de lágrimas que, fuera del despacho, se escapaba de su campo de visión a través del cristal.

—Inspectora Martín, le presento a Cristina Ferrer —la saluda Levrero para, al segundo, volver a dirigirse a la mujer—: Desde que usted vino a comisaría, la inspectora se volcó en la desaparición de su hija, señora.

La mujer se levanta, agarra las manos de Vega y le da las gracias. Vega, confundida, mira a Levrero, que le guiña un ojo. Ha sido él. Él ha encontrado a Cristina.

—Yo no he hecho nada, señora...

—Pero se preocupó. Al fin, después de cinco años, encontré a alguien que se preocupó de verdad. Usted se preocupó por mí y por lo que podría haberle pasado a Cristina, que al final... Bueno, mírela, está viva... está viva. Es un milagro.

Cuando madre e hija abandonan la comisaría, Vega tiene más preguntas que respuestas, por lo que se niega a salir del despacho de Levrero hasta que no le aclare lo sucedido.

—¿Cómo la has encontrado?

—Vi cómo esa mujer te abordó. Vi cómo la miraste, Vega, y cómo te volcaste quedándote hasta tarde en comisaría revisando el caso que tuviste que dejar de lado cuando el cadáver del falso Leiva apareció en Rascafría. Fue entonces cuando tomé el relevo e investigué el caso por mi cuenta. No estamos aquí para juzgar. Ni siquiera su madre la ha juzgado ni le ha echado nada en cara, porque detrás de la desaparición voluntaria de Cristina se esconde una historia trágica.

»Su padre la violaba desde que tenía catorce años. La amenazaba con que la mataría si le contaba algo a su madre, que jamás se perdonará haber tenido las evidencias delante y no haberlas sabido ver. Por eso había escapado tantas otras veces, pero la desaparición de 2019 fue la definitiva. Hablé con Narciso Puentes, el inspector que llevó el caso. Admitió que había encontrado a Cristina, que ella le había contado su historia y que él se apiadó de ella y la ayudó a esconderse durante tres meses, hasta que cumplió la mayoría de edad.

—Pero eso es delito, Nacho, las cosas no se hacen así. En cuanto Narciso encontró a la chica, debería haberla protegido denunciando al padre, no ocultándola…

—No habrá consecuencias para Narciso —la corta Levrero con severidad—. Narciso hizo lo que creyó correcto en ese momento y la chica no quería denunciar al padre. La protegió, la llevó a su casa, le dio dinero y, a los tres meses, cuando Cristina cumplió los dieciocho, le buscó un piso donde vivir. Y lo entiendo, esa chica no podía seguir viviendo ese infierno en su propia casa, que es donde cualquiera debería sentirse más seguro.

—Vale, pero ¿y la madre? Narciso podría haber hablado con ella, contarle lo que le hacía el marido a su hija.

—Siempre negó que su marido abusara de su hija. Es algo que Cristina aún no ha podido perdonarle, solo el tiempo dirá, pero no era una opción. Y no era lo que Cristina quería. Necesitaba alejarse también de su madre, aun sabiendo que su desaparición la dejaría rota. Había cumplido la mayoría de edad y podía tomar sus propias decisiones. Y eso es lo que Cristina hizo, decidió no volver a casa y desaparecer de la vida de sus padres. El caso es que el padre murió el año pasado de cáncer. Un cáncer fulminante. Y Cristina, pese a saberlo, no se atrevía a volver con su madre. Sentía vergüenza.

—Fuiste a hablar con ella —da por hecho Vega.

—Sí. Ayer fui a hablar con Cristina. Comparte piso con tres chicas y trabaja en la cocina del McDonald's de Atocha. Siempre ha tenido trabajos que no han implicado una relación de cara al público para que nadie pudiera reconocerla, aunque, como sabes, su desaparición pasó sin pena ni gloria. Apenas se publicaron fotos y la madre no habló nunca con la prensa ni se esforzó en encontrar respuestas a través de programas de televisión, estrategias que provocan que a la ciudadanía se le quede una cara grabada. Cuando le dije que su madre iba a comisaría cada doce de junio, el día que ella decidió esfumarse, se ablandó, y hoy, al fin, he organizado el reencuentro.

Vega se queda sin palabras. Se limita a quedarse quieta, con los ojos fijos en los de Levrero, admirándolo y preguntándose una vez más si algún día se abrirá a ella o tendrá que seguir fingiendo que no sabe nada de lo que le ocurrió. Consciente de que no es conveniente abrir viejas heridas, entiende mejor que nadie que Levrero necesite mantener su pasado oculto. Le da igual tener que pasarse media vida disimulando con tal de seguir durmiendo con el hombre que tiene delante. Aunque sea en secreto, como si empezar a quererlo fuera algo malo.

—¿En qué piensas, Vega? Te has quedado muda.

—En que Oscar Wilde se equivocó.

—Oscar Wilde… ¿En qué se equivocó?

—En que la vida es una obra de teatro con un reparto deplorable —contesta Vega con una media sonrisa dibujada en la cara, al tiempo que se levanta de la silla y se dirige a la puerta, desde donde añade—: Algunos tenemos suerte. A algunos nos toca un reparto inmejorable.

Made in United States
Orlando, FL
17 November 2024

54013772R00224